Outras vidas que não a minha

Emmanuel Carrère

Outras vidas que não a minha

TRADUÇÃO
André Telles

2ª edição

Copyright © 2009 by P.O.L éditeur

Grafia atualizada segundo o Acordo Ortográfico da Língua Portuguesa de 1990, que entrou em vigor no Brasil em 2009.

Título original
D'Autres Vies que la mienne

Capa
Violaine Cadinot

Imagem de capa
Kelly Headrick/ Adobe Stock

Revisão da tradução
Mariana Delfini

Revisão
Huendel Viana

O tradutor agradece ao amigo e advogado dr. Franklin Estrella, que apontou as correspondências entre as instâncias jurídicas francesas e brasileiras, bem como entre outras figuras legais.

Dados Internacionais de Catalogação na Publicação (CIP)
(Câmara Brasileira do Livro, SP, Brasil)

Carrère, Emmanuel
  Outras vidas que não a minha / Emmanuel Carrère ;
tradução André Telles. — 2ª ed. — Rio de Janeiro :
Alfaguara, 2025.

  Título original : D'Autres Vies que la mienne.
  ISBN 978-85-5652-273-3

  1. Ficção francesa I. Título.

25-259990   CDD-843

Índice para catálogo sistemático:
1. Ficção : Literatura francesa   843
Cibele Maria Dias – Bibliotecária – CRB-8/9427

Todos os direitos desta edição reservados à
EDITORA SCHWARCZ S.A.
Praça Floriano, 19, sala 3001 — Cinelândia
20031-050 — Rio de Janeiro — RJ
Telefone: (21) 3993-7510
www.companhiadasletras.com.br
www.blogdacompanhia.com.br
facebook.com/editora.alfaguara
instagram.com/editora_alfaguara

Outras vidas que não a minha

Na noite que antecedeu a onda, lembro-me que Hélène e eu falamos em nos separar. Não era complicado: não morávamos sob o mesmo teto, não tínhamos filho juntos, podíamos inclusive pensar em continuar amigos; mesmo assim, era triste. Tínhamos na memória uma outra noite, logo após nos conhecermos, que passamos inteirinha repetindo que nos havíamos descoberto, que iríamos morar juntos o resto de nossas vidas, envelhecer juntos, e até que teríamos uma filhinha. Mais tarde, tivemos uma filhinha, no momento em que escrevo não perdemos a esperança de envelhecer juntos e gostamos de pensar que havíamos compreendido tudo desde o início. Mas depois desse início veio um ano complicado, caótico, e aquilo que nos parecia certo no outono de 2003, na fascinação da paixão amorosa, aquilo que nos parece certo, em todo caso desejável, cinco anos mais tarde, não nos parecia mais certo, nem desejável, absolutamente, naquela noite de Natal de 2004, em nosso bangalô do hotel Eva Lanka. Ao contrário, tínhamos certeza de que aquelas férias eram as últimas que passávamos juntos e que, apesar da nossa boa vontade, elas eram um erro. Deitados de costas um para o outro, não ousávamos falar sobre a primeira vez, sobre aquela promessa na qual nós dois tínhamos acreditado com tanto fervor e que, pelo visto, não seria cumprida. Não havia hostilidade entre nós, apenas víamos que estávamos nos afastando tristemente um do outro: era uma pena. Eu voltava à minha incapacidade de amar, ainda mais gritante na medida em que Hélène era realmente uma pessoa adorável. Achava que ia envelhecer sozinho. Hélène, por sua vez, pensava em outra coisa: em sua irmã Juliette, que, logo antes de nossa partida, tinha sido hospitalizada por causa de uma embolia pulmonar. Temia que ela caísse gravemente doente, que morresse. Eu objetava que aquele medo não era racional, mas ele passou a monopolizar a mente de Hélène e eu a odiei por se deixar absorver por uma coisa na qual eu não tinha participação alguma. Ela foi fumar um cigarro na varanda do bangalô. Esperei-a deitado na cama, dizendo comigo: se ela voltar logo, se fizermos amor, talvez não nos separemos, talvez envelheçamos juntos. Mas ela não voltou, ficou sozinha na varanda observando o céu clarear pouco a pouco, escutando os primeiros trinados dos passarinhos, e eu dormi do meu lado, sozinho e triste, convencido de que minha vida ia piorar cada vez mais.

Estávamos os quatro, Hélène e seu filho, eu e o meu, inscritos em uma aula de mergulho submarino no modesto clube do vilarejo próximo. Mas, desde a última aula, Jean-Baptiste estava com dor de ouvido e não queria mergulhar de novo, e nós estávamos cansados depois de uma noite quase insone e resolvemos cancelar. Rodrigue, o único que estava de fato com vontade de ir, ficou decepcionado. Você pode aproveitar a piscina, dizia-lhe Hélène. Ele estava cheio da piscina. Queria que pelo menos alguém fosse com ele à praia, defronte do hotel, aonde ele não podia ir sozinho porque havia correntes perigosas. Mas ninguém quis ir com ele, nem a mãe, nem eu, nem Jean-Baptiste, que preferia ficar lendo no bangalô. Jean-Baptiste tinha então treze anos, de certa forma eu impusera-lhe aquelas férias exóticas em companhia de uma mulher que ele conhecia pouco e de um garoto bem mais novo que ele, desde o início da temporada ele estava entediado e deixava isso claro para nós, enfurnando-se no seu canto. Quando, agastado, eu perguntava se ele não estava contente de estar ali, no Sri Lanka, ele respondia de mau humor que sim, estava contente, mas que fazia muito calor e o lugar onde ele se sentia melhor ainda era no bangalô, lendo ou jogando Game Boy. Era um pré-adolescente típico, em suma, e eu, um típico pai de pré-adolescente, surpreendendo-me em lhe fazer, quase literalmente, as mesmas observações que na sua idade me irritavam tanto na boca de meus pais: você precisa sair, ser mais curioso, tanta trabalheira para virmos tão longe... Vá trabalheira. Ele se enfiou no seu covil e Rodrigue, isolado, começou a zanzar em círculos e a azucrinar Hélène, que tentava cochilar numa espreguiçadeira na beira da imensa piscina de água do mar onde uma alemã idosa mas incrivelmente atlética, que se parecia com Leni Riefenstahl, nadava duas horas todas as manhãs. Quanto a mim, remoendo incessantemente minha incapacidade de amar, fui entreter-me perto dos ayurvédicos, como chamávamos o grupo de suíços alemães que ocupavam bangalôs um pouco afastados e faziam uma oficina de ioga e massagens indianas tradicionais. Quando não estavam em sessão plenária com seu mestre, ocorria-me fazer algumas posturas com eles. Voltei em seguida para perto da piscina, haviam servido os últimos cafés da manhã e começavam a armar as mesas para o almoço, logo se veria colocada a lancinante questão a respeito de qual seria o programa da tarde. Três dias após nossa chegada, já tínhamos visitado o templo na floresta, dado comida aos micos, visto os budas deitados e, a menos que nos lançássemos em excursões culturais mais ambiciosas que não seduziam nenhum de nós, tínhamos esgotado as atrações do lugar. Ou então precisaríamos ser uma dessas pessoas que conseguem vadiar dias a fio numa aldeia de pescadores apaixonando-se por tudo o que os nativos fazem, o mercado, as técnicas de reparo das redes, os rituais sociais de todo tipo. Eu não era uma delas e não me recriminava por não sê-lo, por não transmitir ao meu filho essa curiosidade generosa, essa acuidade do olhar que admiro por exemplo em Nicolas Bouvier. Eu tinha levado comigo *Le Poisson-scorpion*, no qual esse escritor-viajante conta um ano que passou em Gale, grande burgo fortificado, situado a uns trinta quilômetros do lugar onde nos encontrávamos, na costa sul da ilha. Não é como *L'Usage du monde*, sua narrativa mais conhecida, um livro não só de deslumbramento e celebração, mas de desastre, de perda, de abismo iminente. Nele, o Ceilão é descrito como um sortilégio, no sentido pérfido da palavra, não no dos guias turísticos para mochileiros descolados e recém-casados. Bouvier quase perdeu a razão por lá, e nossas pequenas férias, quer as considerássemos uma viagem de núpcias ou um teste para uma eventual família recomposta, tinham fracassado. Timidamente fracassado por sinal, sem drama e sem riscos. Eu já estava ansioso para voltar para casa. Atravessando o saguão com uma clarabóia, invadido por buganvílias, cruzei com um hóspede do hotel, irritado porque não tinha conseguido passar um fax: faltava eletricidade. Na recepção lhe falaram de alguma coisa ocorrida no vilarejo, um acidente que teria provocado o apagão, mas ele não entendera direito, esperava no mínimo que aquilo não fosse durar muito tempo porque seu fax era importantíssimo. Fui para junto de Hélène, que não estava mais dormindo e me falou que alguma coisa estranha estava acontecendo.

A imagem seguinte é a de um pequeno grupo, hóspedes e funcionários do hotel, aglomerados num terraço na ponta do parque observando o oceano. À primeira vista, curiosamente, ninguém se dá conta de nada. Parece tudo normal. Depois, é como se estudassem a situação. Constatam que a água está bem distante. Normalmente, a praia tem uma largura de uns vinte metros entre a franja das ondas e o pé do penhasco. Agora, estende-se a perder de vista, cinzenta, plana, cintilante sob o sol embaçado: é como se estivéssemos no monte Saint-Michel com maré baixa. Percebem igualmente que ela está juncada de objetos cuja escala não é possível avaliar de imediato. Aquele pedaço de madeira retorcida é um galho arrancado ou uma árvore? Uma árvore imensa? Aquele bote desmantelado não seria algo mais que um bote? Não parece mais um navio, uma chalupa, jogado e pulverizado como uma casca de noz? Não se ouve um ruído, nenhuma brisa agita os penachos dos coqueiros. Não me lembro das primeiras palavras pronunciadas no grupo a que nos juntáramos, mas num certo momento alguém murmurou: *Two hundred children died at school, in the village.*

Construído sobre o penhasco que domina o oceano, o hotel acha-se como que abrigado pela superabundância vegetal de seu parque. É preciso atravessar um portão vigiado por um guarda, depois descer uma rampa de cimento para alcançar a estrada que margeia a costa. Ao pé dessa rampa esperam geralmente tuk-tuks, espécie de mobiletes com toldos, equipados com um banquinho que dá para dois, três espremidos, e que servem para os pequenos deslocamentos, até dez quilômetros; para ir mais longe, usamos um táxi de verdade. Não há nenhum tuk-tuk hoje. Hélène e eu descemos até a estrada, na esperança de entender o que está acontecendo. Parece grave, mas, afora o homem que falou das duzentas crianças mortas na escola do vilarejo e que alguém contestou, dizendo que as crianças não podiam estar na escola pois era *Poya*, o Ano-Novo budista, ninguém no hotel parece saber mais do que nós. Não há tuk-tuks nem pedestres. Que em geral estão por ali: mulheres carregando embrulhos e andando em grupos de duas ou três, colegiais de camisas brancas impecavelmente passadas, toda essa gente sorrindo e conversando afavelmente. Enquanto margeamos a colina que a protege do oceano, a estrada está normal. Assim que a deixamos para trás e chegamos à planície, descobrimos que, de um lado, nada saiu do lugar, árvores, flores, muretas, biroscas, mas que do outro está tudo devastado, chafurdado numa lama enegrecida como lava fundida. Após alguns minutos de caminhada rumo ao vilarejo, vem ao nosso encontro um sujeito alto, louro, aterrorizado, de short e camisa rasgados, coberto de lama e sangue. É holandês, curiosamente é a primeira coisa que diz, e a segunda é que sua mulher está ferida. Foi recolhida por camponeses, ele está procurando socorro, pensava encontrar em nosso hotel. Fala também de uma onda imensa que rebentou e depois refluiu carregando casas e pessoas. Parece em choque, mais estupefato que aliviado por estar vivo. Hélène sugere acompanhá-lo até o hotel: o telefone talvez esteja restabelecido, e deve haver um médico entre os hóspedes. Quanto a mim, quero caminhar mais um pouco, digo que os encontro daqui a pouco. Na entrada do vilarejo, três quilômetros adiante, reina uma atmosfera de angústia e confusão. Grupos aglomeram-se e se desfazem, viaturas com toldos manobram, ouvem-se gritos, gemidos. Entro na rua que desce para a praia, mas um policial me impede a passagem. Pergunto-lhe o que aconteceu exatamente, ele responde: *The sea, the water, big water*. É verdade que há mortos? *Yes, many people dead, very dangerous. You stay in hotel? Which hotel? Eva Lanka? Good, good, Eva Lanka, go back there, it is safe. Here, very dangerous*. O perigo parece ter ficado para trás, obedeço mesmo assim.

Hélène está furiosa comigo porque saí deixando as crianças com ela, quando deveria ter sido ela a primeira a apurar os fatos: é sua profissão. Na minha ausência, recebeu um telefonema da LCI, o canal de notícias para o qual escreve e apresenta jornais. É noite na Europa, o que explica os outros hóspedes do hotel ainda não terem sido contatados por suas famílias e amigos aflitos, mas os jornalistas de plantão já sabem que ocorreu uma enorme catástrofe no Sudeste Asiático, coisa bem diferente de uma inundação local como eu julgara no início. Sabendo que Hélène estava de férias por lá, contavam com um depoimento em tempo real e ela não tinha quase nada a dizer. E eu, o que tenho a dizer? O que vi em Tangalle? Não muita coisa, sou obrigado a admitir. Hélène dá de ombros. Bato em retirada para o nosso bangalô. Quando voltei do vilarejo estava superexcitado, porque no meio daquelas férias modorrentas acontecia alguma coisa de extraordinário, agora estou chateado pela nossa briga e por saber que não estive à altura da situação. Descontente comigo, volto a mergulhar no *Le Poisson-scorpion*. Entre duas descrições de insetos, esta frase me detém: "Eu queria, esta manhã, que uma mão estranha fechasse as minhas pálpebras. Eu estava sozinho, fechei-as então eu mesmo".

Jean-Baptiste vem me procurar no bangalô, transtornado. O casal de franceses que tínhamos conhecido dois dias atrás acaba de chegar ao hotel. Sua filha morreu. Ele precisa de mim para enfrentar isso. Caminhando ao seu lado pela trilha que leva ao prédio principal, lembro-me de como nos conhecemos, em um dos restaurantes de teto de palha da praia, lá onde o policial me impediu de prosseguir. Eles ocupavam a mesa ao lado da nossa. Na casa dos trinta, ele um pouco mais, ela um pouco menos. Os dois, bonitos, alegres, amistosos, visivelmente apaixonadíssimos um pelo outro e pela filhinha de quatro anos. Ela foi brincar com Rodrigue, assim entabulamos conversa. Ao contrário da gente, conheciam muito bem o país, não estavam hospedados no hotel, mas numa casinha que o pai da jovem mulher alugava todo ano, na praia, a duzentos metros do restaurante. Era o tipo de gente que gostamos de conhecer no estrangeiro, e nos despedimos certos de nos reencontrar. Não deixamos nada marcado: nos esbarraríamos de um jeito ou de outro, no vilarejo ou na praia.

Hélène está no bar com eles e com um homem mais velho, cujos cabelos crespos e grisalhos e rosto de pássaro lembram o ator Pierre Richard. No outro dia, não havíamos dito nossos nomes. Hélène faz as apresentações. Jérôme. Delphine. Philippe. Philippe é o pai de Delphine, o que aluga a casa na praia. E a filhinha que morreu chamava-se Juliette. Hélène diz isso com uma voz neutra, Jérôme balança a cabeça para confirmar. O rosto dele e o de Delphine permanecem inexpressivos. Pergunto: têm certeza disso? Jérôme responde que sim, estão chegando do hospital do vilarejo, onde foram reconhecer o corpo. Delphine olha diante de si, não tenho certeza de que nos vê. Estamos sentados todos os sete, eles três, nós quatro, em cadeiras e banquinhos de ripas de madeira, com almofadas de cores vivas, sobre a mesa de centro à nossa frente há sucos de frutas, chá, um garçom passa para nos perguntar o que desejamos, Jean-Baptiste e eu fazemos o pedido mecanicamente, depois o silêncio volta a reinar. Isso dura até que Philippe começa a falar abruptamente. Não se dirige a ninguém em particular. Sua voz é aguda, convulsiva, dá a impressão de um mecanismo desregulado. Ao longo das horas que se seguem, ele fará esse relato várias vezes, praticamente idêntico.

Naquela manhã, logo depois do café, Jérôme e Delphine foram ao mercado e ele ficou em casa para cuidar de Juliette e Osandi, filha do dono da *guesthouse*. Lia o jornal local, sentado em sua poltrona de rattan na varanda do bangalô, erguendo de vez em quando os olhos para vigiar as duas garotinhas que brincavam na beira d'água. Elas pulavam rindo nas marolinhas. Juliette falava francês, Osandi cingalês, mas entendiam-se muito bem mesmo assim. Gralhas grasnavam disputando as migalhas do café. Estava tudo calmo, seria um dia bonito, Philippe pensou em talvez ir pescar com Jérôme à tarde. Num dado momento, se deu conta de que as gralhas tinham desaparecido e não se ouviam mais pios de aves. Foi então que a onda chegou. Um segundo antes o mar estava liso, um segundo depois era uma parede tão alta quanto um arranha-céu e que se abatia sobre ele. Pensou, no lapso de um relâmpago, que ia morrer e que não teria tempo de sofrer. Afundou, carregado e embolado durante um tempo que lhe pareceu interminável no ventre imenso da onda, depois reemergiu de barriga para cima. Passou como um surfista por cima das casas, por cima das árvores, por cima da estrada. Em seguida, a onda partiu em sentido inverso, aspirando-o para o mar aberto. Percebeu que investia contra paredes desintegradas, contra as quais ia se esmigalhar, e teve o reflexo de se agarrar a um coqueiro, que largou, depois a outro, que teria igualmente largado se alguma coisa dura, um pedaço de cerca, não o houvesse imobilizado e imprensado contra o tronco. À sua volta passavam a toda a velocidade móveis, animais, pessoas, vigas, blocos de concreto. Fechou os olhos esperando ser moído por um daqueles enormes destroços e os manteve fechados até que o mugido monstruoso da correnteza se acalmasse e ele ouvisse outra coisa, gritos de homens e mulheres feridos, e compreendesse que o mundo não tinha acabado, que ele estava vivo, que o verdadeiro pesadelo estava começando. Abriu os olhos, escorregou ao longo do tronco até a superfície da água, que estava completamente preta, opaca. Ainda havia correnteza, mas era possível resistir a ela. O corpo de uma mulher passou à sua frente, a cabeça dentro d'água, os braços abertos em cruz. Nos escombros, os sobreviventes começavam a se chamar, feridos gemiam. Philippe hesitou: seria melhor tomar o rumo da praia ou do vilarejo? Juliette e Osandi estavam mortas, disso tinha certeza. Agora precisava encontrar Jérôme e Delphine e lhes contar. Era esta sua missão, agora, na vida. Philippe tinha água até o peito, estava de calção de banho, lambuzado de sangue, mas não sabia precisamente onde estava ferido. Teria preferido permanecer ali sem se mexer, esperar a chegada do socorro, apesar disso obrigou-se a avançar. O solo, sob seus pés descalços, estava irregular, mole, instável, forrado por um magma de coisas cortantes que ele não podia ver e nas quais tinha um terrível medo de se machucar. A cada passo, tateava o terreno, avançava lentamente. A cem metros de sua casa, não reconhecia nada: não havia mais sequer um muro, uma árvore. Às vezes, rostos familiares, os de vizinhos que patinhavam como ele, pretos de lama, vermelhos de sangue, os olhos esbugalhados pelo horror, e que como ele procuravam os entes queridos. Quase não se ouvia mais o barulho de sucção das águas que refluíam, e cada vez mais alto os gritos, os choros, os estertores. Philippe terminou por alcançar a estrada e, um pouco adiante, o local onde a onda se detivera. Era estranha, aquela fronteira tão nitidamente demarcada: de um lado o caos, do outro o

mundo normal, absolutamente intacto, as casinhas de tijolos cor-de-
-rosa ou verde-claros, as trilhas de pedra vermelha, as barraquinhas, as
mobiletes, as pessoas vestidas, atarefadas, vivas, que apenas começavam
a se dar conta de que acontecera algo descomunal e pavoroso, mas não
sabiam ao certo o quê. Os zumbis que, como Philippe, voltavam a
pisar a terra dos vivos, conseguiam apenas balbuciar a palavra "onda",
e essa palavra propagava-se no lugarejo como deve ter se propagado
a palavra "avião" em 11 de setembro de 2001 em Manhattan. Raja-
das de pânico arrastavam as pessoas nos dois sentidos: para o mar,
para ver o que acontecera e socorrer os que podiam ser socorridos;
para longe do mar, o mais longe possível, para se proteger no caso de
tudo recomeçar. Em meio ao atropelo e aos gritos, Philippe subiu a
rua principal até o mercado, onde era hora de maior movimento e,
embora estivesse preparado para procurá-los durante um longo tempo, avistou imediatamente Delphine e Jérôme sob a torre do relógio.
Era tão confuso o boato acerca do desastre que acabava justamente
de alcançá-los, que naquele momento Jérôme pensava que um atira-
dor louco tivesse aberto fogo em algum lugar em Tangalle. Philippe
foi até eles, sabia que eram os últimos segundos de felicidade que teriam. Eles o viram aproximar-se, que chegou à sua frente coberto de
lama e de sangue, fisionomia desconsolada, e nesse ponto do relato
Philippe se interrompe. É incapaz de prosseguir. Sua boca continua
aberta, mas ele não consegue pronunciar de novo as três palavras que
deve ter pronunciado naquele instante.

Delphine gritou, Jérôme não. Pegou Delphine nos braços, aper-
tou-a tão forte quanto conseguia enquanto ela gritava, gritava, gritava,
e a partir desse instante estabeleceu seu plano: não posso fazer mais
nada pela minha filha, então vou salvar minha mulher. Não assisti à
cena, que conto a partir do relato de Philippe, mas assisti à sequência e vi esse plano funcionar. Jérôme não perdeu tempo com esperanças. Philippe não apenas era seu sogro, como seu amigo, confiava
totalmente nele e compreendeu na hora que, independentemente do
choque e da perplexidade, se Philippe pronunciara aquelas três palavras, era verdade. Delphine, por sua vez, preferia acreditar que ele se

equivocara. Se ele tinha se salvado, talvez Juliette também. Philippe balançava a cabeça: impossível, Juliette e Osandi estavam na beirinha d'água, sem chance. Nenhuma. Eles a encontraram no hospital, entre as dezenas, já centenas de cadáveres que o oceano devolvera e que por falta de lugar eram deitados diretamente no chão. Osandi e seu pai também estavam lá.

Ao longo da tarde, o hotel transforma-se em jangada de Medusa. Os turistas vitimados chegam praticamente nus, em sua maioria feridos, em choque, disseram-lhes que aqui estariam em segurança. Circula um rumor dando conta do risco de uma segunda onda. Os moradores da região refugiam-se do outro lado da estrada litorânea, tão longe da água quanto possível, e os estrangeiros no alto, isto é, onde estamos. As linhas telefônicas estão cortadas, mas no fim do dia os celulares dos hóspedes do hotel começam a tocar: familiares e amigos que acabam de saber das notícias e telefonam, martirizados pela preocupação. São tranquilizados tão laconicamente quanto possível, a fim de economizar as baterias. À noite, a direção do hotel liga por algumas horas um gerador que permite recarregá-las e acompanhar os fatos pela televisão. No fundo do bar há uma tela gigante que serve geralmente para assistir aos jogos de futebol, pois os proprietários são italianos, bem como grande parte da clientela. Todo mundo, hóspedes, funcionários, sobreviventes, reúne-se diante da cnn e descobre ao mesmo tempo a magnitude da catástrofe. As imagens vêm de Sumatra, da Tailândia, das Maldivas, todo o Sudeste Asiático e o oceano Índico foram atingidos. Começam a desfilar um atrás do outro os vídeos amadores nos quais vemos a onda se aproximar de longe, as torrentes de lama se engolfarem nas casas, arrastando tudo. Fala-se agora em tsunami como se todos conhecessem a palavra desde sempre.

Jantamos com Delphine, Jérôme e Philippe, amanhã nos encontraremos no café, depois no almoço, depois novamente no jantar, até o retorno a Paris não iremos nos separar. Eles não se comportam como pessoas aniquiladas, para as quais tudo é indiferente e que não se mexem mais. Querem ir embora com o corpo de Juliette, e, desde a primeira noite, a vertigem aterradora de sua ausência é mantida a distância pelas questões práticas. Jérôme empenha-se nisso de corpo e alma, é sua maneira de continuar a viver, de preservar Delphine viva, e Hélène o assessora procurando entrar em contato com a companhia de seguros deles para organizar seu repatriamento e o do corpo. É complicado, evidentemente, nossos celulares funcionam mal, tem a distância, o fuso horário, todos os ramais estão congestionados, deixam-na esperando, durante preciosos minutos, ao longo dos quais as baterias se descarregam, é preciso escutar doses cavalares de música dopante, vozes gravadas, e, quando Hélène enfim topa com um ser humano, ele a transfere para outro ramal, a música recomeça ou então cai a ligação. Essas contrariedades cotidianas e que na vida cotidiana são meramente irritantes tornam-se nessas circunstâncias extraordinárias, ao mesmo tempo monstruosas e consoladoras, porque balizam uma tarefa a ser realizada, dão uma forma ao escoar do tempo. Há alguma coisa a ser executada, Jérôme a executa, Hélène ajuda-o, é simples assim. Ao mesmo tempo, Jérôme olha para Delphine. Delphine olha para o vazio. Não chora, não grita. Come muito pouco, de toda forma come um pouco. Sua mão treme, mas é capaz de levar à boca um garfo cheio de arroz ao curry. Enfiá-lo na boca. Mastigar. Descer de volta a mão e o garfo. Repetir o gesto. Eu, por minha vez, olho para Hélène e me sinto aparvalhado, impotente, inútil. Chego quase a odiá-la por estar superenvolvida com aquilo e não se preocupar mais comigo: é como se eu não existisse.

Mais tarde, deitamos na cama um ao lado do outro. Com a ponta dos dedos, toco na ponta dos dedos dela, que não me respondem. Eu queria apertá-la nos meus braços, mas sei que não é possível. Sei no que ela está pensando, é impossível pensar em outra coisa. A poucas dezenas de metros de nós, num outro bangalô, Jérôme e Delphine devem estar deitados também, de olhos abertos. Será que ele a aperta em seus braços ou será que não é possível para eles também? É a primeira noite. A noite que sucede o dia em que sua filha morreu. De manhã ela estava viva, acordou, foi brincar na cama deles, chamava-

-os de papai e mamãe, ria, era calorosa, era o que existe de mais belo e mais caloroso e mais doce sobre a terra e agora está morta. Estará morta para sempre.

Desde o início das férias, eu falava que não gostava do hotel Eva Lanka, sugeria que nos mudássemos para uma das pequenas *guesthouses* da praia, muito menos confortáveis, mas que me lembravam minhas viagens de mochileiro vinte e cinco, trinta anos atrás. Eu não falava muito a sério: na minha descrição desses lugares maravilhosos, enfatizava insistentemente a ausência de eletricidade, os mosquiteiros esburacados, as aranhas venenosas que caem na nossa cabeça; Hélène e as crianças davam gritinhos, zombavam das minhas nostalgias de velho caduco, virou um esquete ensaiado. As *guesthouses* da praia foram carregadas pela onda, e com elas a maioria de seus moradores. Penso: poderíamos ser um deles. Jean-Baptiste e Rodrigue poderiam ter descido para a praia bem embaixo do hotel. Poderíamos, estava programado, ter saído para o mar com o clube de mergulho submarino. E Delphine e Jérôme devem pensar, por sua vez: deveríamos ter levado Juliette ao mercado conosco. Se tivéssemos feito isso, ela ainda viria nesta manhã juntar-se a nós na cama. O mundo estaria de luto à nossa volta, mas apertaríamos nossa filhinha nos braços e diríamos: graças a Deus, ela está aqui, é tudo que importa.

Na manhã do segundo dia, Jérôme disse: vou ver Juliette. Como se quisesse certificar-se de que estavam lhe dispensando os devidos cuidados. Vá, disse Delphine. Ele sai com Philippe. Hélène empresta um maiô a Delphine, que nada já faz um tempo, lentamente, a cabeça bem reta, o olhar vazio. Em volta da piscina, há agora três ou quatro famílias de turistas atingidos, mas eles perderam apenas seus pertences e não ousam queixar-se muito das provações por que passaram na frente de Delphine. Como se nada percebessem do que acontece à sua volta, os suíços alemães entretêm-se serenamente em sua oficina ayurvédica. Mais ou menos ao meio-dia, Philippe e Jérôme retornam, fora de si: Juliette não está mais no hospital de Tangalle, foi transferida para outro lugar, para Matara, segundo uns, para Colombo, segundo outros. Há muitos cadáveres, alguns são cremados, outros evacuados, começam a circular rumores de epidemia. Tudo que puderam fazer por Jérôme foi dar-lhe um pedaço de papel no qual estão rabiscadas algumas palavras que um funcionário do hotel traduz para ele com um embaraço consternado. É uma espécie de recibo, que diz apenas "garotinha branca, loura, com um vestido vermelho".

Então Hélène e eu vamos a Tangalle. O condutor do tuk-tuk é loquaz, *many people dead*, mas sua mulher e seus filhos, graças a Deus, estão sãos e salvos. Quando nos aproximamos do hospital, o cheiro nos agride. Mesmo quem nunca o respirou reconhece-o. *Dead bodies, many dead bodies*, diz o condutor tapando o nariz com um lenço e nos convidando a imitá-lo. No pátio, homens e mulheres, dos quais apenas alguns vestem jaleco de enfermeiros, os outros, de roupas formais, devem ser voluntários, usam macas para transportar cadáveres que enfiam na traseira de um caminhão coberto por uma lona, uns sobre os outros. Estes vão embora, outros vão chegar. Entramos, no térreo, numa grande sala que parece mais uma peixaria do que um hall de hospital. O chão de cimento está úmido, escorregadio, é molhado regularmente para conservar uma aparência de limpeza. Os corpos estão alinhados em fileiras, conto uns quarenta. Estão aqui desde ontem, muitos incharam devido ao tempo que permaneceram na água. Não há ocidentais, talvez tenham sido, como Juliette, evacuados prioritariamente. As peles são mais cinzentas que escuras. Nunca vi uma pessoa morta até hoje, isso me parece estranho, ter sido a tal ponto preservado aos quarenta e sete anos. Tapando o nariz com um pedaço de pano, visitamos outras salas, subimos ao segundo andar. Não há nenhum controle, mal distinguimos os visitantes dos funcionários do hospital, nenhuma porta está fechada, por toda parte jazem cadáveres, acinzentados e estufados. Penso no rumor de epidemia, no holandês que, no hotel, dizia com autoridade que, se não incinerássemos imediatamente todos aqueles cadáveres, uma catástrofe sanitária seria inevitável: eles envenenariam a água dos poços, os ratos trariam o cólera para os vilarejos. Tive medo de respirar pela boca, mas pelo nariz também, como se o cheiro atroz fosse contagioso. Pergunto-me o que viemos fazer aqui. Ver. Apenas ver. Hélène é a única jornalista no local, já ditou uma matéria ontem à noite, outra esta manhã, trouxe com ela sua câmera fotográfica, mas não tem coragem de sacá-la. Aborda um médico visivelmente esgotado, faz-lhe perguntas em inglês. Ele responde, mas não o compreendemos muito bem. Quando nos vemos do lado de fora, o caminhão abarrotado de cadáveres partiu. Do outro lado do portão, no acostamento da estrada, há um descampado de capim seco e cortante, assombreado por uma figueira-de-bengala imensa, e, ao pé dessa figueira-de-bengala, uma dezena de pessoas. Brancos, com as roupas rasgadas, exibindo inúmeras escoriações ainda sem curativo. Nos aproximamos, formam um círculo à nossa volta. Todos perderam alguém, mulher, marido, filho, amigo, mas, ao contrário de Delphine e Jérôme, não os viram mortos e ainda preferem ter esperança. A primeira a nos contar sua história chama-se Ruth. Escocesa, ruiva, uns vinte e cinco anos. Estava hospedada num bangalô na praia com Tom, tinham acabado de se casar, era sua viagem de núpcias. Estavam a dez metros um do outro quando a onda chegou. Ruth foi arrastada, teve a vida salva igual a Philippe e desde então está à procura de Tom. Procurou-o em toda parte: na praia, entre os escombros, no vilarejo, na delegacia, depois, quando compreendeu que todos os corpos eram encaminhados para o hospital, não saiu mais daqui. Visitou várias vezes o interior do prédio, vigiou o descarregamento dos caminhões que trazem novos cadáveres e o carregamento dos que os levam para as fogueiras, não dormiu, não comeu, os funcionários do hospital lhe disseram para ir descansar, prometeram avisá-la se houvesse notícias, mas ela não quer ir embora, quer ficar aqui com os outros, e os outros permanecem aqui pela mesma razão que ela. Pressentem que as notícias agora só podem ser ruins. Mas querem estar presentes quando o corpo da pessoa que amam for descarregado do caminhão. Como está ali desde ontem à noite, Ruth está a par dos fatos: confirma que os cadáveres de brancos, embora passem pelo hospital, são rapidamente transferidos para Matara, onde há mais espaço e, parece, uma câmara frigorífica. Os das pessoas do vilarejo, espera-se que suas famílias os reclamem, mas muitas famílias, principalmente entre os pescadores que tinham suas casas muito perto da água, foram inteiramente destruídas e não há mais ninguém para vir procurá-los, então eles são enviados para a fogueira. Tudo isso é feito de maneira caótica, improvisada. Uma vez que a eletricidade, o telefone e a estrada estão bloqueados, nenhuma ajuda pode vir de fora, e isso significaria o quê, de fora, quando toda a ilha foi atingida? Ninguém foi poupado, cada um se ocupa de seus mortos. Ruth diz isso, no entanto vê muito bem que Hélène e eu fomos poupados. Saímos ilesos, estamos juntos, nossas roupas estão limpas, não procuramos ninguém em particular. Após a visita ao inferno, retornaremos ao nosso hotel, onde nos servirão o almoço. Tomaremos um banho de piscina, beijaremos nossos filhos ruminando que foi por muito pouco. Sentir culpa não ajuda nada, eu sei, é perda de tempo e energia, mas nem por isso deixamos de ser torturados por aquilo e de ter pressa para que tudo termine. Hélène, em contrapartida, ignora seus sentimentos. Concentra todas as suas forças em fazer o que pode fazer, não importa que seja irrisório, é necessário fazê-lo apesar de tudo. Presta atenção, é precisa, faz perguntas, pensa em tudo que pode ser útil. Pegou todo nosso dinheiro vivo e o distribui para Ruth e seus companheiros. Anota o nome de cada um, depois o nome e uma descrição sumária dos desaparecidos: amanhã tentará ir a Matara, procurá-los por lá. Anota o número do telefone das famílias, na Europa ou na América, para ligar para elas e lhes dizer: vi Ruth, está viva, vi Peter, está vivo. Propõe levar ao hotel quem quiser ir, basta ficar um ou dois de plantão, os outros poderão comer, se lavar, receber cuidados, dormir um pouco, telefonar, em seguida voltarão para o revezamento. Mas ninguém aceita nos acompanhar.

Daqueles brancos em vigília sob a figueira-de-bengala, defronte do hospital, lembro-me principalmente de Ruth, porque foi com ela que conversamos mais e porque depois a revimos, mas também de uma inglesa de meia-idade, corpulenta, cabelos curtos, que perdera a namorada — ela dizia: *My girlfriend*, e imagino esse casal de lésbicas envelhecidas, morando numa cidadezinha inglesa, engajadas em atividades comunitárias, sua casa arrumada com amor, suas viagens anuais para países distantes, seus álbuns de fotografias, tudo isso esfacelado. O retorno da sobrevivente, a casa vazia. Os *mugs* com o nome de cada uma, e uma delas não terá mais serventia, e a mulher gorda sentada à mesa da cozinha pega a cabeça nas mãos e chora e pensa que agora está sozinha e permanecerá sozinha até a morte. Nos meses que se seguiram ao nosso retorno, Hélène meteu na cabeça a ideia de retomar contato com os membros desse grupo, saber do paradeiro deles, se a alguns deles fora concedido o milagre. Mas em vão procurou nas bagagens o papel em que anotara tudo, nunca mais conseguiu encontrá-lo e somos obrigados a nos resignar a não saber mais nada daquelas pessoas. A imagem que hoje guardo da meia hora que passei com elas é uma imagem de filme de terror. Cá estamos nós, limpos e frescos, poupados, e ao nosso redor o círculo dos leprosos, dos contaminados, dos náufragos de volta ao estado selvagem. Na véspera eram como nós, éramos como eles, mas lhes aconteceu uma coisa que não aconteceu conosco, e agora fazemos parte de duas humanidades distintas.

À noite, Philippe conta sua história de amor com o Ceilão, aonde foi pela primeira vez há mais de vinte anos. Técnico em informática na periferia parisiense, sonhando com países distantes, tinha um colega cingalês, que ficou seu amigo e os convidou para irem à sua casa: Philippe, sua mulher na época e Delphine, que ainda era bebê. Era sua primeira grande viagem em família e eles gostaram de tudo: do fervilhar das cidades, do frescor das montanhas, da languidez dos vilarejos à beira do oceano, dos arrozais em terraços, do grito dos lagartos, dos telhados de telhas caneladas, dos templos nas florestas, do brilho das auroras e dos sorrisos, de comer com os dedos os pratos de arroz ao curry. Philippe pensou: isso é que é vida, era aqui que eu queria morar um dia. Esse dia ainda não chegara: o colega cingalês partiu para a Austrália, escreveram-se um pouco, depois perderam-se de vista, o contato com a ilha mágica se rompera. Philippe não aguentava mais ser um trabalhador suburbano, era apaixonado por vinho, nessa época um técnico em informática encontrava com facilidade um trabalho bem remunerado onde lhe aprouvesse, então foi se instalar perto de Saint-Émilion. Não demorou a formar uma clientela: grandes viticultores, centrais de compra cujos sistemas de gestão ele modernizava e dos quais fazia a manutenção. Sua mulher abriu uma loja que, contrariando todas as expectativas numa região reputada como pouco acolhedora com os recém-chegados, prosperou. Agora moravam no campo, numa bonita casa em meio aos vinhedos, ganhavam bem a vida fazendo uma coisa de que gostavam, foi uma transição bem-sucedida. Mais tarde, conheceu Isabelle e se divorciou sem maiores dramas. Delphine cresceu, linda e bem-comportada. Não tinha quinze anos quando viu Jérôme pela primeira vez e decidiu que ele seria o homem de sua vida. Ele tinha vinte e um, era um rapaz bonito e forte, herdeiro de uma linhagem de ricos negociantes de vinho. Nesse meio não se brinca com diferenças de fortuna, mas quando, anos depois, o devaneio de adolescente transformou-se em compromisso sério e compartilhado, Jérôme soube resistir à pressão dos pais e mostrar a firmeza tranquila de seu caráter: amava Delphine, escolhera Delphine, ninguém iria dissuadi-lo disso. Philippe idolatrava a filha, havia todos os motivos para recear que nenhum pretendente fosse de seu agrado, mas deu-se outra paixão à primeira vista, dessa vez de amigos, entre genro e sogro. Apesar de seus vinte anos de diferença, descobriram que tinham os mesmos gostos: os grandes Bordeaux e os Rolling Stones, o humorista Pierre Desproges e a pescaria, e Delphine para coroar o conjunto, e logo se tornaram dois bons e velhos companheiros. Os recém-casados encontraram uma casa no vilarejo a apenas dez quilômetros da casa onde moram Isabelle e Philippe. Os dois casais tornaram-se inseparáveis. Jantavam todos os quatro na casa de uns ou de outros, Philippe e Jérôme desencavavam alternadamente uma garrafa que degustavam às cegas, passavam o jantar falando de corpo, nariz, elegância, na sobremesa queimavam um baseado de maconha da horta, colocavam "Angie" ou "Satisfaction" para tocar, amavam-se, eram felizes. Philippe, sob o caramanchão, voltava a falar no Sri Lanka. Já fazia oito anos, ele sentia saudade de lá e Delphine também. Uma noite de outono, logo após as colheitas, jantavam ao ar livre, tinham bebido um Château Magdelaine 1967, ano de nascimento de Jérôme, e faziam planos de férias todos os quatro, quando Isabelle lançou a ideia: e por que, antes disso, os dois rapazes não iam fazer um pequeno reconhecimento?

Para os dois rapazes, aquelas cinco semanas de pequena excursão ao Sri Lanka são uma recordação cheia de encanto. Mochila nas costas, o *Guia do mochileiro* no bolso, circularam ao sabor dos trens, ônibus, tuk-tuks, festas de aldeia, encontros, a inspiração do momento. Philippe sentia-se orgulhoso de mostrar sua ilha ao genro, e um pouco envergonhado, depois finalmente orgulhoso também por seu genro em poucos dias mostrar-se ainda mais safo do que ele. Com sua envergadura, seu bom humor inalterável, sua ironia sem maldade, imagino Jérôme como um companheiro de viagem ideal: deixando acontecer, sem pressa, sem deixar-se surpreender, recebendo contratempos como oportunidades, desconhecidos como possíveis amigos. Mais baixo, mais nervoso, mais volúvel, Philippe circulava em torno daquela força tranquila como seu quase sósia Pierre Richard em torno de Gérard Depardieu em *Les Compères* [Os compadres] ou *A cabra*. Devia diverti-los muito, nas conversas de viajantes, nas varandas das *guesthouses*, surpreender as pessoas dizendo-se genro e sogro.

Desceram para o sul. A estrada costeira, de Colombo a Tangalle, que levamos metade de um dia para percorrer de táxi, eles percorreram em etapas, preguiçosamente, e, quanto mais ela serpenteava afastando-se da capital, mais a vida parecia estirar-se entre rebentação e coqueiros, edênica, atemporal. A última cidade de verdade nessa costa é Galle, fortaleza portuguesa onde Nicolas Bouvier naufragara sozinho quarenta anos antes, tendo passado uma longa temporada no inferno na companhia de cupins e fantasmas. Nem Philippe nem Jérôme tinham qualquer afinidade com o inferno e seguiram seu caminho assobiando. Depois de Galle, há apenas algumas vilas de pescadores, Welligama, Matara, Tangalle e, na saída de Tangalle, o subúrbio de Medaketiya. Um punhado de casas de tijolos verdes ou cor-de-rosa, fustigadas pela garoa, uma selva de coqueiros, bananeiras, mangueiras, cujas frutas caem diretamente no prato. Na praia de areia branca, canoas polinésias em cores vivas, redes, cabanas. Não há hotel, mas algumas dessas cabanas são adaptadas como *guesthouses* e o sujeito que toca o negócio chama-se M.H. Enfim, ele tem um desses nomes sri-lankeses de no mínimo doze sílabas sem o qual um homem não tem consistência nesta terra e, para facilitar a vida dos estrangeiros, gosta de ser chamado de M.H., pronunciado à inglesa: émei*dch*. Medaketiya e a *guesthouse* de M.H., eis o sonho de todos os mochileiros do mundo. *A* praia. O fim da estrada, o lugar onde a gente finalmente se acomoda. Moradores risonhos, descomplicados, sem maldade. Poucos turistas, e turistas iguais à gente: individualistas, tranquilos, guardando ciosamente o segredo. Philippe e Jérôme permaneceram lá três dias, tomando banho de mar, comendo à noite o peixe que haviam pescado de manhã, bebendo cervejas e fumando baseados, congratulando-se mutuamente pelo êxito da incursão: o paraíso na terra existia, eles tinham descoberto, só faltava trazer as mulheres. Quando, ao partirem, comunicaram a M.H. que voltariam em breve, o outro respondeu educadamente o equivalente sri-lankês de *Inch'Allah*, mas eles voltaram todos os quatro no ano seguinte e no outro, e de novo nos subsequentes. Suas vidas organizaram-se pouco a pouco entre Saint-Émilion e Medaketiya. A de Philippe, em especial: os demais tinham seus afazeres e só iam para as férias, mas ele passava lá três ou quatro meses por ano. Sempre com M.H., que se tornou pouco a pouco amigo deles e que, uma vez, inclusive, fez-lhes uma visita na Gironda — essa viagem não foi um grande sucesso,

M.H. não se sentia à vontade longe de suas bases, não se convertera aos *grands crus* bordaleses, paciência. Da *guesthouse*, Philippe transferiu seu quartel-general para outro bangalô que M.H. lhe alugava o ano todo, Isabelle e ele ajeitaram-no ao seu gosto, virou realmente a casa deles. Tinham uma casa em Medaketiya, amigos em Medaketiya. Todo mundo os conhecia por lá e gostava deles. Juliette nasceu, foi levada, bebê, para Medaketiya. M.H. tivera tardiamente, além de seus filhos já adultos, uma filhinha chamada Osandi, e Osandi, que era três anos mais velha que Juliette, aprendeu desde logo a cuidar dela: era sua irmã.

O que mais seduzia Philippe era partir um mês antes dos outros e passar esse mês sozinho em Medaketiya, sabendo que eles em breve viriam ao seu encontro. Desfrutava ao mesmo tempo da solidão e da felicidade de ter uma família: uma mulher com quem formava uma boa dupla, uma filha maravilhosa, tão maravilhosa que dera um jeito de, arranjando um marido, arranjar-lhe um amigo, simplesmente seu melhor amigo, e uma netinha que parecia com a mãe na sua idade, por assim dizer. Realmente, aquela vida era uma vida boa. Soubera assumir riscos quando necessário — instalar-se em Saint-Émilion, mudar de profissão, divorciar-se —, mas não fora atrás de quimeras, não causara grande sofrimento à sua volta, não almejava mais conquistar o que quer que fosse, apenas saborear o que conquistara: a felicidade. Outra coisa que ele tinha em comum com Jérôme, rara num rapaz da idade dele: aquele olhar sutilmente sarcástico, sem maldade, para as pessoas que se agitam e se estressam e conspiram, que têm sede de poder e de ascendência sobre seu semelhante. Os ambiciosos, os chefetes, os jamais satisfeitos. Jérôme e ele eram daqueles que trabalham de verdade, mas que, uma vez encerrado esse trabalho, recebido o dinheiro, desfrutam dele tranquilamente, em vez de se sobrecarregarem com uma tarefa extra para ganhar um dinheiro extra. Tinham tudo de que precisavam para estarem satisfeitos com seu destino, nem todo mundo tem essa sorte, mas tinham também, e acima de tudo, a sabedoria de se contentar com aquilo, de amar o que possuíam, de não desejar mais. O dom de levar a vida sem culpa e sem pressa, de entabular uma conversa preguiçosa e sacana à sombra da figueira-de--bengala, bebericando uma cerveja. Nada como cultivar o próprio jardim. *Carpe diem.* Para vivermos felizes, vivamos escondidos. Não é assim que Philippe formula, mas é assim que eu o escuto e me sinto quando ele, de bem longe, fala dessa sabedoria, eu que vivo na insatisfação, na tensão perpétua, que corro atrás dos sonhos de glória e destruo meus amores porque sempre imagino que num outro lugar, um dia, mais tarde, encontrarei coisa melhor.

Philippe pensava: descobri o lugar onde quero viver, descobri o lugar onde quero morrer. Levei para lá minha família e encontrei uma segunda família, a de M.H. Quando fecho os olhos na poltrona de rattan, quando sinto sob meus pés descalços a madeira da varanda na frente do bangalô, quando ouço ranger na areia a vassoura de fibra de coco que M.H. passa todas as manhãs em seu quintal, esse som, tão familiar, tão tranquilizador, me diz: você está na sua casa. Você está em casa. Terminada a faxina, M.H. virá me encontrar, calmo e majestoso em seu sarongue carmim. Fumaremos um cigarro juntos. Trocaremos algumas palavras banais como velhos amigos que não precisam falar para se entender. Acredito que me tornei efetivamente sri-lankês, disse um dia Philippe, e ele se lembra do olhar amigo, mas um tanto irônico, que lhe lançou M.H.: acreditar é uma coisa... Isso o envergonhou um pouco, mas também lhe serviu de lição. Tornara-se um amigo, sim, mas continuava sendo um estrangeiro. Sua vida, independentemente do que ele pensasse, não era aqui.

Hoje, Philippe poderia pensar: minha neta morreu em Medaketiya, nossa felicidade foi destruída em poucos instantes, não quero mais ouvir falar de Medaketiya. Mas não pensa assim. Pensa que vai finalmente provar ao finado M.H. que sua vida era de fato aqui, entre eles, que ele é um deles, que após ter compartilhado a felicidade com eles não vai se esquivar de seu infortúnio, pegar suas coisas e dizer tchau, quem sabe nos vemos por aí. Pensa no que resta da família de M.H., em suas casas destruídas, nas casas de seus vizinhos pescadores, e diz: quero ficar ao lado deles. Ajudá-los a reconstruir, a recomeçar a vida. Quer mostrar-se útil, que mais pode fazer?

Não sabemos quando vamos conseguir ir embora. Não sabemos para onde levaram o corpo de Juliette: talvez para o hospital de Matara, talvez para Colombo. Jérôme, Delphine e Philippe não irão embora sem ela e nós também não iremos sem eles. Matara é muito distante para ir de tuk-tuk, mas no café da manhã o dono do hotel anuncia que uma caminhonete da polícia está de saída para lá e que ele providenciou para que levassem Jérôme com eles. Hélène sugere imediatamente acompanhá-lo e, imediatamente, ele aceita. Penso que eu é quem deveria ter sugerido isso, que era um assunto de homens, e os vejo partir com uma ponta de ciúme que me deixa encabulado. Sinto-me como uma criança que os adultos largam em casa para ir tratar de coisas sérias. Como Jean-Baptiste e Rodrigue, que há quarenta e oito horas estão abandonados a si mesmos. Cuidamos de Philippe, Delphine e Jérôme, e quase nada deles. Eles passam o dia trancados no bangalô relendo velhos gibis, encontram a gente nas refeições, quando permanecem em silêncio, emburrados, deslocados, e percebo que deve ser difícil viver um acontecimento daquelas proporções: tratados como bebezinhos, superprotegidos, sem ter o direito de participar. Digo a mim mesmo que não ver nada talvez seja mais traumático do que ver cadáveres e que pelo menos Jean-Baptiste é suficientemente grande para ir ao vilarejo comigo. Focado em seu plano de resgate, Philippe quer dar conta da situação sozinho. Hesito um pouco em confiar Rodrigue aos cuidados de Delphine, mas ela diz que isso não é problema algum para ela, ao contrário, e partimos.

O tuk-tuk passa ao largo do hospital, não suficientemente ao largo para nos poupar do cheiro de morte. De longe, percebo o grupo

de turistas náufragos rodando lentamente em círculo sob a figueira-
-de-bengala, e dessa vez também tenho a impressão de ser um sobrevivente num filme de zumbis, passando de carro por um grupo de
mortos-vivos desocupados, braços arriados, que nos seguem com olhos
vazios. Percorrendo a rua principal e curiosamente calma, chegamos à
praça do mercado, onde Philippe encontrou Jérôme e Delphine para
lhes anunciar a morte de Juliette, depois descemos até a praia de Medaketiya: um campo de lama preta, nauseabunda, de onde emergem
destroços de barcos, casas, cercas, troncos de árvores arrancados, aqui
e ali um lanço de parede ainda de pé. Nessas ruínas pessoas se esfal-
fam, vasculham, recuperam objetos díspares: uma bacia, uma rede de
pesca, um prato rachado, tudo que lhes resta. Quando Philippe passa,
todos o reconhecem, vão até ele, e é praticamente a mesma cena com
todos. Abraçam-se, choram juntos, num inglês macarrônico trocam
informações: essencialmente os nomes dos mortos. Philippe não conta
nada a ninguém, mas já sabem de Juliette, de Osandi, de M.H. Mas
ele ainda não sabe dos vizinhos, e a cada morte que lhe anunciam ele
emite, como seus interlocutores, uma espécie de gemido. Não estava
se gabando ao dizer que conhecia todo mundo, que todo mundo o
adotara. Ele chora aqueles pescadores sri-lankeses como seus próprios
parentes. A cada um dos sobreviventes ele se dá ao trabalho de explicar que terá que ir embora, agora, imediatamente, com Delphine
e Jérôme, mas que voltará em breve para ajudá-los, que vai arranjar
dinheiro, que ficará muito tempo. Parece muito importante para ele
dizer-lhes aquilo, e importante para eles escutá-lo, em todo caso abra-
çavam-no ainda mais. Progredimos de escombro em escombro, de
sobrevivente em sobrevivente, de abraço em abraço, até o cercadinho
de M.H. Não resta mais nada da *guesthouse* e, do bangalô que Philippe
alugava, apenas alguns tacos de assoalho, um boxe de chuveiro, uma
parede ornamentada com um afresco representando coqueiros, peixes
e redes em cores vivas e alegres. Foi Delphine quem a pintou no ano
passado, com Juliette. As duas fizeram aquilo com todo o capricho,
Juliette tinha três anos, estava orgulhosa de ajudar a mãe. Philippe
sentou-se diante do afresco, dentro dos escombros. Jean-Baptiste e eu
nos afastamos um pouco. Nós o observamos de longe. Será que você
faria como ele, no lugar dele?, me pergunta de supetão Jean-Baptis-

te. Será que eu faria o quê? Se sua neta de quatro anos tivesse morrido, ou se Gabriel e eu, seus filhos, tivéssemos morrido, será que se preocuparia com os pescadores de Medaketiya? Hesito. Não sei. Se fosse eu, emenda Jean-Baptiste, acho que não estaria nem aí para os pescadores de Medaketiya. Após refletir, digo que não estar nem aí é ou a prova de uma generosidade extraordinária, ou uma estratégia de sobrevivência, e que prefiro ver nisso uma estratégia de sobrevivência. Me parece mais humano. Num certo momento, pensar apenas em você é que é o mais humano. Preocupar-se com a humanidade em geral quando seu filho está morto, não creio nisso, mas não creio que Philippe e Jérôme se preocupem com a humanidade em geral, creio que se preocupam em sobreviver à morte de Juliette. E em salvar Delphine, principalmente.

De volta ao hotel, tento encontrar Hélène pelo celular, mas ela não atende. Jérôme e ela ainda não apareceram na hora do almoço, esperamos um pouco, depois almoçamos sem eles. De dois dias para cá, os italianos que tocam o hotel comportam-se de maneira inatacável: alojam todo mundo, alimentam todo mundo, demonstram a mesma solicitude para com os refugiados sem um tostão e para com os hóspedes pagantes, e se, na falta de víveres, as refeições são cada vez mais sumárias, o serviço mantém a displicência pomposa que o caracterizava antes da catástrofe. Estou nervoso, incomodado, consulto meu relógio. Não confessaria por nada no mundo, mas a verdade é que a situação resume-se da seguinte forma para mim: minha mulher partiu para viver uma experiência radical com outro homem. Eu, que dois dias atrás julgava-a abatida e sem vigor, vejo-a agora como uma heroína de romance ou filme de aventuras, a bela e corajosa jornalista que, no calor da hora, dá o melhor de si mesma. Nesse romance ou nesse filme, não sou eu o herói, identifico-me antes, desafortunadamente, com o marido diplomata, irônico, ponderado, perfeito nos coquetéis e nas *garden-parties* da embaixada, mas que, quando a embaixada é cercada pelos Khmers Vermelhos, perde a autoridade, tergiversa, espera que outros tomem decisões por ele, e é com um outro que sua mulher enfrenta a adversidade, desafia os perigos, olha a morte de frente. Para driblar a espera, cada vez mais ansiosa, tento ler *Le Poission-scorpion*. Dei com um capítulo em que Matara é evocada como um vilarejo de feiticeiros particularmente temíveis, e com esta frase: "Se soubéssemos ao que nos expomos, nunca nos atreveríamos a ser felizes". Nunca me atrevi a sê-lo, não é a minha praia. Jogo uma partida de xadrez com Jean-Baptiste, desenho personagens mais ou menos monstruosos com Rodrigue, em papéis que dobramos de maneira que um não veja o que o outro desenhou. Esse jogo que lhe ensinei, inspirado nos surrealistas, chama-se *cadavre exquis*,* e quando Rodrigue repete a expressão intimo-o a falar mais baixo, constrangido. Ele compreende instantaneamente por que e dirige para Delphine um olhar de relance preocupado. Mais tarde, converso com ela. Ela me descreve a vida deles em Saint-Émilion. Sempre amou a natureza, nunca imaginou viver em outro lugar que não fosse no campo. Também nunca procurou se afirmar ou ser independente trabalhando: era uma jovem mãe e dona de casa, absolutamente descomplexada, que imprimia um contorno natural e até mesmo moderno à divisão de tarefas mais tradicional. Jérôme trabalhava, ela cuidava de Juliette, da casa, do jardim, dos animais. Juliette adorava animais, coelhos principalmente, cuja alimentação não delegava a ninguém. Jérôme almoçava em casa diariamente e lá se demorava, o tempo de conversar tranquilamente com a mulher, de saborear a refeição que ela preparara, de brincar com a filha. Trabalhava, sim, mas no seu ritmo, sempre disponível para as duas, para o sogro, para os poucos amigos deles, e os clientes que sua profissão impunha-lhe visitar eram uma extensão daquele círculo familiar em cujo seio aconchegava-se a felicidade. Escuto Delphine, olho para ela: loura, graciosa, infantil. Seu pai diz que ela é parecida com Vanessa Paradis e, mais que isso, ele se aferra à sutileza, que é Vanessa Paradis que é parecida com ela. É verdade mas, ainda que eu só tenha visto Juliette uma vez, por meia hora, penso que é com a filha que ela é parecida, principalmente. Tento imaginar aquela vida sossegada e tão distante da minha. Delphine descreve-a numa voz calma, mas é uma calma de sonâmbula, e todos os verbos são no passado.

---

* Literalmente, "cadáver esquisito" ou "sofisticado". (N. T.)

Mais tarde, Ruth chega ao hotel. Após quarenta e oito horas na frente do hospital, sem dormir nem comer, acha-se tão debilitada que foi trazida para cá mais ou menos à força. Serviram-lhe um sanduíche, no qual ela não toca, o mais velho dos italianos responsáveis pelo hotel veio lhe dizer que prepararam um quarto para ela, insiste delicadamente para que ela vá se deitar, dormir um pouco, mas ela balança a cabeça. Quando estava debaixo da figueira-de-bengala, não queria arredar pé de lá. Agora que a desenraizaram para depositá-la naquela poltrona, tampouco quer de novo arredar pé dali, em todo caso, não para ir se deitar. Acha que, se ceder ao sono, Tom não conseguirá voltar. Para que ele consiga voltar, ela precisa estar acordada. O que ela queria era ir para a praia, sentar-se no lugar onde a onda os separou, onde se erguia seu bangalô, e lá se deixar ficar, olhos fitos no horizonte, até Tom ressurgir vivo do oceano. Mantém-se ereta dizendo isso, como que em meditação, e podemos imaginá-la assim na praia dias, semanas a fio, sem comer nem dormir nem falar, a respiração cada vez mais silenciosa, pouco a pouco deixando de ser uma pessoa humana para transformar-se em estátua. Sua determinação dá medo, sentimos que ela está bem perto de passar para o outro lado, para a catatonia, a morte em vida, e Delphine e eu compreendemos que nosso papel é fazer o que pudermos para impedi-la. Isso significa convencê-la de que Tom não voltará, que morreu afogado como os outros. Decorridos dois dias, isso é praticamente certo. Esperando ajudá-la como Jérôme a ajuda, Delphine, por sua vez, conta-lhe sua história. Diz o que até o presente não a ouvi dizer, são os outros que o dizem diante dela: que sua filhinha está morta. Em seu inglês de colégio, pronuncia as palavras: *My little girl is dead*. Ruth faz uma única pergunta: você a viu morta? Delphine vê-se obrigada a responder que sim, e Ruth diz: então não é a mesma coisa. Pois eu não vi Tom morto. Enquanto não o tiver visto, não acreditarei na sua morte. Acreditar nela seria como matá-lo. Não ouve muita coisa do que lhe dizem, mas conseguem fazê-la falar, é uma maneira de estabelecer um vínculo. Ela é assistente social, ele, carpinteiro. Ela se recusa a acreditar na morte dele, mas diz: *He was a carpenter*. O passado já começa a carcomer suas frases. Se conhecem e se amam desde a adolescência, casaram-se no outono e partiram no dia seguinte à cerimônia para uma volta ao mundo que devia durar um ano. Sabiam o que fariam na volta: seu primeiro filho — queriam quatro — e sua casa. Num lugarejo não distante de Glasgow, eles compraram, endividando-se, um pedaço de terra com algumas pedras, as ruínas de um celeiro que Tom ia restaurar. Levasse o tempo que levasse, provavelmente dois anos, pois Tom não poderia dedicar-se a isso senão em suas folgas, e durante esses dois anos morariam num trailer. A criança passaria seu primeiro ano no trailer, mas depois eles e seus filhos teriam uma casa, uma casa de verdade, deles, o que nenhum deles teve em sua própria infância, pois vêm de famílias rurais desenraizadas, perdidas na cidade, sem vínculos. Tom e Ruth se pareciam, suas histórias se pareciam, ouvindo Ruth presumimos que não foi fácil. Tiveram o mesmo medo de ficar à deriva, de levar uma vida que não houvessem desejado, mas eles se encontraram, juraram permanecer juntos para o melhor e o pior, apoiar-se acontecesse o que acontecesse. Juntos eram fortes, tinham um projeto, construiriam sua vida e não permitiriam que ela fosse arrastada pela correnteza. Antes de se entregarem a esse projeto com todas as forças, de serem fincados em seu lugar pelos filhos, o trabalho, as prestações, o tipo de servidão a que, aliás, aspiravam, tinham decidido proporcionar-se esse ano de liberdade e ver o vasto mundo, somente os dois. Em seguida dariam duro, não parariam mais, sua vida se desenrolaria tenaz e laboriosa num cantinho da Escócia, entre campo e subúrbio industrial, onde chove três quartos do tempo. Mas antes haveria tudo aquilo: a volta ao mundo, mochila nas costas, as rodoviárias, as auroras e as noites dos trópicos, os eventuais biscates a cada etapa para não mutilarem seu pecúlio, um mês lavando louça em Izmir, outro num estaleiro no sul da Índia, e imagens, recordações que durariam a vida inteira. Viam-se felizes, velhos, na casa construída por Tom, a casa onde teriam crescido seus filhos, a casa onde viriam seus netos, admirando as fotografias da grande aventura de sua juventude. Mas se Tom não está mais ao lado dela para compartilhá-las, não há mais recordações possíveis, projetos possíveis. A juventude de Ruth terminou e ela não quer mais a velhice. A onda carregou seu futuro junto com seu passado. Não terá casa, não terá filhos. Inútil dizer-lhe que aos vinte e sete anos sua vida não terminou, que após um tempo de luto ela encontrará outro homem com quem outra coisa será possível. Se Tom está morto, Ruth só pode morrer.

Ao escutá-la, penso: essa mulher perdeu tudo, mas é porque tinha tudo, pelo menos tudo que interessa. O amor, o desejo de que ele dure, a vontade de fazê-lo durar e a confiança: ele duraria. Eu que tive tantos outros invejo-lhe essa riqueza. Jamais consegui, até o presente, imaginar minha vida assim com uma mulher. Nunca acredito de verdade que envelhecerei ao lado da mulher com quem estou, que ela fechará meus olhos ou que fecharei os seus. Acho que a próxima mulher será finalmente a certa, ao mesmo tempo desconfio que, dividido como sou, a próxima tampouco resolverá o assunto, que nenhuma vai resolver e que terminarei sozinho. Antes da onda, Hélène e eu estávamos nos separando. Mais uma vez o amor rachava, eu não soubera zelar por ele. E enquanto Ruth evoca, com sua voz baixa e átona, as fotografias de sua viagem de núpcias, a certeza que eles tinham de que as veriam juntos quando ficassem velhos, entrego os pontos, divago, penso no que seria para nós o equivalente daquelas fotos. Alguns meses antes, fiz um filme baseado no meu romance *O bigode*. Durante os preparativos e a filmagem, calhou várias vezes de Hélène e eu passarmos a noite no cenário principal, o apartamento do casal representado por Vincent Lindon e Emmanuelle Devos. Sentíamos um prazer clandestino dormindo na cama dos heróis, usando sua banheira, recolocando apressadamente as coisas no lugar antes da chegada da equipe de manhã. O roteiro incluía uma cena erótica que eu queria bem crua. Os dois atores, um pouco preocupados, volta e meia me perguntavam como eu pretendia rodá-la e eu respondia com segurança que tinha uma ideia, quando não tinha nenhuma. No cronograma, previa-se uma noite inteira para a cena 39, e, com a aproximação dessa noite, comecei a me preocupar também. Uma noite, no cenário, Hélène, a quem revelei essa preocupação, sugeriu que para entender melhor ensaiássemos a cena, nós dois. Durante duas noites seguidas, diante de uma câmera de vídeo instalada num tripé, nós então a ensaiamos, variamos, enriquecemos, pusemos todas as nossas energias em ação. Chegado o momento, ela foi rodada de verdade, não era tão ruim, mas terminamos cortando-a na montagem e virou uma piada de praxe dizer aos atores que ela estava sendo guardada para os bônus do DVD. Na verdade, o que seria muito melhor para os bônus do DVD eram as duas fitas de pornô caseiro guardadas na gaveta da minha mesa sob a inocente etiqueta: testes, Rue René-Boulanger. E o que penso esta tarde, no bar do hotel Eva Lanka, onde Delphine e eu escutamos Ruth falar de Tom e do amor deles, é que essas duas fitas poderiam, se ficássemos juntos, se atravessássemos a vida juntos, transformar-se num verdadeiro tesouro. Imagino nós dois vendo na tela nossos corpos de antigamente, firmes, vigorosos, dinâmicos, Hélène com uma mão mosqueada agarrando meu velho pau, que a serve fielmente há trinta anos, e essa imagem subitamente me deixa transtornado. Digo a mim mesmo que isso tem que acontecer, que se tem algo que preciso conseguir fazer antes de morrer, é isso.

Hélène e Jérôme estão com os olhos brilhantes e febris, como os daqueles que retornam do front e viram o fogo. Jérôme diz a Delphine apenas que Juliette não está mais em Matara, e sim em Colombo, e que ele vai providenciar para que possam ir embora o mais cedo possível. Quero levar Hélène para o nosso bangalô para que ela descanse e me conte, mas ela diz: mais tarde. Quer ficar com Ruth, que a beijou ao chegar como se a conhecesse desde sempre. Está esgotada, o esgotamento deixa-a reluzente. Estamos todos em torno de Ruth, irmanados pela ideia de que ainda é possível fazer alguma coisa por ela. Arrancá-la do vazio diante do qual permanece imóvel, sem nos enxergar. Salvá-la. É Hélène também quem lhe pergunta se ela telefonou para sua família, na Escócia. Ruth balança a cabeça: para quê? Hélène insiste: ela precisa fazer isso. A mesma e atroz incerteza que a corrói a respeito de Tom, sua família deve sentir a respeito dela. Ela não pode deixá-los sem notícias. Ruth tenta esquivar-se: não quer dizer que Tom está morto. Você não precisa dizer que ele está morto, apenas que você está viva, diz Hélène. Você nem precisar falar, se quiser posso fazer isso por você, só precisa me dar um número de telefone. Ruth hesita, depois, sem olhar para Hélène, deixa escapar os algarismos um por um. Enquanto Hélène digita-os nas teclas do seu celular, penso no fuso horário, a campainha do telefone vai tocar no meio da noite num *cottage* de tijolos do subúrbio de Glasgow, mas provavelmente não acordará ninguém: os pais de Ruth, se é que telefonamos para eles, não devem dormir há três dias. Completo o número, Hélène estende o telefone para Ruth, que o pega. Devem ter atendido, longe. Ela diz: *It's me*, depois: *I am ok*, depois nada. Falam com ela, ela escuta. Olhamos para ela. Ela começa a chorar. As lágrimas rolam pela sua face, é como uma eclusa que se abre, e depois essas lágrimas tornam-se soluços, seus ombros se sacodem, toda a parte de cima de seu corpo até então petrificada se mexe, ela chora e ri e nos diz: *He is alive*. Para nós, é como assistir a uma ressurreição. Ela ainda pronuncia algumas palavras, em resposta ao que lhe diz seu interlocutor, depois devolve o telefone para Hélène. Balança lentamente a cabeça, repete a meia-voz, para nós, para ela, para a terra e o céu: *He is alive*. Volta-se então para Delphine, que, sentada ao seu lado no banquinho, chora também. Olha para ela, coloca a cabeça sobre seu ombro, e Delphine aperta-a em seus braços.

Demorou muito, me contou Hélène naquela noite, para chegarem a Matara. Apesar de não ser longe, a estrada estava bloqueada a toda hora, pegavam e largavam gente pedindo carona, a cada ponte eram obrigados a esperar, pois em todos os rios resgatavam-se cadáveres. Num dado momento, o caminhão passou em frente à base de mergulho aonde devíamos ir no dia da onda: não restava mais nada do prédio, nem do clube de férias do qual ele fazia parte, e o policial a quem Hélène perguntou o que acontecera às suas centenas de clientes suspirou: *All dead*. O hospital de Matara é bem maior que o de Tangalle e recebe muito mais cadáveres, o cheiro de morte era ainda mais intenso que na véspera. Levaram Hélène e Jérôme à câmara frigorífica, cujas cerca de vinte gavetas continham brancos: a ala vip, zombou Jérôme, cujo humor tornava-se cada vez mais ácido. Abriram as gavetas para eles, uma depois da outra. Hélène não sabia o que temia mais, que Juliette estivesse numa daquelas gavetas ou que não estivesse. Não estava em nenhuma. Visitaram o hospital de ponta a ponta. Jérôme agitava na cara das pessoas o papel no qual, em Tangalle, haviam rabiscado a descrição de Juliette. Respondiam-lhe apontando, com um gesto desolado, impotente, os corpos cinzentos e inchados que juncavam o chão: vejam, podem escolher. No fim de uma hora, tinham visto tudo e estavam completamente desamparados. Alguém lhes indicou um escritório onde um funcionário, atrás de um computador, passava em slideshow as fotografias dos mortos que, após uma passagem pelo hospital, haviam sido transferidos para outros lugares. Meia dúzia de sri-lankeses formava um círculo ao redor da tela, o círculo ampliou-se para abrir espaço para Hélène e Jérôme. Deviam considerá-los um casal. Um casal bonito: ele bem alto, de camisa branca, cabelo crespo, barba por fazer, ela de calça comprida branca e camiseta, com seu corpo magnífico, os olhares de ambos tensos pela preocupação e o sofrimento. Todos já tinham sua cota suficiente de preocupação e sofrimento, mas eles inspiravam simpatia, faziam o que era possível para ajudá-los. Jérôme descreveu sua filha para o funcionário, que não compreendia bem e continuava a fazer as fotos desfilarem na tela. Homens, mulheres, crianças, velhos, pessoas da região e ocidentais, rostos emoldurados de frente, estropiados, intumescidos, olhos abertos ou fechados, ele passou dezenas, parava alguns segundos em cada uma, depois automaticamente passava à seguinte e finalmente apareceu a fotografia de Juliette. Hélène estava ao lado de Jérôme. Viu-o descobrir a foto da filhinha morta. Olhou para ele quando ele olhou para ela. Quando a foto seguinte substituiu a de Juliette, Jérôme perdeu o juízo. Desmoronou sobre o computador, pediu gritando que voltassem. O funcionário clicou com o mouse, depois consultou a ficha que acompanhava a foto: Juliette não estava mais ali, tinha sido trasladada para Colombo. Sua fotografia ficou mais uma vez para trás e Jérôme entrou mais uma vez em pânico, pedindo mais uma vez que voltassem: não conseguia se desviar da tela, nem se convencer de que Juliette estava morta. O funcionário clicou diversas vezes em seguida para interromper o modo automático. Jérôme olhava avidamente para o rosto da filha, seu cabelo louro, as alcinhas do vestido vermelho sobre seus ombros redondos e bronzeados. A cada vez que a foto seguinte aparecia, ele suplicava: *Again! Again, again*, e escrevendo isto penso em Jeanne, nossa filhinha, que recentemente começou a falar "de novo!", sem parar, para que a façamos pular em nosso colo ou na cama. Terá sido Hélène que, para terminar com aquilo, para arrancá-lo daquele abismo, pegou em sua mão e lhe disse: venha, agora vamos embora? Como voltaram? Havia lacunas em seu relato, ela contava com reticência. Estava esgotada, claro, com os nervos à flor da pele, mas eu também compreendia que, se ela não contava mais, era para não trair a intimidade terrível e perturbadora que acabava de dividir com Jérôme, e essa intimidade me machucava.

Outro dia se passou antes de podermos partir para Colombo. Um dia vazio: não restava mais nada a fazer senão esperar, e esperamos.

Ficamos entre nós, de maneira que mal me lembro dos demais, dos hóspedes do hotel e dos sobreviventes. Na periferia, quase invisíveis pois faziam suas refeições à parte, não sei onde, havia os suíços ayurvédicos e Leni Riefenstahl, que todas as manhãs continuava a fazer seus alongamentos na piscina. Mais próximos, um casal israelense com a filhinha, que devia ter a idade de Juliette e que eles protegiam com o olhar dizendo-lhe, insistentemente, que ela poderia ter conhecido a mesma sorte de Juliette, e uma família de franceses antipáticos, preocupadíssimos com o uso que pessoas desonestas poderiam fazer de seus cartões de crédito se saqueassem os escombros, sem falar do dinheiro vivo com o qual, diziam admirando-se por serem tão generosos, nem contavam mais. Provavelmente odiavam Delphine e Jérôme devido ao freio que sua tragédia impunha à expressão de seus próprios dissabores, em todo caso os evitavam e esperavam eles não estarem mais por perto para se precipitarem até Hélène ou até mim, pegar emprestados nossos celulares e exigir de sua companhia de seguros, vociferando, que lhes mandasse um helicóptero sem demora.

No dia seguinte, Jérôme conseguiu da direção do hotel uma condução para Colombo. Na van cabiam, espremidos, doze passageiros, e uma parte da noite transcorreu em negociações para a distribuição dos lugares. Talvez houvesse outra partida dali a um ou dois dias, mas isso não era certo pois a maioria dos veículos disponíveis na costa fora requisitada para os resgates, faltava combustível, era uma oportunidade imperdível. A tragédia que os atingia motivara aquele tratamento prioritário dado a Jérôme, Delphine e Philippe, e nos tornáramos tão próximos desde o primeiro dia que era mais do que natural estarmos incluídos no grupo. Jean-Baptiste e Rodrigue não aguentavam mais o circuito bangalô-restaurante-piscina do hotel: receberam essa partida com alívio. Por intermédio de sua família, Ruth soubera que Tom, ferido, estava no hospital de uma cidadezinha situada a uns cinquenta quilômetros do mar, nas montanhas; perdíamo-nos em conjecturas sobre a maneira como ele conseguiu parar lá, mas, uma vez que grandes trechos da estrada costeira estavam obstruídos e que era preciso passar por dentro das terras para chegar a Colombo, ficou acertado que a levaríamos também e, à custa de um desvio, a deixaríamos na cabeceira do marido. Restavam quatro lugares, que a direção sentiu-se obrigada a oferecer aos franceses antipáticos, mas estes, seja porque a proximidade de seus compatriotas enlutados os incomodava, seja porque davam como certo o helicóptero de sua companhia de seguros, felizmente declinaram.

Ruth juntou-se ao nosso grupo para o último jantar, do qual me lembro, e Jean-Baptiste também, como o momento mais estranho de toda a semana. Quando tento descrevê-lo, sou obrigado a evocar uma espécie de euforia — euforia febril e trágica, mas euforia. Bebemos muito, cerveja mas também vinho, o vinho que é possível encontrar no cardápio de um restaurante do sul do Sri Lanka, algo como um beaujolais nouveau envelhecido cinco anos, engarrafado por um negociante tâmil da África do Sul e ainda por cima bouchonné. Essa zurrapa pavorosa, mas da qual devemos ter enxugado várias garrafas, todo o estoque, chego a crer, dava corda em Philippe e Jérôme, amantes de grands crus bordaleses e que, a partir de um rótulo indecifrável sob todos os aspectos, puseram-se a divagar. Todas as piadas e referências de que se alimentava sua cumplicidade deram o ar da graça: vinagre e rock'n'roll, retrogosto de avelã do Château Cheval Blanc e casos envolvendo Keith Richards, a que se vinha acrescentar a babaquice dos suíços ayurvédicos, que Jérôme, desembestado, feroz, insultava zombando quando via um deles passar: tudo bem? Estão serenos? Estão zen? Estão avançando no caminho da libertação? Muito bem, rapazes, muito bem, continuem assim! Era mordaz, mas mais do que isso: foi com uma verdadeira ternura que ele bebeu e fez com que todos bebêssemos à ressurreição de Tom. Ruth ficara visivelmente constrangida com isso. Algumas horas antes ensimesmada em sua dor, à deriva distante do mundo dos vivos, perdera toda consciência do outro: ninguém mais existia, afora Tom morto e ela, decidida a morrer em virtude disso. Porém, depois do milagre do telefonema, voltara a ser o que deve ter sido a vida inteira: uma moça dócil, compadecida, cuja reação era refrear sua alegria para dividir o luto com aquelas pessoas que a tinham generosamente apoiado. Isso para não falar da vitalidade furiosa de Jérôme, que não comia nada, mas bebia, fumava, ria, provocava, falava alto, não deixava o silêncio recair. Tinha que resistir, então resistia. Carregava tudo, nos inflamava, nos arrastava a todos em seu rastilho. Ao mesmo tempo, furtivamente, não parava de olhar para Delphine, e me lembro de ter pensado: isso que é amar de verdade, e não existe nada mais belo do que isso, um homem que ama de verdade sua mulher. Ela permanecia silenciosa, ausente, assustadoramente calma. Era como se Jérôme e Philippe, pois Philippe dava briosamente a réplica a seu genro, executassem uma dança sagrada em torno dela, como se não parassem de lhe gritar: não se vá, nós suplicamos, fique conosco. Ruth, sentada ao lado dela, pegou várias vezes sua mão, timidamente, como não tivesse esse direito, carinhosamente, porque tinha esse direito apesar de tudo, ou porque ninguém tinha esse direito, ou porque todo mundo tinha, não havia mais direito, decoro, apenas aquele bloco de dor loura, graciosa, incurável, e a necessidade de pegar a mão dela.

Mais para o fim desse jantar, estava tarde, Rodrigue extenuado de cansaço deslizou para o colo de Hélène. Como o menininho que ainda era, aconchegou a cabeça no ombro dela e ela acariciou longamente seu cabelo. Afagou-o, tranquilizou-o: estou aqui. Depois levantou-se para levá-lo para a cama. Enquanto ambos se afastavam no jardim, Delphine os seguia com os olhos. Em que pensava? Que sua filhinha, que ela afagava e ainda protegia quatro noites atrás, nunca mais seria afagada nem protegida por ela? Que ela nunca mais se sentaria em sua cama para ler uma história para ela dormir? Que nunca mais arrumaria os bichos de pelúcia em volta dela? Até o fim de sua vida, os bichos de pelúcia, os móbiles, os estribilhos das caixas de música iam dilacerar seu coração. Como é possível que essa mulher abrace seu filho vivo enquanto minha filhinha está toda fria e nunca mais falará nem se mexerá? Como não odiá-los, a ela e seu rebento? Como não rezar: meu Deus, faça um milagre, devolva meu filho, confisque o dela, faça com que ela sofra como eu sofri e que eu fique como ela tristíssima dessa tristeza confortável e opulenta que muito a propósito ajuda a melhor desfrutar de sua sorte?

Delphine desviou os olhos das silhuetas de Hélène e de Rodrigue, que desapareciam na aleia sombria que levava aos bangalôs. Cruzando com os meus, sorriu e, falando de Rodrigue, murmurou: ele é tão pequenininho...

A distância era imensa, o abismo que a separava de nós, impossível de atravessar, mas havia doçura, ternura em sua voz esfacelada, e essa doçura e essa ternura me arrepiaram muito mais que os pensamentos espontâneos e terríveis que acabavam de me assaltar. Parece-me, em retrospecto, que aconteceu uma coisa extraordinária essa noite. Estávamos na companhia desse homem e dessa mulher a quem acabava de acontecer o que de pior pode acontecer a uma pessoa, e nós, absolutamente incólumes. Entretanto, ainda que houvesse segundas intenções, e decerto as havia, não resta dúvida de que, se tivessem podido trocar de lugar e, ao nos precipitar no infortúnio, se salvarem, eles o teriam feito, todo mundo o faria, todo mundo prefere seus filhos aos dos outros, isso se chama ser humano e é exatamente assim, porém penso que naquela noite, durante aquele jantar, eles não nos queriam mal. Não nos detestavam, como eu a princípio julgara inevitável. Regozijavam-se com o milagre que acabava de devolver a Ruth a alegria que lhes fora, por sua vez, definitivamente confiscada. Delphine estava comovida diante de Rodrigue enroscado no colo de sua mãe. Vivemos isso juntos, durante algumas horas estivemos ao mesmo tempo tão intimamente próximos e tão radicalmente separados quanto é possível estar, e sei que nós os amávamos e creio que eles nos amavam.

Saímos do restaurante muito tarde, Hélène e eu. Deixando para trás o último vozerio, seguimos a trilha pavimentada que contornava a piscina, depois se embrenhava na sombra por entre as árvores imensas. O parque do hotel era bem amplo, do prédio central ao nosso bangalô tínhamos que caminhar cinco minutos. Esses cinco minutos funcionavam como uma peneira. Não se ouvia mais nada a não ser um zumbido contínuo e apaziguador de insetos e, quando levantávamos a cabeça, o céu acima das palmas dos coqueiros estava tão cheio de estrelas que achávamos que elas também os ouviam cantar. Invisíveis, na praia lá embaixo, as ondas quebravam com regularidade. Caminhávamos em silêncio, esgotados. Sabíamos que em breve estaríamos deitados, um perto do outro, nossos corpos tensos preparavam-se para o repouso. Demo-nos as mãos. Lembro-me, naqueles dias, do meu medo infantil de que Hélène se esquivasse de mim, mas a lembrança dela é de que estávamos juntos, juntos de verdade.

No fim das contas, os lugares restantes na van foram entregues a um casal de suíços ayurvédicos que forçosamente sabiam do que acontecera com Delphine e Jérôme e que provavelmente, não fazendo nenhuma alusão ao fato, pretendiam dar mostras de uma discrição polida. Contentaram-se em cumprimentar todos nós de uma só vez com um meneio de cabeça e, ao ver Jérôme, sentado na frente, acendendo um cigarro, fizeram saber que, mesmo com as janelas abertas, a fumaça os incomodava. Em virtude disso, a viagem viu-se interrompida por incontáveis paradas para fumar, todo mundo saindo, menos os ayurvédicos, que, em minoria, não se atreviam a reclamar, mas que visivelmente achavam que fazíamos aquilo de propósito para espezinhá-los. Chegamos primeiro a Galle pela estrada costeira, escalonada por barreiras, abarrotada de comboios de socorro, percorrida nos acostamentos por levas de sobreviventes acerca dos quais nos perguntávamos aonde iam com suas trouxas e carrinhos de mão. Nas imediações da cidade, o tráfego ficou ainda mais lento, mas assim que a van pegou a estrada das montanhas as imagens de êxodo desapareceram. Deixada para trás a linha de frente, deslizamos em meio a uma natureza ao mesmo tempo luxuriante e calma. As pessoas nos vilarejos cuidavam de seus afazeres sem pressa e saudavam nossa passagem sorrindo. Jérôme e Philippe reencontravam intactas as impressões de sua viagem de mochileiros, doze anos antes. Era como se nada tivesse acontecido, e inclusive como se ninguém soubesse, longe da costa, que tinha acontecido alguma coisa.

Num certo momento dessa viagem, enquanto fumávamos no acostamento da estrada, Philippe me puxou um pouco para longe e me perguntou: você, que é escritor, vai escrever um livro sobre tudo isso?

Sua pergunta me pegou desprevenido, eu não tinha pensado no assunto. Respondi que a priori não.

Deveria, insistiu Philippe. Se eu soubesse escrever, era o que eu faria.

Então faça. Você é o mais indicado para isso.

Philippe me olhou com um ar cético, mas menos de um ano depois ele escreveu, e bem.

Depois dos hospitais de Tangalle e de Marata, o de Ratnapura tinha algo de reconfortante; ali dispensavam cuidados aos vivos em vez de fazerem triagem dos mortos. Em vez de cadáveres no chão, havia feridos nos leitos ou, para os últimos a chegar, nas macas que obstruíam os corredores a ponto de ser difícil circular por eles. Achávamos incompreensível e quase sobrenatural que Tom tivesse sido encontrado a cinquenta quilômetros da costa, mas não tinha sido a onda que o largara lá, a explicação era mais prosaica: aqueles por quem ainda era possível fazer alguma coisa eram evacuados para esse hospital, na retaguarda. Alguns estavam gravemente feridos, ouviam-se estertores, gemidos, faltavam remédios e ataduras, a equipe médica estava sobrecarregada, parecia mais um dispensário em tempos de guerra. Não sei quantas portas empurramos até Ruth estacar, numa soleira, e nos fazer sinal, para Hélène e para mim, para imitá-la. Ela o tinha visto, queria fazer durar aquele instante em que o via sem que ele a visse. Havia uns vinte leitos, ela nos apontou o dele. De olhos abertos, ele olhava à sua frente. Era um sujeito forte, de cabelo curto, torso nu e enfaixado. Não sabia que Ruth estava ali, muito menos que estava viva, achava-se na mesma situação que ela na véspera. Finalmente, ela se aproximou. Entrou em seu campo de visão. Ficaram por um momento um de frente para o outro sem dizer nada, ele recostado nos travesseiros, ela de pé na ponta da cama, então ela foi para os seus braços. Todo mundo na sala olhava para eles, muitos puseram-se a chorar. Fazia bem chorar porque um homem e uma mulher que se amavam e se haviam julgado mortos se reencontravam. Fazia bem vê-los olhar-se e se tocar com aquele deslumbramento. Tom tivera a caixa torácica rompida, um pulmão perfurado, era sério, mas estava sendo bem assistido. Havia em sua cabeceira um romance de espionagem gasto, em inglês, algumas latinhas de cerveja e um cacho de uvas, tudo isso trazido por um velhinho desdentado que ele não conhecia mas que velava por ele e diariamente, desde sua chegada, lhe fazia esse gênero de agrado. O velhinho estava ali, modestamente sentado na beira da cama. Tom apresentou-o a Ruth, que o beijou com gratidão. Depois Ruth nos acompanhou, a Hélène e a mim, até o estacionamento do hospital, onde os outros nos esperavam. Despediu-se de todos. Assim que Tom estivesse em condições de viajar, regressariam para casa. Para eles a história terminava bem.

Como eu disse, na volta Hélène perdeu o papel no qual anotara o endereço de Ruth e Tom. Não sabemos seus sobrenomes, logo, parece difícil saber o que foi feito deles. No momento em que escrevo isto, passaram-se mais de três anos. Se perseveraram em seu plano, devem morar na casa que Tom construiu com suas mãos e ter um filho, talvez já dois. Falam algumas vezes da onda? Daqueles dias terríveis em que um julgava o outro morto, e sua própria vida, tragada? Será que fazemos parte do relato deles como eles fazem do nosso? O que se lembram de nós? Nossos nomes? Nossos rostos? Já os rostos deles, eu esqueci. Hélène me diz que Tom tinha os olhos bem azuis e que Ruth era bonita. Pensa neles às vezes, e seu pensamento resume-se a esperar do fundo do coração que sejam felizes e envelheçam juntos. Naturalmente, esperando isso, é em nós dois que ela pensa.

Da embaixada da França, em Colombo, fomos encaminhados para a Aliança Francesa, transformada em centro de acolhimento para os turistas vitimados e em célula de apoio. Haviam espalhado colchões nas salas de aula e afixado no hall uma lista de desaparecidos que não parava de aumentar. Psiquiatras ofereciam seus serviços. Docilmente, Delphine aceitou consultar um deles, que em seguida revelou sua preocupação a Hélène: ela resistia muito bem ao golpe, proibia-se de fissurar, em contrapartida o desmoronamento seria ainda mais drástico. Havia nessa atmosfera de cataclismo algo de irreal, de anestesiante, mas logo o real iria alcançá-la. Hélène balançava a cabeça, sabia que o psiquiatra tinha razão. Pensava no quarto de criança, lá em Saint-Émilion, no momento em que Delphine atravessasse a porta. Para adiar esse momento, quase teríamos preferido não ir embora, não imediatamente, não ainda, ficar mais um pouco todos juntos no olho do furacão, mas a partida já estava sendo organizada, era questão de lugares num avião que decolaria na manhã seguinte. Jérôme deu um jeito de ir, dessa vez sozinho, ao hospital para onde haviam transferido o corpo de Juliette. Quando voltou, disse a Delphine que ela estava bonita, não deteriorada, depois a Hélène, num soluço, que mentira para Delphine: apesar da câmara frigorífica, ela estava se decompondo. Sua filhinha estava se decompondo. Houve em seguida um quiprocó a respeito da cremação. Delphine e Jérôme queriam levar o corpo com eles, mas não queriam um enterro. Quando tudo está absolutamente insuportável, acontece de alguma coisa, um detalhe, ser ainda mais insuportável que todo o resto: para eles, era a imagem do caixãozinho. Não queriam acompanhar o caixãozinho da filha. Preferiam que fosse cremada. Explicaram-lhes que isso não era possível: por razões sanitárias, o corpo devia ser repatriado num caixão de chumbo que não poderia mais ser aberto, nem incinerado. Se a levassem, teriam que enterrá-la. A outra solução, se quisessem cremá-la, era fazê-lo ali mesmo. No fim de uma lenga-lenga comprida e tumultuosa, foi a isso que se resignaram. Já anoitecera, Jérôme e Philippe retornaram ao hospital, voltaram muito mais tarde com uma garrafa de uísque da qual já tinham bebido metade e que terminamos, depois continuamos a beber num restaurante que eles conheciam, onde jantavam religiosamente na primeira noite de cada uma de suas temporadas no Sri Lanka. Quando chegou a hora de fechar, o dono fez a gentileza de nos vender outra garrafa. Ela nos ajudou a esperar sem dormir a hora de pegar o avião, no qual embarcamos bêbados e dormimos imediatamente.

Dessa última noite em Colombo, guardo uma lembrança de fuga alucinada, delirante. Num dado momento, levantou-se a possibilidade de uma cerimônia budista, e depois não se falou mais nisso, a cremação realizara-se furtivamente, um trabalho sujo para o qual não se convida ninguém, depois do qual só resta tomar um porre e cair fora. Poderíamos ter ficado um dia a mais, tentado fazer as coisas direito, mas não havia sentido em fazer as coisas direito, nada mais fazia sentido, nada mais podia estar direito, era preciso terminar com aquilo, simplesmente terminar com aquilo, e inclusive não decentemente. No terminal do aeroporto, o Jérôme da força tranquila tornara-se ao amanhecer uma espécie de punk trocista, com os olhos injetados de sangue, que provocava os outros passageiros e, se alguém protestava, cuspia-lhe na cara: minha filha está morta, babaca, isso basta pra você?

Tenho outra lembrança, entretanto. Tínhamos acabado de chegar à Aliança Francesa, nos ofereceram um banho. Será que, nos dias precedentes, a água era cortada ou mesmo racionada no hotel Eva Lanka? Não creio. Tínhamos apenas um longo dia de viagem nas nossas costas, entretanto era como se saíssemos de três meses no deserto, sem banho. As crianças foram primeiro, depois Hélène e eu, juntos. Ficamos um bom tempo um diante do outro, sob o fino filete de água. Sentíamos que nossos corpos estavam frágeis. Eu olhava para o de Hélène, tão bonito, tão torturado pelo cansaço e pelo pavor. Eu não sentia desejo, mas uma pena dilacerante, uma necessidade de cuidar, de proteger, de conservar para sempre. Eu pensava: ela poderia estar morta hoje. Ela é valiosa para mim. Muito valiosa. Eu queria que um dia ela fosse velha, que sua carne estivesse velha e esgotada, e continuar a amá-la. O que acontecera naqueles cinco dias e chegava ao fim, naquele momento preciso, nos transbordou. Uma comporta se abria, dando vazão a uma onda de sofrimento, de alívio, de amor, tudo isso misturado. Apertei Hélène em meus braços e disse: não quero mais que a gente se separe, nunca mais. Ela disse: eu também não, não quero mais que a gente se separe.

Achei o apartamento em que moramos hoje duas semanas após nosso retorno a Paris. Alguns dias mais tarde, assinado o contrato, nós o visitávamos com um mestre de obras polonês contratado para a pintura e a reforma da cozinha, quando o celular de Hélène tocou. Ela disse sim, escutou alguns instantes em silêncio, depois passou ao cômodo ao lado. Quando o polonês e eu a encontramos, ela estava com os olhos cheios de lágrimas, seu queixo tremia. Seu pai acabava de lhe contar que Juliette estava novamente com câncer. Novamente, porque já tivera um, adolescente. Isto, eu sabia. O que mais eu sabia, então, a seu respeito? Que ela andava de muletas, que era juíza, que morava perto de Vienne, no Isère. Hélène raramente via a irmã. Suas vidas não se pareciam, havia sempre alguma coisa mais urgente a fazer do que ir a Vienne. Mas ela a amava. Já me falara dela circunstancialmente, com ternura e mesmo admiração. Logo antes das férias de Natal, ela tinha tido uma embolia pulmonar, Hélène estava preocupada, mas a onda carregara aquela preocupação com o resto de nossa vida de antes, desde a nossa volta não se falava mais nisso, e eis que ela estava novamente com câncer. No seio, dessa vez, com metástase nos pulmões.

Fomos visitá-la, num fim de semana de fevereiro, no início de sua quimioterapia. Ciente de que ia perder os cabelos, pedira a Hélène para lhe comprar uma peruca, e Hélène correra as lojas especializadas a fim de escolher a mais bonita possível. Também comprara vestidos para suas três sobrinhas. Tudo que na família é do âmbito da vaidade, da elegância e da aparência está nas mãos de Hélène. Manifestamente não nas de Juliette e seu marido, que moravam num edifício moderno num lugarejo sem charme, meio campo, meio subúrbio. Vi uma jovem mulher esgotada, emagrecida, que não levantava mais da poltrona, um marido esguio, doce, bonito, um pouco aéreo, e três menininhas realmente encantadoras, a mais velha das quais, que tinha sete anos, desenhava com grande esmero e espantosa firmeza de traço para sua idade cadernos inteiros de princesas cobertas de pedras preciosas e trajando vestidos de festa. Com a mesma seriedade fazia aulas de dança, e eu a fiz rir improvisando com ela uns arremedos de *entrechats* desajeitados com a música do *Lago dos cisnes*. Afora essa gracinha bem recebida, um misto de preguiça e constrangimento fez com que eu me retraísse da conversa que a fraqueza de Juliette tornava de toda forma monótona. Era inverno, as luzes foram acesas bem cedo, a tarde se arrastava. Passei os olhos, como sempre faço quando chego a algum lugar, nas prateleiras da pequena biblioteca, composta de manuais práticos, álbuns para crianças, ensaios best-sellers sobre justiça e bioética, alguns romances que compramos quando pegamos a estrada. Naquela amostragem aos meus olhos deprimente, descobri um livro mais solitário, um relato de uma autora que prezo muito, Béatrix Beck. Esse relato intitula-se *Plus loin, mais où* [Mais longe, mas onde]. Ao percorrê-lo, dei com uma frase que me fez rir, que li em voz alta: "Uma visita sempre alegra a gente, se não é na chegada é na saída".

Juliette não fazia questão de que voltássemos em breve: não antes que ela se recuperasse da quimioterapia. Passaram-se dois meses, durante os quais Hélène e ela falaram-se apenas pelo telefone. Juliette era mais do tipo que tranquiliza do que preocupa os amigos, o que tornava as notícias ainda menos tranquilizadoras. Os médicos estavam otimistas, ela dizia, a combinação da quimioterapia com um tratamento recente, à base de herceptina, parecia fazer a doença recuar. Mas falava-se de remissão, não de cura, e ainda que ela esperasse que fosse longa, era na duração dessa remissão que Juliette agora projetava sua vida. Quando Hélène propunha fazer uma visita, ela dizia: esperem um pouco, esperem o tempo abrir, ficaremos no jardim, será mais agradável, além do mais ainda estou muito cansada. Essas conversas dilaceravam Hélène. Ela me dizia, com uma espécie de estupor: minha irmãzinha vai morrer. Dentro de seis meses, dentro de um ano, mas é inevitável, ela vai morrer. Eu a apertava em meus braços, apertava seu rosto entre minhas mãos, dizia: estou aqui, e é verdade, eu estava lá. Eu lembrava que menos de um ano antes minha irmã mais velha quase morrera, e a caçula também, muito tempo atrás: essas lembranças me ajudavam a sentir um pouco o que ela sentia, a estar um pouco mais com ela, mas, salvo nesses momentos em que ela tocava no assunto, ou quando, sem que ela tocasse, eu percebia que ela tinha chorado, a verdade é que eu não pensava em nada disso. Afora essa ameaça, nossa vida era alegre. Para comemorar nossa mudança, demos um festão e várias semanas depois todos nossos amigos ainda diziam que festas tão animadas como aquela não aconteciam a toda hora. Eu estava orgulhoso da beleza de Hélène, de sua ironia, de sua tolerância, eu amava sem temer o fundo de melancolia que havia nisso. O filme que eu realizara no verão precedente seria exibido no Festival de Cannes. Eu me sentia genial, importante, e aquela espécie de cunhada com câncer, lá na sua casinha nos cafundós do interior, me dava pena, claro, mas era uma coisa distante. Aquela vida que se apagava nada tinha a ver com a minha própria vida, na qual tudo parecia se abrir, desabrochar. O que mais me chateava é que isso minava Hélène e me desencorajava um pouco — muito pouco, para falar a verdade — a extravasar diante dela a euforia ligeiramente megalomaníaca que me excitou durante toda aquela primavera.

Entre Cannes e o lançamento do filme, ainda havia uma escala no caminho que me conduzia à glória, era outro festival, em Yokohama. Eu viajaria de classe executiva, a nata do cinema francês estaria presente, eu já me via festejado em japonês. Como Hélène estava trabalhando, ela não podia me acompanhar, mas planejara dar finalmente um pulo até Vienne na minha ausência: Juliette dizia estar um pouco melhor, o tempo estaria aberto, poderiam ficar no jardim. Eu viajaria numa segunda-feira e, na sexta, gravei a voz em off de um documentário que eu rodara com um amigo no Quênia — eu fazia muita coisa nesse período e tinha a impressão de que não pararia mais. Gravar minha voz e controlá-la melhor do que na vida me proporciona um prazer narcísico certeiro, eu conseguira encaixar no comentário a frase que me fazia rir sobre as visitas que sempre alegram a gente, quando não é na chegada, é na saída, de maneira que Camille, minha montadora, e eu saímos do estúdio bastante satisfeitos com a nossa tarde e com nós mesmos. Fomos beber alguma coisa numa varanda, filei um cigarro de uma garota da mesa ao lado, ela contou uma piada, eu contei uma piada, Camille que é sempre uma boa plateia para mim riu gostosamente, e nesse momento meu celular tocou. Era Hélène. Estava telefonando da televisão, estava de saída para a Gare de Lyon sem passar em casa: Juliette estava morrendo.

Seus pais nos esperavam na estação de Perrache. Tinham saído correndo da casa no condado de Poitou onde passavam alguns dias de férias e atravessado a França de carro. Na hora, pensei que eles esperaram ter percorrido pelo menos metade do trajeto para telefonar para Hélène, a fim de que ela não chegasse antes deles, mas mais tarde encontrei na nossa secretária eletrônica, em casa, uma série de mensagens cada vez mais aflitas, que me lembraram as que eu encontrara na minha vinte anos antes, quando minha irmã caçula sofreu um grave acidente de carro. Eu tinha chegado tarde e, bêbado demais para escutá-las, só vim a descobri-las na manhã seguinte. Ao horror da notícia somava-se, ainda que isso não mudasse nada, a vergonha de ter sido indevidamente protegido disso durante uma noite inteira, de ter dormido o sono do bêbado, quando não do justo, ao passo que minha mãe, a quem tantas vezes acusei de calar a verdade para proteger os seus, fizera de tudo para me avisar. Hélène e eu entramos no banco de trás e tive a impressão de que as coisas retomavam um curso perdido havia muito tempo: os pais na frente, as crianças atrás. O trajeto até o hospital de Lyon-Sud foi bem longo, com retornos sem fim, placas que víamos tarde demais, alças de saída que não pegávamos a tempo, então pegávamos a seguinte, depois o retorno em sentido inverso. Essas dificuldades de orientação permitiam falar de coisas neutras. Para os pais de Hélène, como para os meus, a boa educação consiste em primeiro lugar em guardar para si suas emoções, mas os olhos deles estavam vermelhos e as mãos de Jacques, o pai, tremiam ao volante. Um pouco antes de chegar, Marie-Aude, a mãe, disse sem se virar para trás que aquela noite seria provavelmente a última vez que veríamos Juliette. Talvez amanhã ainda, não se sabia.

Ela estava no setor de reanimação. Hélène e seus pais entraram no quarto, eu quis ficar na porta, mas Hélène me fez sinal para segui-la, para ficar atrás dela, bem perto, enquanto ela se aproximava da irmã e pegava sua mão espetada pela agulha do acesso venoso. A seu contato, Juliette, que jazia imóvel, a cabeça jogada para trás, voltou-se ligeiramente em sua direção. Seus pulmões quase não funcionavam mais, tudo que lhe restava de energia estava mobilizado pelo ato de respirar, que tinha se tornado terrivelmente difícil. Ela não tinha mais cabelo, seu rosto estava emaciado e lívido. Eu tinha visto muitos mortos de uma vez só, em Tangalle, meus primeiros mortos, mas ainda não tinha visto alguém morrer. Agora eu via. Seus pais e sua irmã falaram com ela, os três, e ela não era capaz de responder, mas olhava para eles e parecia reconhecê-los. Não lembro o que lhe disseram. Provavelmente repetiram seu nome, quem eles eram, que estavam ali. Juliette, é o papai. Juliette, é a mamãe. Juliette, é Hélène. E apertavam suas mãos, tocavam no seu rosto. De repente, ela se soergueu do leito, curvando as costas. Fez várias vezes o mesmo gesto brutal e canhestro para arrancar a máscara de oxigênio, como se, em vez de ajudá-la, aquilo a impedisse de respirar. Em pânico, achamos que a máscara não funcionava mais, que ela ia morrer sumariamente de falta de ar. Uma enfermeira chegou, disse que não, o aparelho estava funcionando. Hélène, que segurava Juliette em seus braços, ajudou-a a voltar à sua posição deitada. Ela se conformou. Aquele acesso a esgotara. Parecia menos calma do que distante, fora de alcance. Ficamos os quatro à sua cabeceira por um momento. A enfermeira então nos contou que à tarde, quando ainda conseguia falar, ela tinha pedido para ver as filhas, mas somente depois da festa da escola, programada para a manhã seguinte. Os médicos achavam que podiam mantê-la viva até lá. Dariam um jeito para que ela pudesse descansar naquela noite. Tudo isso fora planejado por ela e pelo marido. Ela não queria morrer abobada pelos remédios, ao mesmo tempo contava com eles para que o excesso de dor não lhe roubasse sua morte. Queria que a ajudassem a resistir para fazer o que lhe restava fazer, mas não mais que isso. Mais que sua coragem, eram sua lucidez e sua exigência que impressionavam a enfermeira.

Naquela noite, no hotel, Hélène estava deitada rente a mim, mas fechada dentro de si, fora de alcance também. Às vezes levantava para fumar um cigarro perto da janela entreaberta e eu também me levantava, também fumava um cigarro. Isso era proibido no quarto que ocupávamos e à guisa de cinzeiro utilizávamos um copo de gargarejo de plástico com água no fundo para não queimar. O resultado era um chá nojento. Tínhamos ambos a intenção de parar de fumar, várias tentativas malsucedidas no nosso passivo e, de comum acordo, em vez de voltarmos a tentar num momento ruim, fracassar mais uma vez e nos desencorajar, tínhamos decidido esperar e aproveitar, a fim de parar definitivamente, um momento realmente oportuno, isto é, um momento sem muito estresse. Para mim, isso significava depois do lançamento do meu filme e, para Hélène, constato isso agora apesar de não ter sido formulado, depois da morte de Juliette, que ela via aproximar-se havia vários meses com uma angústia paralisante. Levantávamos, fumávamos, voltávamos para a cama, levantávamos, praticamente sem falar. Num dado momento, Hélène disse: que bom que você está aqui, e me fez bem ela dizer isso. Ao mesmo tempo, eu pensava em Yokohama. Dizia para mim mesmo, considerando as circunstâncias, que havia pouca probabilidade de eu conseguir pegar o avião na segunda, e tentava em vão calcular essa probabilidade. Pensava também no Sri Lanka, na maneira como nos beijáramos no chuveiro da Aliança Francesa, decidindo não nos separar mais. O quarto dos pais dela ficava no mesmo corredor, a três números do nosso. Eles não se separaram, nem os meus. Envelheciam juntos e, ainda que não fossem modelos para nós, eu achava que envelhecer juntos não deixava de ser uma proeza. Deviam estar deitados em sua cama, em silêncio. Talvez se aconchegassem um no outro. Talvez chorassem os dois, voltados um para o outro. Era a última noite da filha deles, ou a antepenúltima. Ela tinha trinta e três anos. Eles tinham ido lá para sua morte. E as três garotinhas, a poucos quilômetros daqui? Será que dormiam? O que passava pela cabeça delas? O que isso quer dizer, quando se tem sete anos, saber que sua mãe está morrendo? E quando se tem quatro anos? Um ano? Com um ano, não sabemos, não compreendemos, dizem, mas mesmo sem palavras devemos pressentir que está acontecendo alguma coisa profundamente grave à nossa volta, que a vida está vacilando, que nunca mais haverá segurança de fato. Uma questão de linguagem não me saía da cabeça. Detesto que usem a palavra "mamãe", a não ser no vocativo e no âmbito privado: que, mesmo aos sessenta anos, alguém se dirija dessa forma à sua mãe, ótimo, mas, passada a escola maternal, dizer "a mamãe de Fulano" ou, como Ségolène Royal, "as mamães", isso me causa repugnância, e vislumbro nessa repugnância uma coisa diferente do reflexo de classe que me provoca urticária quando alguém fala um francês arrevesado na minha frente. Entretanto, mesmo para mim, aquela pessoa que ia morrer não era a mãe de Amélie, Clara e Diane, mas a mamãe delas, e essa palavra que não aprecio, essa palavra que há muito tempo me deixa triste, não diria que ela não me deixasse triste, mas eu tinha vontade de pronunciá-la. Tinha vontade de dizer, baixinho: mamãe, e de chorar e ser, não consolado, não, mas embalado, apenas embalado, e adormecer assim.

Rosier, onde Juliette, Patrice e suas três filhas moravam, onde Patrice e suas três filhas continuam a morar, é um vilarejo minúsculo, sem comércio nem bar, mas com uma igreja e uma escola em cujo derredor foram construídos loteamentos. A igreja deve datar do fim do século XIX, nenhuma das casas é contemporânea dela, de maneira que as pessoas se perguntam qual seria o aspecto do vilarejo antigamente, se foi habitado por camponeses antes dos jovens casais que trabalhavam em Vienne ou Lyon e escolheram se estabelecer aqui porque não é caro demais e é bom para as crianças. Quando viera com Hélène, em fevereiro, eu tinha achado o lugar ainda mais sinistro do que de fato era, na medida em que ele me lembrava muito, pela atmosfera e pelos moradores, o lugar onde não muito longe tinham vivido Jean-Claude Romand e sua família,* na região de Gex. Em junho estava melhor, ainda mais que o tempo abrira. O jardim, com seu balanço e sua piscina de plástico, dá para a praça da igreja, que basta atravessar para alcançar a escola. Eu imaginava as meninas saindo depois do café da manhã com suas mochilas nas costas, os lanches, as visitas de uma casa a outra, as bicicletas penduradas nas garagens acima da bancada de ferramentas e do cortador de grama. Um horizonte curto, mas, de toda forma, singelo.

Havia muita gente na casa quando chegamos, no sábado de manhã: Patrice e as filhas, que terminavam de se preparar para a fes-

---

* Um caso famoso de crime na França. Jean-Claude Romand, durante dezoito anos, fingiu, diante da família, ser médico e trabalhar num alto posto na OMS. Quando a farsa estava prestes a ser descoberta, em janeiro de 1993, ele matou a mulher, os dois filhos e os pais. Foi condenado à prisão perpétua em 1998. Sua história é recontada no romance *O adversário*, de Carrère, mencionado adiante diversas vezes pelo narrador. (N. T.)

ta da escola, mas também as famílias dos dois lados, pais, irmãos e irmãs, sem contar os vizinhos que passavam por cinco minutos para tomar um café. Preparava-se café sem parar, e as xícaras eram tiradas da máquina de lavar antes que ela fosse ligada, e eram enxaguadas na torneira. Eu era o mais recente da parentela, convinha-me uma tarefa, e me instalei na mesa da cozinha para ajudar a mãe de Patrice a preparar uma grande salada para o almoço. Sabíamos todos por que estávamos ali, era inútil não dizer nada sobre isso, mas o que dizer? Ela tinha lido meu livro *O adversário*, que Juliette lhe recomendara dizendo que eu era o novo namorado de Hélène, e ela o achara muito duro. Reconheci que sim, era duro, que para mim também tinha sido duro escrevê-lo, e me senti vagamente envergonhado de escrever coisas tão duras. O fato de um livro ser horrível não constitui problema para as pessoas do meu convívio: muitas veem nisso um mérito, inclusive, uma prova de audácia a ser creditada na conta do autor. Os leitores mais ingênuos, como a mãe de Patrice, ficam perturbados. Não acham que é ruim alguém escrever esse tipo de coisa, mas de toda forma se perguntam por que escrevê-lo. Dizem para si mesmos que o sujeito simpático e bem-educado que os ajuda a cortar pepinos em rodelas, que parece participar sinceramente do luto da família, que ainda assim esse sujeito deve ser superatormentado, ou superinfeliz, em todo caso que alguma coisa nele não bate bem, e o pior é que só posso lhes dar razão.

Eu me refugiava espontaneamente na companhia da mãe de Patrice, sobretudo porque não ousava me aproximar das garotinhas, falo das duas mais velhas, Amélie e Clara. Com elas, não bastava ser simpático e bem-educado. Eu não sabia o que devia fazer, mas sabia que naquele momento não era capaz disso. Na primeira vez que vim, eu tinha feito uma gracinha e Amélie riu. Agora era Antoine quem fazia uma gracinha e ela ria. Antoine é o irmão mais novo de Hélène e de Juliette e é uma das pessoas mais fáceis de gostar que conheço. É alegre, amistoso, nele não há nada de forçado, de defensivo, todo mundo se sente imediatamente à vontade com ele, particularmente as crianças. Mais tarde descobri o abismo de dor que pode se abrir dentro dele, mas naquele momento eu invejava sua simplicidade, sua relação de igual para igual com a vida, que são o oposto do meu caráter e, me parecia então, do de Hélène. Em compensação, Hélène tem a capacidade de esquecer. Eu descobrira isso vendo-a acudir os sobreviventes da onda, verificava isso observando-a com Clara. Patrice, sua mãe acabava de me dizer, conversara com as três garotinhas na véspera. E conversar significa: mamãe vai morrer; amanhã, depois da festa da escola, vamos visitá-la os quatro juntos, e será a última vez. Ele pronunciara essas palavras, deve ter tido que repeti-las. Clara as ouvira. Sabia que aos quatro anos seria privada daquele amor insubstituível que sua mãe lhe dava, e já procurava uma substituta para ela junto à tia. Eu via Hélène reconfortá-la, acolher suas manhas e lágrimas, e admirava-me sua delicadeza, como no Sri Lanka ao vê-la numa situação diametralmente oposta, perante os pais de outra Juliette.

Fui e ainda sou roteirista, um de meus ofícios consiste em construir situações dramáticas, e uma das regras desse ofício diz que não devemos temer o exagero e o melodramático. Ainda assim creio que nunca teria me permitido, numa ficção, uma apelação tão cínica como a montagem paralela das garotinhas dançando e cantando na festa da escola com a agonia de sua mãe no hospital. Esperando a vez delas, Hélène e eu saíamos do pátio coberto da escola de dez em dez minutos para fumar um cigarro, depois voltávamos para o banco no qual estava sentada a família, e, quando apareceram, primeiro Clara entre os bebês do maternal que faziam o balé dos peixes na água, depois Amélie, que, de saia de tutu, participava de um número de aros e bambolê, fizemos acenos veementes para atrair seus olhares, mostrar que estávamos ali, como os demais. Era importante para elas aquele espetáculo. Eram menininhas conscienciosas, aplicadas. Dias atrás, achavam que sua mãe estaria lá para vê-las. Quando a levaram para o hospital, Patrice lhes dissera, provavelmente ainda contava com isso, que ela voltaria a tempo para a festa. Depois, que não era certo que voltasse para a festa, mas que voltaria em breve. Depois, na véspera, que não voltaria mais. O que tornava a coisa ainda mais dilacerante, se isso é possível, é que a festa foi ótima. Tudo bem, Gabriel e Jean-Baptiste, meus dois filhos, estão grandes agora, mas não foram poucas as festas de fim ano a que assisti, do maternal ao primário, espetáculos de teatro, de música, de pantomima, e naturalmente é sempre comovente, mas igualmente trabalhoso, vago, para resumir, um pouco grosseiro, a ponto de haver algo pelo qual os mais indulgentes dos pais agradecem aos professores que quebram a cabeça para organizar esses espetáculos, que é ser breve. O espetáculo da escola de Rosier não era breve, mas tampouco executado de qualquer jeito. Havia naqueles pequenos balés e naqueles esquetes um índice de precisão que só poderia ter sido alcançado com muito trabalho e minúcia, uma seriedade impensável nas escolas para mauricinhos frequentadas pelos meus filhos. As crianças tinham a expressão feliz, equilibrada. Cresciam no campo, num ambiente familiar protegido. As pessoas deviam se divorciar e sofrer em Rosier como em toda parte, só que então saíam de Rosier, que era efetivamente um lugar para famílias unidas, um lugar onde cada criança, do palco onde cantava e dançava, podia procurar com os olhos nos bancos da plateia seu pai e sua mãe, juntos, e era óbvio que estavam juntos. Era a vida tal como a estampam os anúncios de seguros ou empréstimos bancários, a vida em que nos preocupamos com os juros da caderneta de poupança e com a data das férias das crianças, a vida hipermercado, a vida de moletom, a vida medíocre em tudo, desprovida não apenas de estilo, como da consciência de que é possível tentar dar forma e estilo à sua vida. Eu contemplava essa vida de cima, não a teria desejado, o que não impede que naquele dia observasse as crianças, observasse seus pais filmá-las com suas filmadoras, e me dissesse que escolher a vida em Rosier não era escolher apenas a vida da segurança e do rebanho, mas a do amor.

Na multidão de pais de alunos que lotava o pátio coberto da escola e que, depois do espetáculo, reuniu-se na esplanada em frente à igreja, todo mundo já sabia. Ainda não se falava de Juliette no passado, mas não era mais possível fingir esperança. Vizinhos e amigos mais ou menos próximos vinham beijar Patrice, que segurava a pequena Diane no colo, apertar-lhe o ombro, se oferecer para ficar com as crianças ou, se faltasse lugar, hospedar os membros da família que tinham vindo para a morte de sua mulher. Ele compunha um sorriso triste e educado, que exprimia uma real gratidão pelas manifestações de simpatia mais convencionais — o fato de serem convencionais não impedia que fossem sinceras —, e o que me chocava, o que nunca deixou de me chocar nele, era sua simplicidade. Ele estava lá, de short e sandália, dava mamadeira à filhinha, e não havia nada nele que se perguntasse como manifestar sua dor. A quermesse teve início. Havia estandes de pescaria, arco e flecha, pirâmides de latas de conserva para serem derrubadas com uma bola de tênis, uma oficina de desenho, um bingo... Amélie tinha um maço de cartelas de bingo para vender, todos os membros da família e alguns vizinhos compraram uma, mas nenhum de nós ganhou nada. Como eu estava com Hélène e com ela no momento do sorteio, eu fingia prestar grande atenção naquilo, verificava febrilmente meus números e exagerava minha decepção para fazê-la rir. Ela ria, mas ria à sua maneira: gravemente, e eu tentava imaginar que lembrança guardaria, adulta, daquele dia. Tento imaginar, escrevendo isto, o que ela sentirá se um dia vier a lê-lo. Depois da quermesse, houve um almoço no jardim, sob a grande catalpa. Fazia muito calor, ouviam-se atrás das sebes crianças rindo e chapinhando nas piscinas infláveis. Clara e Amélie, sentadas comportadamente à mesa, faziam desenhos para a mãe. Se a cor ultrapassava o contorno, franziam as sobrancelhas e recomeçavam. Quando Diane acordou de sua sesta, Patrice e Cécile, a outra irmã de Juliette, foram para o hospital com as três garotinhas. Na hora de entrar no carro, Amélie voltou-se para a igreja, fez um furtivo sinal da cruz e murmurou, bem rápido: faça com que mamãe não morra.

Nossa vez, minha e de Hélène, chegou no fim da tarde. Prevendo que eu teria de dirigir, na véspera eu me dera ao trabalho de memorizar o itinerário e erigi como questão de honra fazer o trajeto sem erro nem hesitação: eu não podia fazer muito, mas ser um bom motorista já era algo. Empurramos a mesma porta de batente duplo, percorremos os mesmos corredores desertos, iluminados com luz fria, esperamos um tempão no interfone para que autorizassem nosso acesso ao setor de reanimação. Quando entramos no quarto, Patrice estava deitado na cama ao lado de Juliette, o braço passado sob seu pescoço, o rosto debruçado sobre o seu. Ela perdera a consciência, mas sua respiração continuava oprimida. Para permitir a Hélène um momento a sós com a irmã, Patrice saiu para o corredor. Observei Hélène sentar-se na beirada da cama e pegar a mão inerte de Juliette, depois acariciar-lhe o rosto. Passou-se um tempo. Saindo do quarto, ela perguntou a Patrice o que os médicos diziam. Ele respondeu que, para eles, ela morreria à noite, mas que não era possível saber quanto tempo levaria. Agora, disse Hélène, eles precisavam ajudá-la. Patrice balançou a cabeça e retornou ao quarto.

O médico de plantão era um rapaz careca de óculos dourados, ar cauteloso. Recebeu-nos com uma enfermeira loura, tão calorosa na aparência quanto ele era frio, e nos pediu que sentássemos. O senhor deve desconfiar, disse Hélène, o que venho lhe pedir. Ele fez um sinalzinho que era menos um sim que um encorajamento para prosseguir, e Hélène, cujos olhos estavam marejados, prosseguiu. Ela perguntou quanto tempo aquilo ainda podia durar, o médico repetiu que não era possível dizer, mas que era uma questão de horas, não de dias. Ela estava entre a vida e a morte. É preciso ajudá-la, agora, repetiu Hélène. Ele apenas respondeu: já começamos. Hélène deixou o número de seu celular e pediu que a avisassem quando tivesse terminado.

No carro, na volta do hospital, ela não tinha certeza se fora suficientemente clara com o médico, nem se a resposta dele o fora. Tentei tranquilizá-la: não houve ambiguidade de nenhum dos lados. Ela também temia o zelo da enfermeira calorosa, que falara de uma possível melhora. Juliette, dizia ela num tom esperançoso, ainda podia resistir vinte e quatro, até mesmo quarenta e oito horas. Essas horas, Hélène tinha certeza disso, seriam além da conta. Juliette se despedira, Patrice estava ao seu lado: era o momento. A medicina, agora, não podia senão permitir que ele não perdesse aquele momento.

Paramos em Vienne para comprar mais cigarros e tomar alguma coisa na varanda de um café, na avenida principal. Era uma noite de sábado na cidadezinha de interior, as pessoas passeavam do lado de fora de camisa ou vestido leve, parecia o verão e o Sul. Além do tráfego normal, vimos e ouvimos passar, primeiro motocicletas que uma rapaziada da pesada empinava e roncava o mais alto possível, em seguida o cortejo de um casamento, véus brancos hasteados nas antenas de rádio e buzinas frenéticas, enfim a van publicitária anunciando um espetáculo de marionetes naquela mesma noite. Era uma reunião de cúpula, bradava o sujeito em seu megafone, um encontro imperdível: Guignol e o Ursinho Puff! Como na festa da escola, isso dava a impressão de que o roteirista tinha exagerado um pouco.

Falamos de Patrice. Como iria se virar, sozinho com suas três filhas, sem grandes recursos? As histórias em quadrinhos que ele desenvolvia em seu ateliê no subsolo da casa não lhe davam muito retorno, era Juliette quem sustentava a família com seu salário de magistrada, e já se pressentiam, a despeito de nada faltar às meninas, fins de meses difíceis. O seguro entraria em ação, naturalmente, ele terminaria de pagar a casa, e depois Patrice arranjaria um emprego. Sua solicitude e modéstia não faziam dele um guerreiro implacável, ele não ia montar uma empresa de relações públicas, mas podia-se contar com ele: tudo que tivesse para fazer, ele faria. Mais tarde, se casaria novamente. Um rapaz tão bonito, tão gentil, encontraria inevitavelmente uma mulher igualmente gentil. Saberia amá-la como amara Juliette: não se curvaria ao luto, não havia nele nenhuma propensão mórbida. Isso vai acontecer, era inútil antecipar. Enquanto isso, ele estava ali, amparava em seus braços sua mulher em vias de morrer e, independentemente do tempo que ela levasse para isso, ninguém duvidava de que ia ampará-la até o fim, de que em seus braços Juliette morria em segurança. Nada me parecia mais valioso do que essa segurança, essa certeza de poder descansar até o último minuto nos braços de alguém que nos ama plenamente. Hélène me contou o que Juliette dissera à sua irmã Cécile na véspera, antes da nossa chegada, quando ainda era capaz de falar. Dizia estar satisfeita, que sua vidinha tranquila fora uma vida bem-sucedida. No início achei que era uma frase consoladora, depois que estava sendo sincera, por fim que era verdade. Pensei na famosa frase de Fitzgerald: "Toda vida, evidentemente, é um processo de demolição", e dessa vez eu não achava que fosse verdade. Pelo menos, nunca achei isso de toda vida. Da de Fitzgerald, talvez. Da minha, talvez — eu temia isso mais naquela época do que hoje. E, entretanto, não sabemos o que se passa no último minuto, deve haver vidas cuja ruína manifesta é enganadora, porque elas deram uma guinada in extremis ou alguma coisa de invisível nelas nos escapou. Deve haver vidas aparentemente bem-sucedidas que são um inferno e talvez, por mais horrível que seja pensar isso, um inferno até o fim. Porém, quando Juliette olhava para a sua, eu acreditava nela e o que me fazia acreditar nela era a imagem daquele leito de morte no qual Patrice a abraçava. Eu disse a Hélène: sabe, aconteceu uma coisa. Se me fosse dado saber, não muitos meses atrás, que eu tinha um câncer, que ia morrer em breve, e eu me fizesse a mesma pergunta que Juliette, será que minha vida foi bem-sucedida?, eu seria incapaz de responder como ela. Teria dito que não, minha vida não fora bem--sucedida. Teria dito que tinha feito coisas bem-sucedidas, tivera dois filhos bonitos e que estão vivos, escrevera três ou quatro livros nos quais o que eu era tomou forma. Fiz o que pude, com meus recursos e meus bloqueios, lutei para fazê-lo, é um balanço positivo. Mas o essencial, que é o amor, me terá faltado. Fui amado, sim, mas não soube amar — ou não consegui, é a mesma coisa. Ninguém pôde repousar confiantemente no meu amor e não repousarei, no fim, no amor de ninguém. Isso era o que eu teria dito ao anúncio da minha morte, antes da onda. E então, depois da onda, eu a escolhi, nós nos escolhemos e não é mais a mesma coisa. Você está aqui, perto de mim, e se eu tivesse que morrer amanhã poderia dizer como Juliette que minha vida foi bem-sucedida.

Tenho diante dos olhos quatro folhas arrancadas de um caderno espiral e cobertas, frente e verso, com anotações destinadas a descrever tão precisamente quanto possível o quarto 304 do Hotel du Midi de Pont-Évêque, no Isère. Eu devia participar de um livro coletivo em homenagem ao meu amigo Olivier Rolin, que no ano anterior publicara um livro descrevendo minuciosamente quartos de hotel pelo mundo. Cada um desses quartos servia de cenário para um conto baseado em putas de bar, traficantes de armas e personagens escusos com quem o narrador tomava porres homéricos. Seu editor teve a ideia de prolongar a brincadeira pedindo a cerca de vinte escritores, amigos de Olivier, que descrevessem por sua vez um quarto de hotel e imaginassem o que bem lhes aprouvesse a partir disso. Num certo momento dessa noite interminável em que esperávamos o telefonema nos comunicando a morte de Juliette, falei, para distrair Hélène, dessa encomenda e de minhas hesitações na escolha do hotel. O tom da empreitada, romanesco e lúdico, exigia um estabelecimento com um exotismo um pouco sofisticado. Nesse registro, eu tinha como trunfo o hotel Viatka de Kotelnitch, exemplo perfeito de estilo brejneviano descabido, onde uma lâmpada não deve ter sido trocada desde a inauguração e onde, contando todas as minhas estadas, passei três ou quatro meses. Na outra ponta da escala, o único outro hotel onde eu tinha realmente morado, quer dizer, passado várias semanas, era o luxuoso Intercontinental de Hong Kong, onde Hélène viera me encontrar durante a filmagem de *O bigode*. Fosse nos encontrando no lobby, descortinando de nosso quarto no vigésimo oitavo andar a vista panorâmica da baía, ou subindo e descendo nos elevadores, podíamos nos julgar em *Encontros e desencontros*. O hotel que me esperava em Yokohama devia ser, imagino, do mesmo gênero, e eu me prometera como um agradável dever de férias descrever o quarto em que me hospedasse. Se você não vai a Yokohama, disse Hélène, basta descrever este quarto aqui, in loco. Podemos fazer aqui, agora, isso vai nos distrair. Peguei meu caderno e nos pusemos ao trabalho, com o mesmo empenho de quando tínhamos ensaiado a cena erótica do meu filme. Observei que o quarto, com uma área de cerca de quinze metros quadrados, era completamente forrado, teto inclusive, com um papel de parede pintado de amarelo. Não um papel de parede amarelo, insistiu Hélène: um papel que devia ser branco originalmente e que pintaram de amarelo, com um relevo imitando uma trama com pontos grandes. Depois, passamos às peças de madeira, estilo das portas, estilo das janelas, rodapés e cabeceira da cama, pintadas, por sua vez, num amarelo mais consistente. Era um quarto amarelíssimo, em suma, com matizes cor-de-rosa e verde-pastel nas roupas de cama e nas cortinas, que encontrávamos também nas duas litografias presas acima e defronte da cama. Ambas, editadas em 1995 por Nouvelles Images SA, traíam ao mesmo tempo as influências de Matisse e do estilo naïf iugoslavo. Apoiado no cotovelo, eu transcrevia apressadamente os achados de Hélène, que agora ia e vinha no quarto, contando as tomadas elétricas, testando o comutador que controlava a iluminação, cada vez mais absorta em seu inventário. Omitirei os detalhes: era um quarto banal num hotel banal, embora muito bem administrado — e muito simpaticamente. A única coisa um pouco interessante e por sinal a mais difícil de descrever acha-se no pequeno desvão que serve de entrada. Copio minhas anotações: "Trata-se de um armário com acesso duplo, do qual uma das portas abre-se para o desvão e a outra, em ângulo reto, para o corredor que dá nos quartos. É o equivalente de um passa-pratos com duas prateleiras, a de cima destinada à roupa de cama, a de baixo, às bandejas de café da manhã, como sugerem claramente os pictogramas gravados no vidro de duas pequenas impostas, permitindo ao mesmo tempo indicar o que e onde deve ser colocado e verificar se foi colocado ou não". Não tenho certeza de ter sido absolutamente claro, paciência. Perguntamo-nos se aquela espécie de armário, bem pouco difundida, teria um nome que nos poupasse daquelas descrições enfadonhas. Há pessoas muito boas nisso, que em todos os domínios ou pelo menos em vários domínios conhecem o nome das coisas. Olivier é um deles, eu não. Hélène, um pouco mais. A palavra "imposta" nas linhas que acabo de citar, sei que foi ela.

Veio o amanhecer. Tínhamos terminado nosso inventário e o telefone não tocara. O pensamento de que sua irmã ainda agonizava aterrorizava Hélène. Eu também estava angustiado. Fechamos as cortinas, puxamos o lençol sobre nós, dormimos mal, mas um pouco, colados um no outro, em concha. O telefone nos acordou às nove horas. Juliette morrera às quatro horas da manhã.

Encontramos Antoine, Jacques e Marie-Aude para o café da manhã na sala de refeições do hotel. Cécile estava com Patrice e as meninas em Rosier. Abraçamo-nos em silêncio, tal silêncio acompanhado de uma pressão da mão sobre o ombro, símbolo em nossos círculos da expressão máxima da dor, depois falamos de coisas práticas: das exéquias, quem ia ficar hoje, como íamos nos revezar nos dias seguintes para consolar Patrice e as meninas, e já fazíamos planos para uns e outros os receberem durante as férias de verão. Para as próximas horas, o programa já estava definido: devíamos passar novamente em Rosier, depois ir ao hospital, creio que disseram simplesmente "para vermos Juliette". Não para lhe prestar uma última homenagem, nem para nos recolher ante seus restos mortais: esta é uma qualidade que devemos reconhecer nos burgueses à moda antiga, eles não recorrem a esse linguajar evasivo e falam morremos, e não falecemos ou partimos. Depois, iríamos a Lyon para encontrar um colega de Juliette. Um colega de Juliette? Justamente no dia de sua morte? Hélène e eu estávamos um pouco admirados. Sim, explicou Jacques, um colega que era juiz com ela no juizado especial de Vienne e que tinha se tornado muito próximo dela durante sua doença. Uma das coisas que os aproximava é que ele também tivera um câncer na mocidade, e que lhe haviam amputado uma perna. Por iniciativa própria, essa manhã ele sugerira que os membros da família, já que estavam todos ali, se reunissem na casa dele para ele lhes falar de Juliette. Essa visita de pêsames a um magistrado de uma perna só me parecia um tanto extravagante, mas tudo que me restava a fazer era obedecer.

Não lembro nada do primeiro contato com as garotinhas que acabavam de perder a mãe. Mas a minha impressão é de que estavam calmas, sem chorar nem gritar, em todo caso. Em seguida, houve a visita à funerária do hospital. É um prédio moderno composto de uma sala muito vasta, o pé-direito muito alto, muito bem iluminada, uma espécie de átrio que faz pensar nos cenários únicos da tragédia clássica e no qual desembocam várias salas menores: as câmaras fúnebres, a capela, os banheiros enfim, onde não damos descarga senão com reticência pois o local é tão sonoro quanto silencioso. Nessa manhã de domingo, éramos os únicos visitantes e fomos recebidos por um cara com jaleco de enfermeiro, que nos fez sentar num canto da sala grande para nos explicar como iam se passar, tecnicamente, os poucos dias que precederiam o enterro. Não era um enfermeiro, na verdade, mas um voluntário encarregado de receber as famílias, e ele traçava com nitidez a fronteira entre o que era, de um lado, da alçada do hospital e do serviço público por ele representado, e de outro, dos profissionais funerários. Até a instalação do corpo no caixão por parte destes últimos, o hospital encarregava-se das visitas, cuidava para que o corpo fosse transportado do necrotério para as câmaras fúnebres e apresentado o mais razoavelmente possível, isto é, limpo, penteado, se necessário maquiado. Tudo isso de graça, não devíamos hesitar em pedir, pessoas como ele estavam ao dispor das famílias, em contrapartida os tratamentos cosméticos mais pesados, porventura necessários, sobretudo no verão, quando transcorriam vários dias antes do enterro, incumbiam às pompas fúnebres, sendo portanto pagos. Insistia muito no que era gratuito de um lado, pago do outro, repetia a lição para se certificar de que a havíamos compreendido direito e, pensando nas famílias menos privilegiadas que a de Juliette, eu achava aquilo correto. Uma frase voltou várias vezes no discurso que ele devia recitar, quase idêntico, a todos os visitantes: "Estamos aqui para que tudo corra da melhor forma possível". Provavelmente essa frase é um lugar-comum em todas as profissões que rondam a morte e o infortúnio, nem por isso deixávamos de ter a impressão de que ele fazia efetivamente o que podia para que aquilo corresse da melhor forma possível.

Agora íamos ver Juliette, haviam-na preparado para nossa visita, mas as filhas dela viriam à tarde e a mãe de Patrice tivera a ideia de fazê-las escolher no guarda-roupa de Juliette um vestido de que ela gostasse ou que elas gostassem de vê-la usando. Na realidade, Juliette nunca usava vestido, mas calças compridas informes e confortáveis, do que fazia questão absoluta era de que suas filhas estivessem bem--vestidas, tinham que parecer princesas, era essa a palavra que usava, e naturalmente não é à toa que Amélie desenha princesas com tamanha obstinação. Nessa manhã de domingo, portanto, a mãe de Patrice tinha levado as duas mais velhas até o armário para escolher o vestido que a mamãe delas ia usar no caixão, e esse vestido, nós o havíamos trazido conosco para que ela estivesse com ele à tarde, quando as meninas viessem. O voluntário aprovava essa iniciativa e aproveitou a deixa para dizer que tínhamos sorte porque o colega que ia rendê-lo dali a pouco era o especialista inconteste da maquiagem na equipe deles. Marie-Aude mostrou um pouco de preocupação: Juliette quase não se maquiava. Era justamente por isso, disse o voluntário, que era bom contarem com seu colega especialista: ele faria um trabalho superdelicado e daria a impressão de que ela não estava maquiada, mas viva. Quando saímos do salão fúnebre, após dez minutos acerca dos quais não tenho nada a dizer, o especialista acabava de chegar. Ciente das reticências da família, fez tudo para tranquilizar e perguntou se algum de nós, uma das irmãs talvez, tinha vontade de ajudá-lo, de maquiar a defunta junto com ele. Era um gesto, esclareceu, que podia parecer difícil, mas que também podia fazer um bem imenso. De toda forma, se a pessoa no último minuto não se sentisse disposta àquele gesto, ele o faria em seu lugar, ninguém era obrigado a se impor coisas duras. Hélène e Cécile entreolharam-se sem convicção, no fim nenhuma das duas maquiou a irmã. Volto a pensar nesse especialista, do qual zombamos um pouco no carro, Antoine, Hélène e eu: era uma figura de bermuda cor-de-rosa, rechonchuda, ciciante, que com sua franja de cabelo pintado parecia representar um cabeleireiro homossexual numa comédia de costumes, e é apenas agora, escrevendo, que me pergunto o que podia levá-lo a vir voluntariamente, aos domingos, maquiar cadáveres, guiando sobre seus rostos os dedos de seus parentes mais próximos. Talvez pura e simplesmente o prazer de ser útil. Para mim, é uma motivação mais misteriosa que a perversidade.

Retardei o máximo que pude o momento da chegada, mas, pronto, estamos todos os oito na escada do juiz de uma perna só. O prédio, antigo, burguês, situa-se numa rua de pedestres que desemboca na estação de Perrache, e penso que será cômodo para ir embora. A escada é de pedra, estreita, não tem elevador, acho isso peculiar para um homem com uma perna só, mas paramos no primeiro andar. Tocamos, abrem, cada um na sua vez entra apresentando-se e apertando a mão do dono da casa que, a minuteria da escada estando desligada, não percebe que ainda tem uma pessoa no corredor e fecha a porta na minha cara. Não sei por que acho engraçado, e ele também, que minhas relações com Étienne Rigal tenham começado dessa forma. Também não sei por quê, eu tinha imaginado que o juiz de uma perna só era solteiro, morando num apartamento minúsculo e escuro, atulhado de processos empoeirados, talvez cheirando a gato. Mas não, o apartamento era espaçoso, iluminado, com belos móveis bem cuidados, e não havia necessidade de relancearmos pela porta entreaberta de um quarto de crianças para constatar que era habitado por uma família. Mulher e filhos, entretanto, devem ter sido solicitados a dar um passeio: Étienne nos recebia sozinho. Na casa dos quarenta, alto, muito forte, de jeans e camiseta cinza. Olhos bem azuis, salientes, por trás dos óculos sem armação. Expressão franca, voz tranquila, um pouco aguda. Quando ele nos precedeu para nos introduzir na sala, pudemos perceber que mancava e, apoiando-se no lado direito, arrastava uma perna esquerda toda rígida. A sala dava para a rua, o sol entrando pelas janelas abertas inundava de luz um bonito assoalho antigo até a parede oposta. Nos instalamos por casal, os pais em duas poltronas próximas, Hélène e eu grudados num canto de um sofá velho, Antoine e sua mulher no outro canto, Cécile e o marido em cadeiras. Haviam deixado sobre a mesa de centro uma compoteira cheia de cerejas e uma bandeja cheia de copos e sucos de frutas, mas Étienne nos perguntou se queríamos café, todo mundo respondeu que sim, e ele foi fazer um na cozinha. Nenhuma palavra foi pronunciada durante sua ausência. Hélène levantou-se para fumar na janela, juntei-me a ela após ter percorrido as prateleiras da biblioteca, que revelava gostos mais pessoais, ou mais próximos dos meus, que a de Rosier. Étienne voltou com o café: usava uma máquina de espresso que só fazia uma xícara por vez; entretanto, misteriosamente, todas as nove chegaram fumegantes na bandeja. Ele pediu um cigarro a Hélène, deixando claro: parei há muito tempo, mas hoje é especial, estou com muito medo. Sem combinar, havíamos deixado a poltrona defronte do sofá desocupada para ele, pois ela ficava numa posição central, um pouco como a tribuna das testemunhas perante um tribunal. Mas ele preferiu se sentar no chão, ou melhor, agachar-se sobre sua perna direita flexionada, esticando a esquerda à sua frente — posição que parecia monstruosamente desconfortável e que apesar disso ele conservou durante quase duas horas. Todos nós olhávamos para ele. Ele olhou para nós olhando para ele, um a um, eu não conseguia saber se ele estava absolutamente calmo ou febril. Houve uma risadinha, para nos colocar a par do seu embaraço, depois ele disse: situação um pouco estranha, não acham? De repente me parece absurdo, e além do mais presunçoso, fazê-los vir desse jeito, como se eu tivesse coisas a lhes dizer que vocês não soubessem sobre alguém que era sua filha, sua irmã... Estou realmente com muito medo, vocês podem imaginar. Medo de decepcioná-los, medo também de parecer ridículo, não é um medo muito digno, mas, enfim, é o que sinto. Não preparei nada. Ontem, tentei fazer uma espécie de discurso na minha cabeça, listando as coisas que eu gostaria de abordar e depois não consegui, desisti, de toda forma não sou bom nisso. Então vou falar o que me passar pela cabeça. Calou-se por um instante, depois prosseguiu: há uma coisa de que acho que vocês não têm consciência e que eu gostaria que compreendessem, é que Juliette era uma grande juíza. Vocês sabem, é claro, que ela amava sua profissão e que a exercia bem, devem achar que era uma excelente magistrada, mas ela era mais que isso. Durante os cinco anos que trabalhamos juntos no tribunal de Vienne, ela e eu, fomos grandes juízes.

Essa frase me deixou alerta, essa frase e sua forma de dizê-la. Havia nela um orgulho incrível, algo inquieto e alegre ao mesmo tempo. Eu reconhecia aquela inquietação, reconhecia de olhos fechados, numa multidão, na escuridão, aqueles a quem ela habita, são meus irmãos, mas a alegria que se misturava a ela me pegou desprevenido. Percebia-se que aquele sujeito que falava era emotivo, ansioso, perpetuamente no encalço de alguma coisa que lhe escapava e que, ao mesmo tempo, ele possuía essa coisa, e que estava encastelado numa confiança inexpugnável. Nenhuma serenidade, nenhuma ponderação, nenhum controle, mas uma forma de se apoiar sobre seu medo e desdobrá-lo, uma maneira de tremer que me fez tremer também e compreender que estávamos prestes a presenciar um acontecimento.

Citei de memória as primeiras frases de Étienne: não são literalmente exatas, mas, grosso modo, era isso. Depois, tudo se mistura na minha memória, como tudo se misturava em seu discurso. Ele falou da justiça, da maneira como Juliette e ele faziam justiça. No tribunal de Vienne, ocupavam-se sobretudo da área do superendividamento e do direito à moradia, isto é, de casos em que há poderosos e pobres, fracos e fortes, ainda que isso fosse mais complicado, e eles gostavam que fosse mais complicado, que um processo não fosse uma série de colunas para preencher, mas uma história e em seguida um exemplo. Juliette não teria gostado, dizia ele, que falassem que ela estava do lado dos pobres: seria demasiado simples, demasiado romântico, sobretudo não seria jurídico, e ela era obstinadamente jurista. Ela teria dito que estava do lado da lei, mas ela se tornou, tornaram-se ambos virtuoses na arte de aplicar *efetivamente* a lei. Para isso, eram capazes de passar dezenas de horas arquitetando um plano de amortização, capazes de descobrir uma diretriz na qual outros jamais teriam pensado, capazes de apelar à Corte de Justiça das Comunidades Europeias, demonstrando que o acréscimo das taxas de juros e das multas praticadas por determinados bancos ultrapassavam a taxa de usura e que essa forma de sangrar as pessoas não apenas era imoral, como ilegal. Suas sentenças foram publicadas, discutidas, atacadas com violência. Foram insultados na Dalloz.* No mundo da justiça na França, no início do século XXI, o juizado de Vienne foi um lugar importante: uma espécie de laboratório. Perguntava-se o que ainda tirariam do chapéu os dois pequenos juízes mancos de Vienne. Porque tinha isso também, claro: ambos eram mancos, ambos, sobreviventes de um câncer na adolescência. Haviam se identificado desde o primeiro dia, como aleijados, como pessoas em cujos corpos aconteceu aquilo, que ninguém pode compreender se não viveu. Desde então, aprendi a conhecer a maneira de pensar e falar de Étienne, por associações livres que se devem mais, imagino, à experiência da psicanálise do que ao ensino da faculdade de direito, mas nesse primeiro encontro eu me perdia em suas bruscas passagens de um aspecto de técnica jurídica para uma lembrança que podia ser muito íntima sobre sua deficiência ou a de Juliette, sobre a doença de Juliette ou a sua. O câncer os destruíra e construíra, e quando voltou a atacar Juliette, Étienne teve de enfrentá-lo novamente. Vagara um lugar, que não podia ser ocupado nem por Patrice, nem pela família, apenas por ele, e era a partir desse lugar que ele nos falava. Para nos dizer o quê? Nada grandiloquente. Não diria que Juliette era corajosa, nem que lutara, nem que nos amava, nem sequer que morrera feliz. Tudo isso, outros podiam nos dizer. Falava de outra coisa, que lhe escapava, que nos escapava, mas enchia a sala ensolarada com uma presença enorme, esmagadora, nem por isso triste. Percebi que aquela presença acenava para mim num momento preciso, quando ele evocou a experiência, para ele fundadora, da primeira noite. A primeira noite que uma pessoa passa no hospital, sozinha, quando acaba de saber que está gravemente doente, que pode até morrer dessa doença e que, de agora em diante, essa é a realidade. Alguma coisa, ele dizia, entra em jogo nesse momento, da ordem da guerra total, do desastre total, da metamorfose total. É uma destruição psíquica, pode ser uma refundação. Não lembro mais direito, mas lembro que no momento de nos despedir, enquanto apertávamos sua mão, um depois do outro, no vestíbulo, ele se dirigiu a mim. Em nenhum momento sugerira que me conhecia como escritor, mas então, na frente de todos, olhos

---

* Importante editora francesa especializada em publicações jurídicas. (N. T.)

nos olhos, me disse: você deveria pensar nisso, nessa história da primeira noite. Talvez seja para você.

Vimo-nos todos os oito na rua, perplexos. Hélène e eu decidimos pegar o trem, os demais retornavam a Rosier, beijamo-nos, a continuação seria o enterro. Fomos a pé até a estação de Perrache percorrendo a rua de pedestres, depois atravessando a ampla praça Carnot. Domingo, duas horas da tarde, um calorão. Os burgueses almoçavam em casa, os pobres espalhavam-se pelos gramados. Esperando o trem, comemos um sanduíche numa varanda. Desde que havíamos nos despedido dos outros, não tínhamos dito sequer uma palavra. O que acontecera durante essas duas horas me perturbara, mas também, não vejo outra palavra, me entusiasmara. Eu tinha vontade de dizer isso a Hélène, mas temia que esse entusiasmo fosse despropositado. Além disso, não tinha certeza de que Étienne lhe houvesse agradado como a mim. Num certo momento, ela tinha sido quase agressiva com ele. Ele prometera a Juliette, foi o que ele disse, recrutar suas três filhas para um estágio, uma de cada vez. Calma lá, reagira Hélène, é um pouco cedo demais e não vamos obrigá-las a ser juristas, em respeito à memória da mãe, se tiverem vontade de fazer outra coisa. Não se trata de ser jurista, respondera delicadamente Étienne: eu falava apenas dos estágios de poucos dias que as pessoas fazem quando estão no liceu. Em diversas oportunidades, enquanto ele falava, eu sentira Hélène ao meu lado impacientar-se e quase se revoltar. Era como assistir a um filme de que gostamos ao lado de alguém que não gosta tanto dele, e eu percebia nitidamente o que nas palavras de Étienne pudera chocá-la. Aventurando-me a romper o silêncio para dizer que julgara extraordinário aquele sujeito, eu esperava que ela respondesse: um pouquinho católico demais para o meu gosto. Para Hélène, como para muita gente que cresceu na religião católica, a apreciação "um pouquinho católico demais" é totalmente negativa. Para mim, não. Mas ela não disse isso. Étienne também a emocionara, ou melhor, o que a emocionara tinha sido o que Étienne dizia de Juliette. Era porque era amigo e confidente de Juliette que Étienne a interessava. Comigo, era diferente: eu começava a me interessar por Juliette em função do que Étienne falara sobre ela.

Seja como for, ela observou, o que ele disse sem dizer é que era apaixonado por ela.

Eu disse: não sei.

Na noite seguinte, a primeira noite depois da morte de Juliette, voltei a pensar no que Étienne nos contara, e me ocorreu a ideia de contar também. Mais tarde tive muitas dúvidas acerca desse projeto, deixei-o de lado durante três anos, acreditando nunca mais voltar a ele, mas naquela noite ele despontou como uma evidência para mim. Eu recebera uma encomenda, bastava responder sim. Deitado junto a Hélène adormecida, eu me exaltava diante da ideia de uma narrativa curta, alguma coisa que seria lida em duas horas, o tempo que tínhamos passado na casa de Étienne, e transmitisse a emoção que eu sentira ao escutá-lo. Esse plano, na hora, me pareceu bem circunscrito e exequível. Seria preciso, tecnicamente, escrevê-lo como *O adversário*, na primeira pessoa, sem ficção, sem efeitos, ao mesmo tempo era o exato oposto de *O adversário*, seu positivo de certa forma. Acontecia na mesma região, no mesmo ambiente, as pessoas moravam nas mesmas casas, liam os mesmos livros, tinham os mesmos amigos, mas de um lado tínhamos Jean-Claude Romand, que é a mentira e o sofrimento personificados, do outro, Juliette e Étienne, que, tanto no exercício do direito quanto na provação da doença, não cessaram de almejar a justiça e a verdade. E havia a seguinte coincidência, que me perturbava: a doença de Hodgkin, o câncer do qual Romand se pretendia acometido para dar um nome aceitável à coisa inominável que o habitava, foi a doença que Juliette teve, mais ou menos na mesma época, fatalmente em seu caso.

Hélène, por sua vez, decidiu escrever um texto para ler no enterro. Falávamos disso, eu a ajudava a organizar suas ideias. O que ela fazia questão de dizer é que, ao longo de tudo aquilo que ela chamava sua vidinha tranquila, e que não era nem vidinha nem tranquila, Juliette sempre fizera suas escolhas. Não contemporizava, não voltava atrás. Escolhia e se aferrava às suas escolhas: sua profissão, seu marido, sua família, a casa deles, a maneira deles de viverem juntos, tudo exceto a doença. Aquela era a vida dela, aquele era o lugar dela, ela nunca procurou ocupar outro, mas ocupava plenamente o seu. Havia nisso um sentido caro a Hélène, que talvez contrastasse com a imagem mais caótica que ela fazia de sua própria vida. Ao mesmo tempo, coisas que não faziam sentido e a perturbavam afloravam-lhe a memória. Assim como outros dão comida, Hélène veste as pessoas que ama. Dizia: sempre tive vontade de dar uma bolsa para Juliette, uma bolsa linda, e na hora de entrar na loja me dou conta de que não, por causa das muletas ela não podia usar bolsa. Mas eu poderia ter dado uma linda mochila, em vez das coisas feias que ela tinha. Poderia. Eu não gostava que ela usasse coisas feias, não lhe dei tantas coisas bonitas quanto poderia. É horrível, o último presente que lhe dei foi a peruca. E também: quando éramos pequenas, eu tinha inveja porque ela era a menor e mais bonita. Verdade, juro, você só a viu no fim, vou lhe mostrar. Ia pegar álbuns, esparramava-os na mesa da cozinha. Eu já folheara aqueles álbuns com ela quando desfizemos as caixas de papelão na mudança, mas na época eu só prestava atenção em Hélène. Agora eu via Juliette, Juliette criança, Juliette adolescente, e é verdade, ela era bonita. Mais que Hélène, não sei, não acho, mas bonita, sim, muito bonita, e de forma alguma sisuda como eu a imaginara, provavelmente por causa da deficiência e da profissão. Eu olhava seu sorriso, olhava as muletas que nunca estavam longe na imagem, e não a achava corajosa, mas viva, plena e avidamente viva. Foi depois de ter visto essas fotografias que falei com Hélène do meu projeto. Temia que ela ficasse chocada: sua irmã, que eu não conhecera, acabava de morrer e, upa, eu decidia transformar isso num livro. Teve um momento de espanto, depois ela achou que era justo. A vida me pusera nesse lugar, Étienne apontara-o para mim, eu o ocupava.

No dia seguinte, no café da manhã, ela riu, riu de verdade, e me disse: acho você engraçado. Você é o único cara que eu conheço capaz de achar que a amizade de dois juízes mancos e cancerosos que esmiúçam processos de superendividamento no juizado de Vienne seja um tema interessante. Como se não bastasse, eles não trepam e, no fim, ela morre. Resumi direito? É essa a história?

Confirmei: é isso.

Acontecia assim: eu pegava o trem às oito na Gare de Lyon, estava às dez em Perrache e quinze minutos depois batia à porta de Étienne. Ele fazia café, nos sentávamos na cozinha, um em frente ao outro, eu abria meu caderno e ele começava a falar. Na época de *O adversário*, quando interrogava pessoas ligadas ao caso Romand, já em Lyon ou na região de Gex, eu evitava fazer anotações, pois temia distorcer as frágeis relações de confiança que conseguia, ou não, estabelecer com meus interlocutores. De volta ao hotel, transcrevia o que me lembrava da conversa. Com Étienne, eu não tinha esse escrúpulo. De maneira geral, nunca, nem com ele, nem mais tarde com Patrice, refleti estrategicamente, nunca pensei que tal frase ou atitude de minha parte pudesse me privar de uma simpatia indispensável à minha empreitada, nunca tive medo de dar um passo em falso. Quando me dirigi a ele, no dia do enterro, para lhe dizer que queria escrever sua história e a de Juliette e que agora precisávamos nos falar, Étienne não denotara nenhuma surpresa, apenas sacou sua agenda e propôs uma data: sexta-feira, 1º de julho. Estávamos engajados num projeto comum, esse projeto exigia que ele me contasse sua vida e ele nunca fez mistério do prazer que sentia nisso. Ele gosta de falar de si próprio. É a minha forma, diz, de falar dos outros e com os outros, e apontou com perspicácia que era a minha também. Sabia que, falando de si, falaria obrigatoriamente de mim. Isso não o constrangia, ao contrário. Acho que nada o constrangia, e, por conseguinte, tampouco a mim. É uma situação bem rara alguém ver-se dizendo não apenas o que viveu, mas quem é, o que faz com que ele seja ele e nenhum outro, a alguém que não conhece. Isso acontece nos primeiros momentos de um encontro amoroso e de um tratamento psicanalítico, isso acontecia agora com uma naturalidade desconcertante. Seu estilo, como já disse, é livre e associativo, com saltos bruscos de um tema a outro, de uma época a outra. Quanto a mim, gosto e tenho até obsessão pela cronologia. A elipse não me convém senão como procedimento retórico, devidamente referenciado e controlado por mim, caso contrário me assusta. Talvez porque haja um rasgo na minha vida e porque, tecendo a trama mais cerrada possível, eu espere cerzi-lo, preciso de referências como: a terça anterior, a noite seguinte, três semanas antes, não perder nenhuma etapa, e em nossas conversas eu conduzia incessantemente Étienne para essa ordem, que me obriga a começar este relato pela evocação de seu pai.

Ele o descreve como um professor universitário atípico, curioso por tudo, que deu aulas sucessivamente de astronomia, matemática, estatística, filosofia da ciência e semiologia, sem fixar-se efetivamente numa disciplina nem seguir, por conseguinte, a carreira a que poderia aspirar. Vindo das ciências duras, queria se aproximar do real, do humano e das incertezas que o acompanham, foi assim que, nos anos 1960, se viu trabalhando na formação de operários da Peugeot em Montbéliard — onde a família de sua mulher possuía uma casa imensa, labiríntica, sempre gélida, que em seguida foi preciso vender e da qual Étienne sente saudades. Por formação seus patrões entendiam uma formação específica, haviam contratado um professor de matemática, mas ele se pretendia um provocador e dava aulas de filosofia, política e moral. Foi despedido no fim de alguns meses, como de inúmeros lugares por onde passou, deixando sua marca em alguns espíritos generosos. Era um típico cristão de esquerda, leitor de Simone Weil e Maurice Clavel, fiel eleitor de Rocard, membro do Partido Socialista Unificado, sob cuja legenda apresentou-se nas legislativas em Corrèze, feudo da família do lado paterno, contra o astro chiraquiano do pedaço: sem sucesso, mas, em todo caso, isso forçou-o a um segundo turno. Cristão na companhia dos ateus, transformava-se em devorador de padres na companhia dos cristãos, capaz de sustentar que Jesus ia para a cama com João, seu discípulo querido. Havia nele um contestador fadado a ser malvisto por todas as hierarquias, um franciscano que poderia militar numa fábrica ou caminhar de sandálias ao sabor dos caminhos, mas também um burguês preocupado com reconhecimento e incapaz de aceitar seus fracassos levianamente. Étienne estima, retrospectivamente, que deve ter passado no mínimo dez anos de vida numa depressão profunda. Sua excentricidade ganhava um gosto amargo, não pegava nada bem sair para a farra com os amigos e encontrá-lo na rua de casaca, gravata, meias e sapatos pretos, suas pernas magras e peludas saindo de um short Adidas, mas ele ignorava o egoísmo e seu filho não se lembra de nenhuma ação vil de sua parte. Da lei hebraica, escolhera o mandamento de dar 10% do que ganhava aos pobres e, se no fim do ano, não tivesse conseguido separar esses 10%, pedia emprestado para não faltar com o compromisso. Era um homem justo melancólico e renegado, mas um homem justo, contra quem Étienne nunca precisou se revoltar. Suas escolhas, diz ele, são uma continuação das de seu pai. Sem ser religioso como ele, adere às palavras do Evangelho e se lembra com amizade da capelania que frequentava em Sceaux, onde um padre cuja inteligência ele respeitava, também ele um provocador, fazia-os ler dom Hélder Câmara e os teólogos da Libertação. Ele acha que não é um mero acaso três de seus colegas de capelania haverem se tornado magistrados como ele, alguns dos mais brilhantes, mas também dos mais radicalmente de esquerda de sua geração. Como seu pai, no fundo, Étienne quis mudar a sociedade, fazê-la mais justa, só que quis ser mais esperto que o pai: antes um reformista que um Dom Quixote.

Étienne me contou outra coisa a seu respeito, mas mais tarde, quando fui visitá-lo em agosto na casa da família, em Corrèze. Essa construção de pedras maciças e janelas estreitas pertence aos Rigal desde o século XVII. Foi seu pai quem fez questão de adquiri-la de um primo, restaurando-a segundo um critério de autenticidade que excluía a calefação e qualquer outro conforto; foi ele quem, com a mulher, reuniu aqueles móveis camponeses, guarda-pães, baús de madeira escura, assentos de espaldares duros que parecem sair de um quadro de Le Nain e não estimulam ninguém a se instalar para ler junto à lareira. Étienne guarda uma boa lembrança das férias que passava lá, aliás volta sempre, nem por isso deixa de estar convencido de que lá seu pai foi vítima de violência sexual na infância. Faltam fatos para embasar essa tese, que me faz pensar numa biografia americana do romancista Philip K. Dick que se baseia no mesmo postulado: o autor não tem prova alguma de que Dick foi estuprado quando criança, mas tudo em sua personalidade combina com isso, acredita ele, não podendo ser explicada senão por esse trauma. Quando chamo a atenção de Étienne para isso, ele concorda e reconhece que sua convicção diz mais sobre ele mesmo do que sobre a realidade: talvez não fosse verdade, talvez mera fantasia, a única explicação que ele encontrara para a fobia do pai ao contato físico. Era um pai carinhoso, Deus bem sabe, e, melhor que isso, um pai que soube inspirar confiança nos filhos, mas nunca os beijou, nunca os pegou nos braços, bastava inclusive roçar neles para estremecer, como se em contato com uma cobra: talvez nunca tenha sido estuprado, então, mas não resta dúvida de que o corpo constituía um problema para ele.

Será que para Étienne também? Primeiro ele diz que não, que tudo bem, depois, refletindo, que ficava sozinho na escola, perdido em seus devaneios de dia e atormentado à noite por pesadelos aterradores, enfim, que até os dezesseis anos de idade urinou na cama. Reconheço essas características — embora eu tenha urinado na cama por menos tempo — e posso dizer que não, na realidade não estava tudo bem.

Bem cedo, Étienne soube que queria ser juiz. Essa vocação me intriga. Conheci no liceu um adolescente que queria um dia ser juiz e não sei o que foi feito dele, mas na minha lembrança era um sujeito assustador. Tinha-se a impressão de que, ao dizer juiz, ele pensava em tira, e tira como Michel Bouquet interpretava nos filmes de Yves Boisset na época: sorrateiro e perverso, em cujas garras é melhor não cair. Dito isso, talvez eu estivesse enganado, talvez estivéssemos enganados, leitores iniciantes que éramos de *Charlie Hebdo*: talvez aquele garoto fosse apenas tímido, sentisse orgulho de sua vocação, mágoa por vê-la arremedada, e tenha se tornado alguém tão notável quanto Étienne Rigal. Talvez, se eu o tivesse conhecido nessa idade, também tivesse desconfiado de Étienne Rigal. Não creio, prefiro acreditar que teríamos nos tornado amigos.

Uma das coisas que me deram vontade de escrever esta história foi a maneira como Étienne, da primeira vez, disse: Juliette e eu fomos grandes juízes. Aquilo era extraordinário, a segurança e o orgulho com que ele pronunciava tais palavras. Como um artista que, ao mesmo tempo que sabe que sua carreira não terminou, que ele precisa continuar, que nunca nada está garantido, sabe também que tem em seu ativo uma obra, pelo menos uma, que faz com que apesar de tudo ele possa dormir tranquilo, que o futuro será o que for, mas que para ele está jogado e está ganho. Ao mesmo tempo, essa ideia de grandeza associada à profissão de juiz me deixava perplexo. Se me tivessem pedido para citar três, ou mesmo um único grande juiz, eu teria ficado mudo, tudo que teria encontrado seriam alguns nomes que mencionamos a propósito de processos sensacionalistas, e além do mais esses juízes conhecidos do público — Halphen, Van Ruymbeke, Eva Joly — são juízes de vara comum, não juízes com assento no tribunal com toga e paramento de arminho, personagens que a mitologia romanesca e cinematográfica prefere mostrar como antipáticos guardiães da ordem burguesa. Ainda que estejamos todos de acordo com a ideia ao mesmo tempo convencional e justa segundo a qual o que conta não é o que se faz, mas a maneira como se faz, e que é melhor ser um bom salsicheiro do que um mau pintor, sabemos todos distinguir mais ou menos entre as profissões criativas e as outras, e é bem mais nas primeiras que a excelência, feita não apenas de competência, como de talento e carisma, pode ser avaliada em termos de grandeza. Para me ater ao direito, eu entendia claramente o que era um grande advogado; um grande oficial de justiça, menos. E um grande juiz, caramba, sobretudo quando se trata de um alguém vindo do juizado especial, perito não nos grandes processos criminais, mas no contencioso civil: meias-paredes, curatelas, inquilinos inadimplentes... digamos que a priori isso não me parecia muito inspirador.

(E depois, tem a frase do Evangelho: "Não julgai".)

Para explicar sua vocação, Étienne afirma três coisas. Que gostava não da ideia de defender a viúva e o órfão, mas da de dizer o que é justo e fazer justiça. Que desejava mudar a sociedade, mas também ocupar um lugar confortável nela: sem se preocupar em fazer fortuna, levar uma vida burguesa. Que, enfim, ao julgar ele exerce um poder e que, se não tem uma vocação para o poder, sabe como bem apreciá-lo.

Quando ele diz que não tem vocação, mas sabe apreciar o poder, não percebo muito bem a sutileza, mas ela ilustra uma característica que aprendi a identificar nele, e que me agrada muito. Isso ficou patente no dia da nossa visita coletiva. Sempre que alguém o interrompia, não para contradizê-lo, mas para concordar, complementar, comentar o que ele dizia, ele balançava a cabeça e murmurava que não, não era nada daquilo. Depois continuava e dizia a mesmíssima coisa, salvo por uma ínfima diferença. Penso, para raciocinar um pouco como ele, que ele precisa discordar para se harmonizar com as pessoas. Por exemplo, o pai de Juliette evocou a amizade deles dois, ele cismou com a palavra: Juliette e ele não eram amigos, eram próximos, aquilo não tinha nada a ver. Quando o conheci melhor, disse-lhe que para mim, para distinguir o que existia entre Juliette e ele, a palavra "amizade" convinha, e que se aquilo não fosse amizade eu não via o que podia ser uma. Embora sensível à exigência de precisão que ela exprime, adquiri o hábito de brincar com ele a respeito de sua mania de negar tudo que lhe dizem para reformulá-lo quase identicamente, e isso o divertiu, que eu brincasse com ele por causa disso: sempre ficamos contentes quando as pessoas que nos amam veem nossos defeitos como razões suplementares para nos amar. Daí em diante, ele se dispôs cada vez mais a concordar comigo.

Estamos em janeiro de 1981. Tenho vinte e três anos, faço meu serviço militar como *coopérant** na Indonésia, lá escrevo meu primeiro romance. Ele tem dezoito, está terminando o ensino médio em Sceaux. Sabe o que quer fazer depois do vestibular: a faculdade de direito, depois a Escola Nacional de Magistratura. Joga tênis. Ainda é virgem. E há vários meses sua perna esquerda dói. Dói muito, cada vez mais. Após várias consultas nada conclusivas, prescrevem uma biópsia e, quando sai o resultado, seu pai leva-o às pressas para o Instituto Curie. Seu semblante está grave, angustiado, ele não pronuncia a palavra fatal, mas diz, cerrando os dentes: há células suspeitas. Numa sala no subsolo, vários médicos estão reunidos em torno do rapaz. Muito bem, mocinho, diz um deles, vamos tentar conservá-lo inteiro.

Você não volta para casa. Fica aqui.

O que está acontecendo?

Não entendeu?, espanta-se seu pai, abalado e recriminando-se por não ter sido claro: você está com câncer.

As visitas e a presença das famílias são autorizadas apenas até as oito horas. Étienne fica sozinho em seu quarto de hospital. Deram-lhe jantar, um comprimido para ajudá-lo a dormir, daqui a pouco apagam a luz. Anoitece. É a primeira noite: a que ele mencionou no dia do nosso encontro e que ele tenta agora, porque é importante, muito importante, me contar em detalhe.

Está deitado na cama, de cueca porque seu pai não achava que

---

* Técnico ou professor que serve no Exército francês, em geral nas ex-colônias. (N. T.)

tudo fosse acontecer tão rápido, que o internariam, e portanto não lhe trouxe nada para passar a noite. Levanta o cobertor para olhar suas pernas, que parecem duas pernas normais, duas pernas de adolescente esportista. Na esquerda, na tíbia da esquerda, tem *aquilo*, que está tentando destruí-lo.

Alguns meses antes, leu *1984*, de George Orwell. Uma cena impressionou-o terrivelmente. Winston Smith, o herói, caiu nas mãos da polícia política e o oficial que o interroga lhe explica que sua profissão consiste em descobrir, para cada suspeito, o que lhe dá mais medo no mundo. É possível torturar as pessoas, arrancar-lhes as unhas ou os testículos, haverá sempre quem irá resistir, sem que possamos dizer antecipadamente quais, os heróis não são necessariamente aqueles que imaginamos. Mas, uma vez identificado o medo fundamental do homem, a batalha está ganha. Não há mais heroísmo possível, resistência possível, podemos colocá-lo na presença de sua mulher ou de seu filho e lhe perguntar se ele prefere que façam *aquilo* a ele, à mulher ou ao filho, não adianta ele ser corajoso e amá-los mais que a si próprio, ele vai preferir que façam aquilo com a mulher ou o filho. É assim, existem horrores, diferentes para cada um, impossíveis de enfrentar. No que se refere a Smith, o oficial fez sua sondagem e descobriu. A coisa pavorosa, insuportável para ele é um rato numa gaiola que aproximam de seu rosto, e abrem a gaiola, e o rato faminto precipita-se e o devora, seus dentes afiados mordem-lhe as faces, o nariz, não demoram a encontrar a cereja do bolo, os olhos, que ele arranca.

É essa imagem que se impõe a Étienne na primeira noite. Mas o rato está dentro dele. É de dentro que ele o devora vivo. Começou pela sua tíbia, agora sobe pela perna, vai abrir um caminho em suas vísceras, depois pela coluna vertebral, até os recônditos de seu cérebro. É mais uma imagem que uma sensação, curiosamente ele não sente nada, é como se seu corpo e a dor que não obstante não lhe dá sossego há meses houvessem se ausentado, mas essa imagem é tão terrível que Étienne gostaria de morrer para escapar dela. Para que ela não se imprima mais dentro dele, preferia que seu cérebro se desligasse, que tudo parasse, não mais existir. Entretanto, no fundo desse horror, consegue pensar: preciso descobrir outra coisa. Outra imagem, outras palavras, a todo custo, para atravessar a noite. Se atravessar esta noite, acontecerá alguma coisa que talvez não o salve, mas que não será *aquilo*. Com a ajuda do sonífero, cai num torpor cujo fundo o rato ronda e rói. Volta a dormir, acorda, os lençóis estão encharcados de suor. E, ao amanhecer, o rato não está mais ali. Foi embora. Não voltará mais. Em seu lugar, há uma frase. Uma frase que ele visualiza como se estivesse rabiscada à sua frente, na parede.

Essa frase fulgurante, Étienne não pronuncia. Pronuncia outras, que me parecem aproximações, paráfrases. Nenhuma tem para mim o poder de evidência e eficácia de que ele fala. Anoto no meu caderno: as células cancerosas são você da mesma forma que as células saudáveis. Você é essas células cancerosas. Elas não são um corpo estranho, um rato que se teria introduzido no seu corpo. Elas fazem parte de você. Você não pode detestar seu câncer porque não pode detestar a si mesmo (penso, sem dizer: claro que pode). Seu câncer não é um adversário, ele é você.

Escuto o que Étienne está dizendo: que essas frases e a frase que se esconde por trás delas foram decisivas. Acredito nisso, sei que ele evoca alguma coisa que soou absolutamente justo ao seu ouvido, mas por enquanto não soa justo ao meu. Julgo que é melhor esperar, não esgotamos a primeira noite.

A imagem do rato, entretanto, é familiar para mim. Salvo que o animal que rói a mim, por dentro, é uma raposa. O rato de Étienne provém de *1984*, minha raposa, da história do pequeno espartano que estudávamos na aula de latim. O pequeno espartano roubara uma raposa, que guardava escondida sob a túnica. Diante da assembleia dos Antigos, a raposa começou a morder sua barriga. O pequeno espartano, em vez de libertá-la e, ao fazê-lo, confessar sua pilhagem, deixou que suas vísceras fossem devoradas, sem piscar, até que a morte sobreviesse.

Um dia, contei a Étienne, fui consultar o velho psicanalista François Roustang. Falei-lhe da raposa que eu ainda tinha esperanças de capturar, ao descobrir como e por que, no fim da minha infância, ela havia se alojado aqui, sob meu esterno, para pressionar e roer meu plexo solar. Roustang deu de ombros. Não acreditava mais nas explicações nem na psicanálise, por sinal, apenas na correção dos gestos. Disse: deixe-a sair. Deixe-a se enroscar aqui, neste sofá. Não há nada mais a fazer. Veja, aqui está ela. Parece tranquila. E, quando fui embora, ao apertar minha mão: pode deixá-la comigo, se quiser. Cuido dela para você.

Por um momento, achei que aquilo funcionaria. Não retornei para buscar a raposa, ela voltou por conta própria. Hoje ela não me perturba, seja porque está adormecida, seja porque, como espero, foi embora definitivamente, mas na época das minhas conversas com Étienne, há três anos, ainda estava aqui. Ela me fazia sofrer. E me ajudava a escutar.

Começaram imediatamente a quimioterapia, na esperança de salvar sua perna, e a salvaram. Ele suportou com valentia a maior parte do tratamento, o que não suportava era a ideia de perder os cabelos e pelos. Era um adolescente inquieto, atormentado, com a virilidade ainda mal consolidada. As garotas o assustavam na mesma medida em que o atraíam. Então, quando seus cabelos começaram a cair, quando à imagem que ele via no espelho veio se superpor a do zumbi que em breve ele viria a ser, careca, sem sobrancelhas, sem pelos ao redor do sexo, não adiantou lhe assegurarem que aquilo voltaria a crescer rápido, a angústia foi por demais intensa e ele interrompeu o tratamento. Por conta própria, às escondidas, sem dizer a ninguém. Restavam-lhe apenas algumas sessões, que duravam metade de um dia, e não os três dias do início: seus pais o teriam acompanhado de bom grado, mas ele dizia que preferia ir sozinho de metrô, e na realidade não ia. No Curie, explicou que fazia seu tratamento numa clínica de Sceaux, chegou a pedir uma receita para isso e tinha que ser convincente, pois ninguém telefonou para seus pais a fim de se certificar de que tudo se passava de acordo com o protocolo. Ocupava as horas então livres passeando por Paris, folheando livros nas livrarias do Quartier Latin. Em que pensava cabulando sua quimioterapia como cabulamos as aulas sem graça de fim de ano? Tinha consciência do risco que corria? Ele disse que sim. Disse também que quando teve a recaída perguntou-se: se eu tivesse feito a químio até o fim, será que teria ficado doente de novo? Será que teria perdido minha perna? Ele não tem resposta, e logo se desinteressou pela questão.

Fez o vestibular em junho e, no verão seguinte, em vez de descansar como lhe recomendavam, arranjou um bico de estudante na Fnac Sport, na gôndola das raquetes de tênis. Apesar de estar proibido de praticar esportes, porque se sua tíbia quebrasse não se reconstituiria, ele continuava a jogar tênis e até mesmo futebol, uma das atividades em que é grande o risco de alguém ser atingido por uma trave de chuteira, na tíbia precisamente. Será que ao correr esses riscos ele manifestava uma despreocupação normal para um adolescente que roçou a morte e deseja viver sem amarras, ou uma pulsão obscura, esta é uma pergunta à qual ele também não responde.

No fim de um ano, declararam que ele estava curado. Precisava apenas fazer os exames de controle, a cada três meses, depois a cada seis. Ia ao Curie saindo de suas aulas de direito no Panthéon. A sala de espera ficava povoada por cancerosos, que ele olhava com verdadeiro nojo. Ele lembra que um dia trouxeram numa maca uma mulher num estado assustador. Devia pesar uns trinta e cinco quilos, seu rosto tinha encolhido, como se trabalhado pelos Jivaro. Foi atendida prioritariamente e ele pensou, com raiva: por que ela é atendida antes de mim, que tenho tantas coisas a fazer na vida, ao passo que para ela não resta mais nada, só bater as botas? Ele não tinha vergonha dessa dureza, ao contrário, tinha orgulho. A doença lhe repugnava, os doentes também, isso não era mais assunto dele.

Tinha vinte e dois anos quando aquilo voltou. Dor na perna, a mesma, a ponto de não dormir, só conseguir caminhar com dificuldade. Reluto em crer quando ele me assevera que nem ele, nem seus pais pensaram imediatamente numa recidiva, mas no fim consideravam-no tão bem curado que uma dor, ainda que lancinante, na perna, podia não ser nada: uma contratura no músculo, uma tendinite. Em todo caso, ele não *reconheceu* essa dor. Mas foi novamente para o Curie que o encaminharam para fazer a radiografia e, quando lhe disseram que voltasse dali a três dias para os resultados, o teor desses resultados era claro desta vez: as palavras "câncer" e "amputação" foram pronunciadas.

Ele tinha hora marcada à uma da tarde e, de manhã, às nove, um exame oral de mestrado no Panthéon. O examinador estava atrasado, às onze horas ele ainda o esperava. Étienne foi à secretaria explicar sua situação: precisava estar à uma hora no Instituto Curie, na Rue d'Ulm. Era importante, iam decidir se lhe cortavam ou não a perna esquerda. Ele gosta de um teatro e não se absteve de se deliciar com a perturbação que essa declaração provocou na secretária. Ela propôs que, dadas as circunstâncias, adiassem a prova, especialmente para ele, mas ele recusou, então ela deu um jeito e arranjou outro examinador. Étienne acha que se saiu bem na prova e, levando em conta ao mesmo tempo seu mérito e a compaixão que seu estado devia ter inspirado, ainda hoje se espanta de ter tirado apenas 6.

No Curie, o veredito é taxativo: câncer da fíbia, tinham que amputar, e o mais rápido possível. Os médicos propunham, como quatro anos antes, hospitalizá-lo imediatamente a fim de operar no dia seguinte, mas Étienne foi firme: havia uma festa no domingo para comemorar os vinte anos de Aurélie, sua namorada, e ele fazia questão de ir. Curvaram-se: ele entraria no hospital domingo à noite, a cirurgia seria realizada na segunda de manhã.

Tento imaginar não apenas seu estado ao sair da consulta, mas o de seu pai, que o acompanhara. Se existe um pesadelo pior do que saber que irão decepar-lhe uma perna, é saber que vão decepar a de seu filho de vinte e dois anos. O pai, como se não bastasse, sofrera de tuberculose óssea na juventude e se perguntava se o câncer de Étienne não tinha alguma coisa a ver com isso. Essa hipótese mais que duvidosa acrescentava culpa ao atroz sentimento de impotência que ele experimentava. Desnorteado pela dor, falava seriamente em ser amputado, ele, para que enxertassem sua perna no filho. Étienne riu e disse: não quero sua perna velha, pode ficar com ela.

Pediu-lhe que o levasse à casa de Aurélie, que também morava em Sceaux, e passasse para pegá-lo mais tarde. Estava com Aurélie havia dois anos, juntos tiveram a primeira experiência sexual. Ela era muito bonita, muito elegante, ainda hoje ele acha que poderiam muito bem ter se casado. Deitaram-se os dois em sua cama, ele disse: segunda-feira vão cortar a minha perna, e pôs-se enfim a chorar. Ficaram horas, enquanto caía a noite, nos braços um do outro, ou melhor, ele nos braços dela, que o apertava com todas as forças, acariciava-lhe os cabelos, o rosto, o corpo inteiro, talvez até a perna que em breve não estaria mais ali. Dizia-lhe baixinho palavras carinhosas, mas, quando ele perguntou se ela continuaria a amá-lo com uma perna só, ela foi honesta. Respondeu: não sei.

Aconteceu uma coisa estranha na véspera da festa. Étienne pegou o carro do pai, sem dizer para quê, e foi a uma sauna da Rue Sainte-Anne transar com um cara. Aquilo nunca lhe acontecera antes, nunca lhe aconteceu depois, ele não se sente absolutamente homossexual, mas naquela noite fez aquilo. Foi uma das últimas coisas que fez com suas duas pernas. Fez o quê, exatamente? Como determinadas cenas de sonho, ele não se lembra de nada, ou melhor, se lembra dos detalhes periféricos. O trajeto, na ida. Parar o carro num estacionamento da Avenue de l'Opéra, em seguida procurar aquela rua aonde nunca tinha ido, pagar sua entrada no caixa, tirar a roupa, entrar nu no banho a vapor onde outros homens nus se esfregavam, se chupavam, se enrabavam. Terá chupado, terá sido chupado? Terá enrabado, terá sido enrabado? Qual era a aparência do indivíduo? Tudo isso, o âmago da cena, foi apagado de sua memória. Sabe apenas que aconteceu. Em seguida voltou para Sceaux, encontrou seus pais, que ainda não tinham ido se deitar, falou com eles, naquele tom neutro que adotamos quando acontece uma catástrofe e não há, de fato, nada a dizer sobre ela.

Ignoro se o parágrafo precedente irá figurar no livro. Étienne foi claro: tudo que estou falando você pode escrever, não pretendo exercer nenhum controle. Entretanto, eu compreenderia muito bem se, ao ler o texto antes da publicação, ele me pedisse que esse episódio ficasse sob silêncio. Mais por consideração à família do que por vergonha, pois tenho certeza de que ele não lhe inspira vergonha: é uma atitude estranha, que ele mesmo explica mal, mas não tem nada de vil. Dito isso, ainda que se tratasse de uma ação vil, penso que tampouco ele sentiria vergonha. Ou então, sim, sentiria vergonha, mas também julgaria essa vergonha boa de ser dita. Diria simplesmente: fiz, sim, senti vergonha, essa vergonha faz parte de mim, não vou renegá-la. A frase: "Sou homem e nada do que é humano me é estranho" me parece ser, se não a palavra definitiva da sabedoria, pelo menos uma das mais profundas, e o que gosto em Étienne é que ele a toma ao pé da letra, é inclusive o que na minha opinião lhe dá o direito de ser juiz. Do que o faz humano, pobre, falível, magnífico, ele nada quer represar, e eis também por que no relato de sua vida não quero, por minha vez, *cortar* nada.

(Nota de Étienne na margem do original: "Sem problema, mantenha".)

A festa de aniversário de Aurélie não era apenas uma festa de jovens. Estavam os amigos dela, mas também seus pais, amigos de seus pais, todas as idades misturadas. Não acontecia à noite, mas à tarde, no jardim em flor. Haviam ensaiado um espetáculo, Étienne devia cantar. Cantou. A dor era tão grande que se apoiava em muletas. Todo mundo à sua volta sabia que ele entraria na clínica naquela mesma noite e que seria amputado no dia seguinte.

Por volta das seis horas, deitara-se sob uma árvore, a cabeça no colo de Aurélie, que lhe acariciava os cabelos. Vez por outra erguia os olhos para seu rosto. Ela sorria para ele, dizia-lhe baixinho: estou aqui, Étienne. Estou aqui. Ele voltava a fechar os olhos, tinha bebido um pouco, não muito, escutava o rumor das conversas ao redor, o zumbido de uma vespa, as portas dos carros batendo na rua. Sentia-se bem, queria que aquele momento durasse para sempre, ou que a morte o arrebatasse assim, sem que ele se desse conta. Depois seu pai veio procurá-lo e lhe disse: Étienne, está na hora de ir. Ainda hoje, ele imagina o que representou para o pai ter que dizer: Étienne, está na hora de ir. Isso parece impossível, e no entanto ele o fez. Essas palavras foram pronunciadas, esses gestos executados calmamente — mas no fundo, diz ele, não podia ser de outra forma. Ou melhor, poderia: ele poderia ter começado a berrar, a se debater, a dizer não, não quero, como alguns condenados à morte quando alguém vem buscá-los na cela, dizendo-lhes a mesma coisa: é hora de ir. Mas, não, ajudaram-no a se levantar e ele se levantou.

Aqui estou: eu me levanto para ser amputado.

Pediu à família que estivesse presente quando ele despertasse e estão todos lá, ao seu redor: os pais, o irmão, as irmãs e Aurélie. A primeira sensação, ao sair da anestesia geral, é: não sinto mais dor. O tumor comprimia o nervo, produzindo uma dor que se tornara insuportável nos últimos meses. Não sente mais dor, portanto. Não sente nada. Mas vê: a forma de sua perna direita esticada sob o lençol, a forma de sua coxa esquerda e, a partir do ponto onde deveria haver um joelho, o lençol cai, não há mais nada. Levará tempo para ousar levantar o lençol e a coberta, para soerguer-se e esticar a mão, fazê-la ir e vir no espaço onde se situava sua perna. Só consegue pensar nisso, ele tem uma perna a menos, e ao mesmo tempo pensa nela o tempo todo. Se não olhar para o vazio no lugar da perna, se não verificar que ela não está mais ali, nada o fará lembrar disso. Seu cérebro pensante registrou a informação, mas não é seu cérebro pensante que tem consciência do corpo e lhe imprime movimento. O dia em que quiser se vestir, pôr sua cueca, não será pego desprevenido, terá se preparado para isso, terá pensado: fui amputado, agora vou executar um gesto que executo pela primeira vez desde a minha amputação e convém executá-lo diferentemente de todas as vezes que o executei antes. Terá pensado isso, entretanto, quando segurar a cueca entre as duas mãos e se abaixar, o primeiro gesto que fará será no sentido de passar o pé esquerdo por ela, embora sabendo muito bem, embora vendo muito bem que não tem mais pé esquerdo e que precisará de um esforço consciente para passar apenas o direito, subir lentamente ao longo da perna direita e da coluna de vazio do outro lado até chegar acima do joelho e continuar como sempre fez ao longo das coxas, empinando as nádegas para terminar, pronto, vestiu a cueca. Será a mesma coisa para tudo, terá que corrigir o programa, passar do modo normal para o modo "amputado". Terá que adestrar não somente o vazio no lugar da perna, como também a passagem do vazio para a perna cortada, o que chamam com uma palavra medonha e que tampouco designa um objeto muito simpático: o coto. É um momento crucial do aprendizado, aquele em que a mão apalpa o coto pela primeira vez. Não é muito longe, basta esticar o braço, mas apalpar *isso* não se dá sem repugnância, e ele ainda precisará de muito tempo, Étienne está longe de ter alcançado esse ponto, para admitir, considerar possível que outro, e particularmente outra, possa um dia vir a passar a mão em seu coto com amor, acariciá-lo, que aquela região não seja cuidadosamente evitada. Ele deve fazer todo esse aprendizado no centro de reabilitação de Valenton, perto de Créteil, para onde é transferido ao sair da clínica. Ele passa muito rápido por esse episódio. O que diz é que há muitas mentiras em torno de uma amputação. Explicam-lhe: você será amputado acima do joelho, é a altura ideal para o aparelho e em breve o senhor poderá levar uma vida normal. E depois, no centro de reabilitação, você pergunta ao médico quando poderá voltar a jogar tênis e ele olha para você como se você tivesse enlouquecido: pingue-pongue, tudo bem, o pingue-pongue é ótimo, mas tênis, esqueça. Disseram-lhe também, antes de colocar o aparelho: quando você se acostumar com a prótese, ela fará parte de você, será realmente como se tivesse uma perna nova. E então chega o dia em que testam a prótese em você, ela faz clique-claque e você percebe que aquilo é uma piada, que aquilo nunca será uma nova perna. Vendo-o chorar, os enfermeiros dizem-lhe educadamente que todo mundo passa por aquilo, que haverá o tempo do aprendizado, mas os outros amputados, os que estão um pouco à sua frente nesse aprendizado, dizem para você, pelo menos um disse: bem-vindo ao clube, bem-vindo ao grupo de quem é agora três quartos homem e um quarto metal.

Étienne fugiu. Deveria permanecer três meses no centro de reabilitação, mas na primeira semana pediu a seus pais que comprassem um carro para ele, seu primeiro carro de inválido, com pedal único, para que ele pudesse sair quando quisesse, e no fim de quinze dias voltou para casa. Como os cancerosos do Curie, os amputados de Valenton lhe repugnavam, não queria amizade nem sequer camaradagem que nascessem daquela solidariedade.

O ano de quimioterapia, em compensação, não era negociável. Foi atroz. Eram tratamentos de três dias, uma vez por mês, e durante esses três dias, é simples, não se para de vomitar. Três dias vomitando quando não se tem mais nada para vomitar. Todas as vezes, a ideia de voltar para lá apavorava Étienne. A princípio, acha que deve viver tudo com lucidez, estar presente em tudo que advenha, inclusive o sofrimento, este já era seu único credo na época, mas nesse caso, não, aquilo não tinha nenhuma serventia, era nojento demais, humilhante demais, era preferível ausentar-se de si mesmo e ele pediu que o entupissem de remédios. Sua mãe estava autorizada a vir e segurar a bacia para ele, Aurélie não: não queria que ela o visse daquele jeito. Hoje, vinte anos depois, arrepende-se disso. É inclusive, diz ele, um dos maiores arrependimentos de sua vida, muito mais do que ter cabulado sua primeira quimioterapia: Aurélie queria estar junto dele, era seu lugar, uma vez que o amava, e ele não permitiu que ela ocupasse esse lugar. Não confiou nela.

Além de deixá-lo terrivelmente doente, a quimioterapia, como ele temia da primeira vez, fez com que perdesse cabelos e pelos. Caiu quase tudo, não tudo. Aurélie insistia para que ele raspasse o pouco que restava, mas ele recusou, conservando algumas longas mechas que o deixavam mais horrível ainda. Ela o criticava por piorar as coisas, não sem razão. Ele se olhava, nu, no espelho: aquela coisa magra, branca, glabra, sem perna, era ele. O rapaz atleta que ele era poucos meses antes tinha virado aquele mutante. Aurélie resistiu durante um ano, depois deixou-o. Entre vinte e dois e vinte e oito anos, ele não teve nenhuma namorada.

Começara uma psicoterapia depois do primeiro câncer. Isso não tinha nada a ver, ele afirma, com a doença, da qual se julgava curado, não, ele entrara nessa devido a problemas sexuais. Não se estende sobre o assunto, mas o que me parece certo é que a confiança sexual que hoje demonstra é proporcional à indigência que a precedeu. No momento do segundo câncer e da amputação, seu psicoterapeuta ia vê-lo diariamente na clínica. Era apenas dez anos mais velho que Étienne. Um paciente jovem, canceroso, amputado, era uma novidade para ele. Dizia: é uma estreia para nós dois, não sei como agir, não sei aonde vamos. Étienne achava isso tranquilizador.

A psicoterapia transformou-se em análise, que durou nove anos. Ao longo desses anos em que Étienne foi aluno da Escola Nacional de Magistratura (ENM) em Bordeaux, depois magistrado no Norte, ele pegava o trem de Paris duas vezes por semana e nunca faltou a nenhuma sessão. Dessa experiência assídua resultou, mais que uma familiaridade, uma confiança quase religiosa no inconsciente. Não é crente, pelo menos não se diz, mas tem a vocação e o dom de se abandonar a essa força que, em seu íntimo, é mais poderosa que ele, talvez também mais ponderada. Essa força não é exterior a ele, não é um deus pessoal nem transcendente. É algo que ao mesmo tempo é ele e não é ele, que o ultrapassa, inspira, maltrata e salva, e que pouco a pouco ele aprendeu a deixar acontecer. Eu não diria que ele chama de inconsciente o que os cristãos chamam de Deus, mas talvez o que os chineses chamam de Tao.

Ao chegarmos a este ponto, eu começo a pisar em ovos. Imagino que ele tenha falado muito de seu câncer em análise, e, para dizer as coisas brutalmente, espanta-me que com tamanha fé no poder do inconsciente ele se declare a tal ponto hostil a toda interpretação psicossomática do câncer. Quanto a isso, não tem discussão, ele é implacável. As pessoas que dizem: isso vem da cabeça, ou do estresse, ou de um conflito psíquico não resolvido, tenho vontade de matá-las, ele me diz, e também tenho vontade de matá-las quando dizem o que necessariamente dizem depois disso: você sobreviveu porque lutou, porque teve coragem. Não é verdade. Há pessoas que lutam, que são muito corajosas e não sobrevivem. Um exemplo: Juliette.

Disse isso no primeiro dia, o do encontro com a família, repetiu-o durante nossa primeira conversa a sós e todas as vezes finjo que concordo, mas a verdade é que não tenho certeza se concordo. Claro, não tenho nem teoria nem autoridade para ter uma opinião sobre questão tão controversa e, por sinal, intransponível. Exprimindo-se a esse respeito, sei que não digo nada sobre a etiologia do câncer, mas, no máximo, alguma coisa a meu respeito, que é a seguinte: por um lado, intuitivamente, acho que não, que o câncer não é uma doença que caia em cima de você vinda de fora, por acaso (pelo menos, nem sempre, não obrigatoriamente), por outro e principalmente, acho que no fundo Étienne também não pensa assim, ou que afirma pensar com demasiada veemência para que não seja uma defesa.

Reli *Marte*, de Fritz Zorn, que como a tantos leitores me deixou abalado por ocasião de sua publicação, em 1979. Eis suas primeiras frases: "Sou jovem, rico e culto; e sou infeliz, neurótico e solitário. Tive uma educação burguesa e a vida inteira fui um sujeito ponderado. Evidentemente, também tenho câncer, o que é mais do que natural a julgar pelo que acabo de dizer. Dito isso, a questão do câncer apresenta-se de uma dupla maneira: por um lado, é uma doença do corpo, da qual é bem provável que eu morra em breve, mas talvez também possa vencê-la e sobreviver; por outro, é uma doença da alma, acerca da qual só posso dizer uma coisa: é uma sorte que se tenha finalmente declarado".

E a última: "Declaro-me em estado de guerra total".

Isso parece bonito demais, mas é verdade: *Zorn*, que quer dizer "cólera", é um pseudônimo, o verdadeiro nome do autor era *Angst*, que significa "angústia". Entre esses dois nomes, entre essas duas frases, esse jovem patrício dócil, alienado, "educado para a morte", como ele diz, tornou-se ao mesmo tempo rebelde e um homem livre. A doença e a aproximação aterradora da morte ensinaram-lhe quem ele era, e saber quem se é — Étienne diria antes: o lugar em que se está —, isso se chama estar curado da neurose. Não parei de pensar, relendo *Marte*, na vida que Fritz Zorn teria tido se ele tivesse sobrevivido, no homem realizado que poderia ter sido se lhe tivesse sido outorgado gozar dessa expansão da consciência pela qual pagara tão caro. E pensei que, para mim, esse homem realizado era Étienne.

Não me atrevi a lhe dizer isso, nem a lhe falar de outro livro, menos conhecido e que me impressionou quase da mesma forma. Intitula-se *Le Livre de Pierre*, é uma longa conversa de Louise Lambrichs com Pierre Cazenave, psicanalista que padeceu durante quinze anos de um câncer que o levou à morte antes de seu livro ter sido publicado. Não se definia como um "portador de câncer", mas como "canceroso". "Quando fui informado do meu câncer", diz ele, "compreendi que sempre o tivera. Era minha identidade." Psicanalista e canceroso, virou psicanalista de cancerosos, partindo da intuição, pessoal e íntima, mas comprovada com a maioria de seus pacientes, de que "o pior dos sofrimentos é o que não podemos partilhar. E o doente canceroso, o mais das vezes, sente duplamente esse sofrimento. Duplamente porque, doente, não pode partilhar com seu círculo a angústia que sente, e porque a esse sofrimento subjaz outro, mais antigo, datando da infância e que tampouco jamais foi partilhado nem visto por ninguém. Ora, isto é o pior para alguém: nunca ter sido visto, nunca ter sido reconhecido".

É para isso que serve, diz ele, o tratamento dos cancerosos: para ver e reconhecer esse sofrimento, para fazer com que o paciente se cure pelo menos disso. Isso não o impedirá de morrer, mas, entre Molière, que escarnecia dos médicos cujos doentes morrem curados, e o grande psicanalista inglês Winnicott, que pedia a Deus a graça de morrer plenamente vivo, Pierre Cazenave coloca-se claramente do lado de Winnicott. Seu cliente é o doente que recebe sua doença não como uma catástrofe acidental, mas como uma verdade que lhe concerne intimamente, uma consequência obscura de sua história, a expressão definitiva de seu infortúnio e de sua perplexidade ante a vida. Alguma coisa no narcisismo primário desse doente deixou de ser construída, e quando Pierre Cazenave fala desse doente está falando também de si mesmo. Uma falha profunda sulca o núcleo mais arcaico da personalidade. Há, diz ele, duas espécies de homens: os que sonham frequentemente estar caindo no vazio e os outros. Estes tiraram a sorte, a sorte grande, de viver em terra firme, mover-se por ela com desenvoltura. Aqueles, ao contrário, padecerão a vida inteira de vertigem e angústia, do sentimento de não existir realmente. Essa doença do bebê pode subsistir sorrateiramente no adulto durante muito tempo, sob a forma de uma depressão invisível até mesmo para ele, e que um dia vira um câncer. Não nos surpreendemos então, nós o reconhecemos. Sabemos que aquele câncer éramos nós. A vida inteira, tememos alguma coisa que, de fato, já chegou. Naqueles que viveram esse desastre e que naturalmente o esqueceram, é sua lembrança que aflora ao anúncio da doença mortal — o desastre atual reativando o antigo e provocando uma depressão psíquica intolerável, cuja origem não compreendemos. Pierre Cazenave analisa essa depressão, de fato alarmante, como o sobressalto desesperado desse ser clandestino que, no fundo de nós, nunca teve direito à existência e que percebe subitamente que seus dias estão contados. Para quem sempre teve a sensação de existir, o anúncio da morte é triste, cruel, injusto, mas é possível integrá-lo na ordem das coisas. Mas e para quem, no âmago de si, sempre teve a impressão de não existir de verdade? De não ter vivido? A este, o psicanalista propõe transformar a doença e inclusive a aproximação da morte numa última chance de existir de verdade. Ele cita essa frase misteriosa, dilacerante, de Céline: "Talvez seja isto que procuremos ao longo da vida, nada além disto, o maior sofrimento possível para nos tornarmos nós mesmos antes de morrer".

Pierre Cazenave não é um teórico, fala apenas por experiência: a sua e a dos pacientes aos quais está ligado, é a expressão com que ele define sua arte, e eu gostaria de ser digno de repeti-la em meu nome, por "uma solidariedade incondicional pelo que a condição de homem comporta de insondável angústia". No quadro clínico que ele descreve, reconheço alguém que não era canceroso, que, é horrível dizer, não teve essa sorte, e que inventou um câncer para si porque sabia obscuramente que aquela era sua verdade, porque obscuramente aspirava a que tal verdade fosse reconhecida por suas células. Como não o foi, ele não teve outro recurso senão a mentira. Esse alguém é Jean-Claude Romand. Também reconheço nesse quadro uma parte de mim mesmo, aquela que se reconheceu em Romand, mas eu tive sorte, de minha doença pude fazer livros, e não metástases ou mentiras. Reconheço nele, enfim, alguma coisa de Étienne, que tinha pesadelos horríveis, que urinou até tarde na cama, que está convencido de que seu pai foi estuprado quando criança. Bem, evidentemente não creio que todo câncer se explique dessa forma, mas penso que há pessoas cujo núcleo é fissurado praticamente desde a origem, que, apesar de todos os seus esforços, coragem e boa vontade, não conseguem viver de verdade, e que uma das maneiras pelas quais a vida, que quer viver, desbrava um caminho neles pode ser a doença, e não qualquer doença: o câncer. É porque acredito nisso que fico tão chocado com as pessoas que nos dizem que somos livres, que a felicidade se decide, que é uma escolha moral. Os professores de alegria, para quem a tristeza é uma falta de vontade; a depressão, um sinal de preguiça; a melancolia, um pecado. Concordo, é um pecado, é inclusive um pecado mortal, mas há pessoas que nascem pecadoras, que nascem condenadas, e para as quais todos os seus esforços, toda a sua coragem, toda a sua boa vontade não as arrancarão de sua condição. Entre as pessoas que têm um núcleo fissurado e as demais, é como entre os pobres e os ricos, é como a luta de classes, sabemos que há pobres que se viram, mas a maioria, não, não se vira, e dizer a um melancólico que a felicidade é uma decisão é como dizer a uma pessoa com fome que ele só precisa comer brioche. Então, que a doença mortal e a morte possam ser para essas pessoas uma derradeira chance de viver, como afirma Pierre Cazenave, eu acredito nisso, e acredito tanto mais na medida em que, se é para confessar tudo, em certos momentos da minha vida fui bastante infeliz para aspirar a isso. Penso, agora que escrevo, estar bem longe disso. Penso inclusive, por mais presunçoso seja dizê-lo, estar curado. Mas quero me lembrar. Quero me lembrar daquele que fui e que muitas outras pessoas são. Não quero voltar a ser como antes, mas tampouco quero esquecer ou tratar com arrogância aquele que a raposa devorava e que começou, há três anos, a escrever este relato.

Le Poisson-scorpion, o livro de Nicolas Bouvier que eu estava lendo no Ceilão, também termina com uma frase de Céline, esta aqui: "A pior derrota de todas é esquecer, e principalmente aquilo que o fez sofrer".

Quando saiu da ENM, Étienne fez duas escolhas: filiar-se ao Sindicato da Magistratura e assumir um posto difícil, juiz de aplicação de penas em Béthune. O sindicato é o antro dos juizinhos comunas que se recusam a fazer parte do círculo dos notáveis, que lambem as botas dos criminosos de colarinho branco e são criticados por exercer uma justiça de classe numa versão às avessas. O exemplo clássico desse extravio é a história do notário de Bruay-en-Artois acusado de estupro e assassinato não em função de indícios convincentes, mas de sua bela mansão, seu belo automóvel e seu barrigão de membro do Rotary Club. Quanto a Béthune, é exatamente como Bruay, o Norte desolador: desemprego, pobreza, rejeitos minerais abandonados e estupros, nos estacionamentos, de analfabetos alcoólatras por outros analfabetos alcoólatras. Essas duas escolhas se alimentam, vão de par, apesar disso não demoraram a entrar em contradição. Pouco tempo depois, Étienne sentiu-se aliciado por alguns dos veteranos do sindicato que frequentavam o mundo da política. Aqueles quarentões, ativistas de 1968, tinham sabido se aproveitar do advento da esquerda para repartirem entre si os postos importantes. Ainda tinham uns bons vinte anos à sua frente para monopolizá-los e sabotar as carreiras dos mais jovens, mas um novato talentoso e maleável podia ciscar as migalhas. Era o segundo mandato de Mitterrand. Jovem esperança da esquerda judiciária, Étienne foi escolhido para participar de uma comissão de reforma da aplicação das penas, que lhe teria podido abrir as portas de um gabinete ministerial. De seu desejo de ser juiz, fazia parte, como ele próprio admitia, o gosto pelo poder e por uma vida confortável; mas ele não podia ignorar, ele que tem uma consciência de classe aguda, que estava se degradando. Antigamente os juízes eram pessoas importantes, mas no ano em que ele saiu da ENM, em

1989, o cerimonial rebaixou-os colocando-os atrás dos vice-governadores e, paulatinamente, começaram a não convidá-los mais para as recepções oficiais. Ao contrário da maioria dos funcionários públicos de alto escalão, que principalmente no interior dispõem de carro e apartamento funcional, eles não recebem nenhum benefício. Trabalham em locais mal aquecidos, com velhos telefones cinza, sem computadores e com secretárias antipáticas. No espaço de uma geração, o benemérito que estava no topo virou um fulaninho que se desloca de metrô, almoça um PF no refeitório, e cada vez mais frequentemente esse fulaninho é uma mulher, indício que não esconde a proletarização de uma classe. Étienne, que preza seu conforto e se pretende um burguês, tinha todos os motivos para agarrar a primeira oportunidade e emigrar para esferas mais privilegiadas. Até que ponto lhe teriam oferecido isso, ele não diz, mas sei que ele é por demais orgulhoso para se vangloriar e acredito que seja por orgulho que escolheu, de fato escolheu, isto é, ao ter a escolha, ser juiz de execução entre os miseráveis de Pas-de-Calais.

O que ele faz em seu gabinete de juiz de aplicação de penas lembra um pouco o que se passa no consultório do analista. Seu papel é escutar e tentar descobrir o que o sujeito que está à sua frente é capaz de compreender.

Sua freguesia compõe-se de pessoas muito machucadas: muitos são viciados em heroína e soropositivos. As chances de eles se safarem são pequenas, as palavras de encorajamento, a priori, vãs. Entretanto, existem palavras de encorajamento, isto é, palavras ao mesmo tempo verdadeiras e oportunas, às vezes até eficazes.

O que Étienne descobre diante desses sujeitos perdidos, massacrados, desamparados desde a largada, é que, quanto mais difícil é entender aquilo que lhe dizem, mais ele mantém a calma. Diante dos sofrimentos do outro, ele reencontra instintivamente a postura que lhe permitiu superar os seus próprios sofrimentos quando era canceroso. Ancorar-se no fundo de si mesmo, no âmago de seu ventre. Não se revoltar, não lutar, deixar fluir: a medicação, o curso da doença, o da vida. Não procurar algo inteligente para dizer, dar vazão às palavras que saem da boca: estas não são necessariamente as certas, mas só assim as palavras certas têm uma chance de sair.

Muitas vezes, fala de si próprio. A alguém que sente medo e se despreza, fala de seu próprio medo, da imagem degradada que já fez de si mesmo. A um doente, de sua própria doença. Estes não são temas diante dos quais observasse uma pudica reserva. Seus dois cânceres, pelo menos sua perna, impressionam seus interlocutores, e ele sabe disso. Faz uso disso sem escrúpulos, e é bom que suas misérias sirvam para alguma coisa.

Para que elas servem, de fato? Para ele ser mais humano? Mais ponderado? Melhor? Ele diz que detesta essa ideia. Respondo que, na minha opinião, ela me parece justa. Um pouco convencional, um pouquinho católica demais, diria Hélène, mas assim mesmo justa, e ele é a prova viva disso.

O que está querendo dizer? Que sou um sujeito direito porque tive um câncer e me cortaram uma perna? E se não fosse assim?

Digo não, não, admito que é mais complicado que isso, que alguém pode ter tido um câncer e continuar sendo um crápula ou um imbecil, mas na realidade, sim, é isso que estou dizendo. E o que não digo, da mesma forma que não falo de Fritz Zorn ou de Pierre Cazenave, é que para mim seu câncer o curou.

Tento imaginá-lo, aquele jovem juiz claudicando pelas calçadas de Béthune. Não mora lá, também não devemos exagerar, arranjou um apartamento em Lille. Tem seus livros, seus discos. À noite, retira sua prótese e deita-se sozinho na cama. Sempre sozinho. Os tratamentos, a degradação física, a perda dos cabelos e dos pelos impuseram uma provação terrível à sua libido. Está melhor agora, seus cabelos voltaram a crescer, ele é esperto, pode-se dizer que é um homem sedutor, mas não se pode dizer, honestamente, que ter uma perna só não constitua um problema na vida e com as mulheres. Aquela que vier a aceitá-lo porque as coisas são assim, aquela que o teria amado com duas pernas mas que irá conhecê-lo e amá-lo com uma única, ele ainda não conhece. Pressente que isso irá acontecer, que uma reviravolta tornará possíveis o amor, a confiança? Ou perdeu as esperanças?

Não perdeu. Mesmo no fundo do buraco, nunca perdeu as esperanças. Sempre conservou esse apetite fundamental de existir que, na saída de suas assombrosas sessões de quimioterapia, o fazia empurrar a porta do café defronte do Instituto Curie, acotovelar-se no balcão e pedir um enorme sanduíche de salame, que ele devorava pensando que, apesar de tudo, era bom viver, e viver na pele de Étienne Rigal. Nem por isso deixa de ser prisioneiro do que os psiquiatras chamam de *double bind*, um paradoxo que o faz perder em qualquer situação. Coroa você ganha, cara eu perco. É duro ser rejeitado porque se tem apenas uma perna, ser desejado pela mesma razão é pior. A primeira vez, diz ele, que uma garota deu a entender que não queria transar comigo por causa disso, dei um esporro nela. Mas já me aconteceu ouvir outra garota dizer na frente de um monte de gente: a perna de pau de Étienne me deixa com o maior tesão, e garanto a você, isso era mais difícil ainda de assimilar. Entretanto, temos que aprender a assimilar isso também. Uma coisa que me ajudou foi que, no fim desse longo deserto sexual, tive uma história com uma garota que tinha sido estuprada na infância, pelo pai, e mais tarde, na adolescência, por dois desconhecidos. Sexo era uma coisa que a deixava completamente apavorada. A mim também, na época o sexo me apavorava. Estávamos ambos apavorados, e foi provavelmente por isso que nos vimos juntos na cama. Fizemos o que conseguimos para sentir menos medo e foi extraordinário. Sexualmente extraordinário, garanto a você, inacreditável em termos de ternura e entrega: uma das grandes experiências da minha vida. Contei-a muitas vezes, no meu gabinete de juiz, para mulheres estupradas, ou para rapazes, fora dali. Eu lhes dizia: é verdade, o que aconteceu com você pesa sobre a sexualidade, uma deficiência é um trauma terrível, mas vocês precisam saber que existem pessoas para as quais essa sua deficiência faria um bem danado, e, se você aceitar isso, também lhe fará bem.

Digitando no Google as palavras "sexualidade, deficiência", deparei-me com um site chamado *Overground*, destinado às pessoas sexualmente atraídas por amputados. Eles se autodenominam os "fervorosos" — *devotees*, em inglês — e alguns são mais do que fervorosos, são "aspirantes" — *wannabes* —, isto é, eles próprios querem ser amputados a fim de se identificarem com o objeto de seu desejo. São raros os aspirantes que passam realmente ao ato, a maioria contenta-se em flertar com a ideia, improvisar fotomontagens nas quais se veem com o sonhado toco. Os que vão até o fim vivem um calvário. Li o depoimento de um deles: durante anos, tentou em vão encontrar um cirurgião compreensivo que aceitasse cortar sua perna saudável, e terminou ele mesmo destruindo essa perna com uma espingarda de caça, com suficiente eficácia para que a amputação se tornasse inevitável. Fervorosos e aspirantes constituem uma comunidade envergonhada, que gostaria de se libertar dessa vergonha: não somos pervertidos, dizem seus membros, nossos desejos são decerto particulares, pouco difundidos, mas são naturais e gostaríamos de falar deles abertamente. Eles reconhecem que esses desejos são complicados de realizar. A conjunção ideal seria a do fervoroso que encontrasse um aspirante, o aspirante se faria amputar e ambos gozariam de sua complementaridade em perfeita harmonia: a grande vantagem da internet reside em facilitar esse tipo de encontros, partindo do princípio de que tudo é permitido entre adultos que entram em consentimento — inclusive, como aconteceu há alguns anos, o contrato entre um sujeito que desejava devorar um de seus pares e outro que, pelo menos no início, se declarava disposto a ser devorado. Mas essa conjunção ideal é rara, a vocação do aspirante sendo mais uma fantasia do que qualquer outra coisa, e na realidade o que se vê mais, como no caso dos homossexuais dentro do armário, é o fervoroso — vamos supor que se trate de um homem — ser casado com uma mulher que ignora completamente seus desejos e que ficaria horrorizada se os descobrisse. Aconselham-no, no site, a fazer abordagens prudentes, a sugerir à sua companheira jogos eróticos com muletas, mas fica claro que o prazer com a amputação é menos confessável que o da sodomia ou o da urofilia, e que há menos chances ainda de converter alguém que já não alimentasse tal desejo. O terceiro caminho, que deveria ser a via régia para o fervoroso, é encontrar uma pessoa já amputada. A princípio, poderíamos pensar que essas pessoas, cuja enfermidade choca muita gente, deveriam ficar contentes por encontrar outras que, ao contrário, ela atrai. O problema, que mesmo um site militante e doutrinário não consegue dissimular, é que a maioria das pessoas involuntariamente amputadas — isto é, a maioria dos amputados — reage como Étienne quando uma garota lhe diz que está com vontade de transar com ele por causa de sua perna de pau: isso os enoja. Eles sentem repugnância pelo desejo dos fervorosos, a quem o único conselho que resta é a hipocrisia: cortejando uma amputada, o fervoroso deve esconder-lhe a todo custo que faz aquilo por causa de sua deficiência; ela precisa julgar-se desejada a despeito disso.

Era minha segunda visita, Étienne e eu falávamos desde a manhã. Chegada a hora do almoço, ele telefonou para sua mulher para propor que nos encontrássemos no restaurante italiano aonde ele já me levara da primeira vez. Eu apenas avistara Nathalie no enterro de Juliette e me perguntava, com um pouco de preocupação, o que ela pensava da empreitada extravagante na qual seu marido e eu estávamos envolvidos, mas assim que ela se sentou no banco ao lado dele, loura, decidida, sorridente, essa preocupação se dissipou. A situação parecia diverti-la, uma vez que Étienne depositava confiança em mim ela também depositava, e eles demonstraram um prazer manifesto me contando juntos o que, em sua mitologia pessoal, chamavam de os quinze minutos americanos — expressão que eu não conhecia e que designa o momento em que, numa festa, as garotas tomam a iniciativa da cantada.

Estamos no outono de 1994. Étienne termina sua análise. Embora nada tenha mudado objetivamente, ele avalia que alguma coisa se abriu dentro dele, que a bola agora está no campo da vida. Seu analista concorda com ele e eles se encaminham juntos para uma sessão que estipulam juntos como sendo a última. É um momento bastante perturbador: duas vezes por semana, durante nove anos, dissemos a alguém tudo que não dizemos a ninguém, estabelecemos uma relação que não se parece com nenhuma outra, e eis que de comum acordo damos fim a essa relação julgando que esse fim é sua consumação; sim, de fato, é perturbador. Ao sair dessa última sessão, Étienne toma de volta, na Gare du Nord, o trem para Lille, onde, no fim da tarde, dá sua primeira aula a um grupo de advogados bem jovens. Nathalie faz parte desse grupo, que em seguida se reúne no café para conversar. Uns adoraram Étienne, outros o detestaram. Ela o adorou. Achou-o brilhante, original, iconoclasta. A doçura da voz dele a comoveu, ela vislumbra por trás de seu humor uma riqueza de experiência, um mistério que a fascinam. Ela faz suas sondagens, fica sabendo onde ele mora e que mora sozinho, passeia sozinho, vai sozinho comprar livros na Fnac. Sente cada vez mais simpatia por ele. Nas aulas seguintes, parece-lhe que ele está interessado numa garota da turma dela, mas isso não a preocupa, em primeiro lugar porque a garota já está comprometida com outro, depois e principalmente porque, mesmo que ele ainda não soubesse disso, ela sabe que ele é o homem de sua vida. Convida-o para uma festa, ele não aparece. O curso chega ao fim, era um curso breve, apenas algumas aulas. Então ela vai visitá-lo no tribunal e lhe explica que os estudantes, insaciáveis, queriam pelo menos mais uma aula. Isso não é verdade, mas ela recrutará uma dúzia de colegas para fazerem figuração durante aquela aula complementar que se realiza na casa de Étienne, com bastante informalidade. No fim, os figurantes somem. Nathalie, por sua vez, demora-se e sugere irem ao cinema. O filme a que vão assistir, *Vermelho*, de Kieslowski, conta a história de um juiz manco e misantropo, interpretado por Jean-Louis Trintignant, mas eles não prestam nenhuma atenção nessa coincidência, pois depois de dez minutos ela o beija. Terminam a tarde na casa dele, ela passa a noite lá. Étienne compreende que uma coisa extraordinária está lhe acontecendo e sente medo. Tinha planejado partir no dia seguinte para uma semana de férias em Lyon, na casa de uma amiga e, pensando em acalmar-se, recuar um pouco, ele vai. Passa uma noite na casa da amiga, durante a qual compreende não apenas que se apaixonou, mas também como esse amor é confiável, recíproco, seguro, e que ele vai construir toda a sua vida em cima desse amor. De manhã, telefona para Nathalie: estou voltando, quer me encontrar lá em casa? Quer morar comigo? Ela desembarca com seus pertences, não irão mais se separar. Mas Étienne tem outra coisa a lhe dizer, que é menos alegre: embora não tenha feito teste havia vários anos, para não afundar mais o moral, tem quase certeza de que a quimioterapia o deixou estéril. Nathalie não nega que isso seja um problema, pois quer ter filhos, mas, em vez de naufragar no problema, toma a iniciativa de encontrar uma solução. Compra um livro do biólogo Jacques Testart sobre as diversas técnicas de reprodução assistida: se nenhuma funcionar, conclui, farão uma adoção. Antes, em todo caso, convém fazer um novo teste. Ela decide, organiza; ele obedece, fascinado. De tudo que tanto oprime sua vida, sua perna a menos, seus medos, sua provável esterilidade, ela se apodera e a tudo concilia: isso faz parte do conjunto e o conjunto lhe convém. Acompanha-o quando ele vai se masturbar no banco de esperma, na semana seguinte vão pegar os resultados. A secretária diz a Étienne que a médica quer vê-los pessoalmente, o que os deixa mais preocupados, mas quando a médica abre a porta da sala de espera sorri ao vê-los juntinhos no banco de courino preto, dando-se as mãos, e eu sorrio também olhando para eles, onze anos mais tarde, no banco do restaurante. Dei muitas notícias ruins esses dias, ela diz, então estou com vontade de dar uma boa: vocês podem ter filhos. Saindo, eles dizem: bom, então mãos à obra. No mês seguinte, Nathalie está grávida.

Ela é do Norte, está cheia do Norte, e ele também. Além do mais, já faz um tempo que um de seus colegas penalistas, com o ar sagaz de quem, em suas questões, enxerga mais longe que você, repete para Étienne que ele foi feito para o juizado. Esse colega é bem mais velho, de direita, católico, um genuíno magistrado à moda antiga, os dois não concordam em vários pontos, mas gostam um do outro, e Étienne não é contra a ideia de se reportar à opinião de um outro, da mesma forma que, na falta de ter pessoalmente uma inclinação nítida, nos reportamos ao acaso, ou como em casos similares eu mesmo me reporto aos conselhos sibilinos do I-Ching. É bom tomar uma decisão, reflete, mas podemos decidir seguir a correnteza, aceitar, porque um conselho ou uma solicitação nos agrada, não coagular o curso da vida aferrando-nos a algo tão contingente quanto nossa vontade. A priori, eu não conseguia me ver no juizado, mas se o sr. Bussières me vê tão bem como tal, por que não? Por que não pleitear minha candidatura a esse posto em Vienne? Vienne fica pertinho de Lyon, Nathalie pode se inscrever no foro de Lyon, e além de tudo será mais quente que em Béthune.

Vienne, comuna do Isère, é uma cidade de 30 mil habitantes, com ruínas galo-romanas, um bairro antigo, um passeio com cafés dos dois lados, um festival de jazz em julho. Além disso, é uma cidade tão burguesa quanto Béthune é desoladora. Círculo de notáveis, dinastias do comércio ou da magistratura, fachadas severas por trás das quais rolam a portas fechadas as discussões de herança: isso só fazia alegrar ainda mais Étienne, ter caído de paraquedas naquele interior dos filmes de Chabrol, ainda mais que não se tratava de morar em Vienne, apenas de ir até lá três vezes por semana, aproximadamente meia hora de carro do bairro do Perrache, onde eles acabavam de encontrar o apartamento em que residem hoje. Isso o divertia, suas histórias faziam Nathalie rir, o centro de gravidade de suas vidas ficava isolado naquele belo apartamento que tinham prazer em decorar e onde acabava de nascer seu segundo filho. O que não impediu que, na primeira audiência que presidia, o advogado tivesse chegado meia hora atrasado sem se desculpar, e ele compreendeu que se tratava de uma demonstração de força e não tinha interesse em se desgastar. Os advogados do foro de Vienne estão aqui há vinte anos, estarão aqui daqui a vinte anos, seus pais estavam aqui antes deles, seus filhos estarão aqui depois e, quando eles querem controlar um novo juiz, sua primeira providência é fazê-lo compreender que eles são os donos da casa e ele, um simples inquilino, o qual pretendem claramente fazer curvar-se aos seus costumes. Étienne chamou o advogado e lhe disse educadamente: foi a primeira vez, então não lancei em ata, mas, por favor, que isso não se repita ou então teremos problemas.

Funcionou.

Quando era juiz de aplicação de penas, seu trabalho consistia em ver pessoas em seu gabinete, cara a cara. De jeans e camiseta, escutava-as, conversava com elas, ajudava-se com soluções concretas que na maior parte do tempo nada tinham de jurídico. As relações com elas podiam estender-se por anos a fio. No juizado, agora, trabalhava de toga sobre um estrado, cercado por uma escrivã e um oficial de justiça que também usavam toga e lhe davam mostras de um respeito hierárquico um pouco formal demais para seu gosto. Também em sua primeira audiência, houve outra cena inesperada: ao sair da sala de deliberações, cedeu galantemente passagem à sua escrivã, a quem esse capricho surpreendeu. Recusou-se, tão constrangida quanto se suspeitasse de que ele fosse se aproveitar para sodomizá-la, e ele observou em seguida que ela fazia de tudo para manter-se bem atrás dele enquanto ele não houvesse adentrado o recinto. Até o último instante, fingia estar arquivando processos na mesa, as mãos tremendo um pouco. Étienne sorria daquele formalismo, mas sentia saudade das relações pessoais com os subalternos. As decisões que tomava interfeririam na vida de pessoas a quem teria visto, na melhor das hipóteses, durante cinco ou dez minutos. Não lidava mais com indivíduos, mas com processos. Além disso, precisava ser rápido. O congestionamento das varas leva à aplicação de uma justiça mecânica, tal contravenção exigindo tal multa, tal infração contratual acarretando tal jurisprudência, e a pressa aumenta porque a produtividade, isto é, o número de sentenças dadas, é um dos critérios decisivos da avaliação de um juiz, logo, de sua promoção. Ser rápido não constituía problema para Étienne, ao contrário, ele gosta disso, mas jurou não ceder à tentação da linha de montagem, de continuar a ver em cada processo uma história singular, única, pedindo uma solução legal específica.

Fui duas vezes a Vienne, naquele outono, para circular pelo tribunal. É um prédio bonito do século XVII, dominando a pracinha onde se encontra o templo de Augusto e Lívia, orgulho da cidade. Quando eu não estava "em audiência", como me surpreendi um dia a dizer, encontrava juízes, escrivães, advogados, a quem Étienne me recomendara. Interrogava-os sobre o que faz precisamente um juiz de juizado especial, sobre a maneira como Juliette e ele agiam, e eles me perguntavam o que eu planejava fazer com aquilo. Uma homenagem sentimental à minha cunhada recém-falecida? Um documento sobre a justiça na França? Um panfleto sobre o superendividamento? Eu era incapaz de dizer. Sentia-os tocados por ver um escritor se interessar pelos juizados especiais, que não interessavam a muita gente, mas ao mesmo tempo desconfiados. O nome de Étienne não me abria tantas portas quanto eu esperara. A magistrada que o sucedeu, e para quem telefonei em nome dele para dizer que desejava me enfiar por uma ou duas semanas no tribunal, me respondeu que não se podia improvisar um estágio daquela forma. Eu nunca falara em estágio, apenas avisara, por uma questão de educação, que pretendia assistir às audiências, a maioria das quais era franqueada ao público, mas, como frequentemente acontece quando fazemos a tolice de pedir uma autorização de que não precisamos, o negócio virou uma novela, ela não podia se responsabilizar por aquela licença, precisava também da do presidente do tribunal de recursos. E por que não do ministro da Justiça?, brincou Étienne, não muito espantado. Compreendi que a nova dona da casa sentia o peso da sombra de seu predecessor e que ela devia ver a mim como uma espécie de espião a serviço dele, um emissário do imperador que veio despertar fantasmas em plena Restauração.

No fim das contas, acabei fazendo uma coisa parecida com um estágio e comprovei o que me dissera Étienne: que o juiz no juizado é o equivalente do médico de família. Dívidas de aluguéis, despejos, confiscos de salário, tutela das pessoas com deficiência ou da terceira idade, litígios envolvendo somas inferiores a 10 mil euros — acima disso, é da alçada da Justiça comum, que ocupa a parte nobre do Palácio de Justiça. Para quem frequentou o criminal ou mesmo o correcional, o mínimo que se pode dizer é que o juizado especial oferece um espetáculo ingrato. Tudo ali é pequeno, as infrações, as reparações, as questões. A pobreza está decerto presente, mas não descambou para o crime. Patinha-se no visgo do cotidiano, lida-se com pessoas que se debatem com dificuldades às vezes medíocres e insuperáveis e na maior parte das vezes nem as encontramos, porque elas não comparecem à audiência, nem seu advogado porque não têm advogado, então o máximo que podemos fazer é enviar-lhes a decisão judicial por carta registrada, que, na metade das vezes, elas não ousarão ir buscar.

O dia a dia do penalista no Norte era o crime dos viciados soropositivos. O do civilista em Vienne é o contencioso do consumo e do crédito. Vienne, como eu disse, é uma cidade burguesa, o Isère não é o mais pobre dos departamentos franceses, mas bastaram algumas semanas para Étienne descobrir que vivia num mundo onde as pessoas se afogam em dívidas e não se desvencilham delas. Nas audiências civis, uma pequena disputa a respeito de um muro compartilhado ou de um vazamento hidráulico tornava-se revigorante porque rompia por alguns minutos com o desfile monótono dos estabelecimentos de crédito levando devedores falidos à justiça.

Para essa forma da tragédia social, Étienne não tinha sido preparado nem pela vida, nem por seus estudos. A única vez em que um de seus professores na ENM falara de direito do consumidor, havia sido com um desdém irônico, como quem fala de um direito específico de imbecis, de pessoas que assinam contratos sem os ler e que é demagógico querer ajudar. O fundamento do direito civil, aprendemos nos manuais, é o contrato. E o fundamento do contrato é a autonomia da vontade e a igualdade das partes. Ninguém se compromete ou deveria se comprometer contra sua vontade, aqueles que o fazem não têm senão que aceitar as consequências disso: serão mais prudentes da próxima vez. Étienne não precisara de oito anos em Pas-de-Calais para saber que os homens não são nem livres, nem iguais, e isso não o fazia prezar menos a ideia de que contratos devem ser respeitados, sem o que não teria sido jurista. Criado num meio burguês, nunca conhecera verdadeiras dificuldades financeiras. Nathalie e ele tinham uma conta conjunta, uma caderneta de poupança, um seguro de vida e um empréstimo pelo apartamento, que pagavam por débitos automáticos e que tinham programado a perder de vista para nunca terem de se perguntar se era razoável sair de férias. Em matéria de crédito rotativo, tudo que ele conhecia era seu cartão de membro da Fnac, que lhe dava direito, haviam-lhe explicado, a facilidades de pagamento de que nunca fazia uso, preferindo comprar à vista seus discos e livros e escolher alguns brindes com seus pontos de fidelidade. Às vezes, raramente porque não figurava nos sistemas, encontrava em sua caixa de correspondência propagandas de financeiras. "Dinheiro à vontade ao seu dispor", diz a Sofinco. "Aproveite a partir de hoje", oferece a Finaref. "Precisando de dinheiro? Com rapidez?", preocupa-se a Cofidis. "É hora de aproveitar", garante a Cofinoga. Ele jogava tudo no lixo sem prestar atenção.

A partir do momento em que viu desfilarem na audiência as pessoas que haviam assinado com elas, considerava com outros olhos aqueles prospectos. Descobria como é fácil persuadir os pobres que, mesmo pobres, podem comprar uma máquina de lavar, um carro, um console Nintendo para as crianças ou simplesmente comida, que eles pagarão depois e que isso não lhes custará, digamos, nada além do que se pagassem à vista. Ao contrário dos empréstimos mais controlados e mais caros concedidos pelos bancos clássicos, dos quais as financeiras são aliás filiais, esses contratos são firmados numa piscadela: basta assinar no rodapé do prospecto, batizado como "proposta inicial". Isso pode ser feito no caixa da loja, passa a valer imediatamente, renovado tacitamente, tira-se quanto se quer, quando se quer, dá a agradável impressão de ser dinheiro de graça. A descrição da proposta nada faz para dissipar essa agradável impressão. Não se fala de empréstimo, mas de "reserva de dinheiro", não se fala de crédito, mas de "facilidade de pagamento". Diz-se por exemplo: "Está precisando de 3 mil euros? Três mil euros por um euro mensal, isso lhe conviria? Pois bem, cara senhora, isso vem bem a calhar, pois como fiel cliente — de nossa loja, de nosso centro de venda por correspondência — a senhora nos foi recomendada para se beneficiar de uma oferta absolutamente excepcional. A partir de hoje, está autorizada a pedir a abertura de uma reserva de crédito que pode chegar a 3 mil euros". O custo extremamente alto desse crédito figura em caracteres minúsculos no verso da oferta, toma-se conhecimento dele ou não, geralmente não, de toda forma assinamos porque é o único jeito quando não temos dinheiro para comprar aquilo de que precisamos, aliás de que nem sempre precisamos, mas desejamos, simplesmente desejamos, pois mesmo quando é pobre a pessoa tem desejos, é este o drama. Ali onde o banco teria a prudência de dizer não, a financeira diz sempre sim, eis por que os banqueiros encaminham invariavelmente para ela seus clientes sempre no vermelho. Ela não está nem aí se você já está severamente endividado. Não controla nada: assine abaixo da proposta, gaste, é tudo que ela lhe pede. Corre tudo bem enquanto pagamos a mensalidade, ou melhor, as mensalidades, pois a característica desse tipo de crédito é acumular-se, sentimo-nos como um zero com uma dezena de cartões desses. Fatalmente, acontecem os incidentes de pagamento: não conseguimos dar conta deles. O organismo de crédito cogita uma ação na justiça. Pede o pagamento dos valores devidos, mais o dos juros previstos no contrato, mais o das multas por atraso igualmente previstas no contrato, e o montante é bem maior do que imaginávamos.

Naquele ano, um processo deu muito o que falar. Tratava-se de um casal que ganhava 2 600 euros por mês, ele como operário, ela como auxiliar de enfermagem. Planejaram suicidar-se e matar os cinco filhos porque, no fim de doze anos de vida a crédito, com seis contas bancárias, vinte e um créditos rotativos, quinze cartões magnéticos e cerca de 250 mil euros de dívidas, seus credores se revoltaram. As intimações de cobrança sucederam-se às propostas sedutoras e, com todo mundo caindo em cima de sua cabeça ao mesmo tempo, tornou-se impossível engatar um crédito no outro, abrir uma nova linha que permitisse ganhar tempo. Não era mais possível jogar o jogo, tinha chegado ao fim. Um último cartão, ainda não recusado, serviu para comprar roupas novas para as crianças chegarem decentemente vestidas ao outro mundo, que seu pai imaginava com sinistra candura como "igual, mas sem as dívidas". O suicídio coletivo fracassou, apenas uma das filhas acabou sucumbindo. No tribunal, o pai pegou quinze anos, e a mãe, dez. Esse caso comoveu toda a França. É patético, me diz Étienne, mas não realmente exemplar, pois os Cartier usavam o crédito despreocupadamente, e para viver além de suas possibilidades. Compravam uma televisão e um console de jogos para crianças, eletrodomésticos de luxo, trocavam compulsivamente de carro, móveis, equipamentos, faziam assinatura de absolutamente qualquer coisa, em suma, tinham o perfil de pessoas a quem o mais inepto vendedor sabe, ao empurrar a porta de sua casa, que poderá empurrar o que quiser. Os sociólogos definem esse perfil como o do superendividado "ativo", que a crise tornou minoritário em relação ao superendividado "passivo". A este não se pode recriminar por consumir além da conta e usar o crédito indiscriminadamente, pura e simplesmente porque ele é pobre, muito pobre, e não tem outra escolha senão fazer empréstimos para encher seu carrinho de compras com pacotes de macarrão instantâneo. É o beneficiário de um programa de assistência social que tem mais de cinquenta anos, ou a mulher sozinha com filhos, desempregada, sem qualificação, sem outra alternativa, na melhor das hipóteses, a não ser arranjar um emprego de meio período, precário e mal remunerado, com o efeito perverso clássico de que, se conseguir trabalhar, isso acabará sendo menos vantajoso para ela do que sobreviver com os auxílios do governo aos quais ela teria direito. Essas pessoas têm apenas dívidas e nada para pagá-las. Seus processos formam uma pilha na mesa do juizado.

E o que faz o juiz? Em princípio, ele não tem muita margem de manobra. Percebe claramente que de um lado há um pobre-diabo estrangulado, do outro, uma grande empresa que não tem nada de sentimental, mas não é vocação da grande empresa ser sentimental, e tampouco do juiz. Entre o pobre-diabo e a grande empresa, há um contrato, e o papel do juiz é fazer com que esse contrato seja honrado, ou obrigando o devedor a pagar, ou penhorando seus bens. O problema é que na maioria das vezes o devedor é insolvente e até mesmo impenhorável, isto é, ele tem apenas o estritamente necessário para sobreviver. Até a metade do século XIX, saía-se desse impasse condenando-o à prisão por dívidas — recurso que, como Étienne me informou, embora caído em desuso, não foi por humanidade, mas porque a manutenção dos presos ficava a cargo de seus credores, não do Estado, e porque o interesse econômico prevaleceu sobre a satisfação de ver o culpado punido. Hoje existe outra solução, que é a comissão de superendividamento.

Étienne ainda estava na ENM, em 1989, quando, por pressão da urgência social, a lei Neiertz criou em cada departamento essas comissões, encarregadas de encontrar uma solução onde manifestamente não existe uma. Para o catedrático que demolia o balbuciante direito do consumidor, considerado um auxílio imerecido para imbecis, era um pouco o fim do mundo, a instauração de algo absolutamente inédito e juridicamente escandaloso: o direito a não pagar suas dívidas. Teoricamente, não se trata disso, mas de avaliar o que, espremendo aqui e ali, as pessoas superendividadas podem pagar mensalmente e assim lhes propor, bem como a seus credores, um plano de amortização. De fato, uma vez terminada a dança com os prazos, os atrasos, os reescalonamentos, chega uma hora em que convém de fato falar de anulação, e essa revolução jurídica confirmou-se quinze anos mais tarde, tendo a situação piorado ainda mais, com a votação da lei Borloo, que instituía o "procedimento de reabilitação pessoal", igualmente chamado "falência civil". Daí em diante aplica-se à parte civil o princípio da falência comercial, o que significa que, se em face de seu processo, sua situação for avaliada como "irremediavelmente comprometida" — o que de nenhum ponto de vista é um diagnóstico fácil de fazer —, anulam-se pura e simplesmente suas dívidas, e azar dos credores.

Ainda não se estava nesse ponto quando Étienne chegou a Vienne, em 1997. Mas as associações de consumidores e parlamentares, tanto de direita quanto de esquerda, militavam nesse sentido contra o lobby das financeiras. Citavam o exemplo da Alsácia e da Mosela, onde isso é praticado há séculos sem que a Terra pare de girar. E, em 1998, a lei Aubry tornou possível uma devolução parcial das dívidas, o que recomendavam cada vez mais insistentemente as comissões de superendividamento. Esses pareceres eram seguidos pelo juiz ou não, quer dizer, dependia do juiz, de sua filosofia do direito e de vida.

Acompanhei algumas audiências de superendividamento em Vienne. Elas não eram presididas por Étienne, que hoje não está mais no juizado, mas por um juiz chamado Jean-Pierre Rieux, que precedera Juliette em seu posto e que, após a morte dela, foi designado para ser seu interino. Étienne, que trabalhou dois anos ao seu lado, me falara dele com amizade: você vai ver, ele é o oposto de mim, mas sabe onde está. Esse "sabe onde está" é, na boca de Étienne, o maior dos elogios. Eu compreendia mal seu sentido no início, agora compreendo melhor, provavelmente porque eu mesmo sei melhor onde estou. Na casa dos cinquenta, espadaúdo, ex-jogador de rúgbi, ex-educador que se tornou magistrado tardiamente e pela porta dos fundos, Jean-Pierre gosta muito de lembrar que, até 1958, o que chamamos agora de juiz de juizado especial chamava-se juiz de paz. É assim que ele vê seu ofício: conciliar, fazer de maneira a que as pessoas cheguem a um acordo. Uma das coisas de que ele gostava, que se faz cada vez menos porque não se tem mais tempo, é a vistoria in loco. Um cara vem e diz para você: o portão elétrico que a empresa X instalou para mim não está funcionando. O que você faz? Vai ver o portão elétrico. Pega o carro, embarca sua escrivã, liga para a empresa X para que ela também esteja presente, com um pouco de sorte entra-se num acordo para assinar, in loco, um termo de conciliação, e depois todo mundo vai tomar um trago. Essas maneiras camponesas não faziam o gênero de Étienne. Ele não gostava dessas vistorias. O que gostava, ou melhor, o que passou a gostar, era do direito puro, da sutileza do raciocínio jurídico, ao passo que Jean-Pierre reconhece de bom grado ser um jurista expedito. Não sou nenhum especialista em direito, diz ele dando de ombros, só quero que as pessoas não sejam passadas para trás.

As audiências de superendividamento, ao contrário das audiências civis, não se desenrolam na grande sala do tribunal, mas num pequeno aposento batizado de biblioteca, porque alguns códigos ficam jogados numa prateleira, e sem nenhum protocolo. A escrivã usa toga e rufo, mas o juiz está em mangas de camisa. Poderíamos nos julgar num escritório da agência de empregos do governo ou de um serviço social qualquer, e o que se vê e ouve não desmente essa impressão.

A situação comporta poucas variantes. Pessoas entraram com um processo na comissão de superendividamento, que é uma sucursal do Banque de France em cada departamento (como retiraram todos os poderes do Banque de France, alguém tem que ocupá-lo, diz Jean-Pierre). O processo pode ter seu seguimento negado e eles contestarem essa decisão. Ou pode ser declarado aceito, e a comissão estabelecer um plano de amortização e um ou vários credores contestarem esse plano, que reduz ou mesmo anula seu crédito. Por fim, o plano pode ser homologado pelo juiz sem outros trâmites.

Antes que a escrivã faça o indivíduo entrar, Jean-Pierre bate os olhos na capa cartonada do processo. O comprimento da coluna onde se alinham os nomes dos credores permite avaliar a extensão dos estragos. Tratando-se da sra. A., ele balança a cabeça: já viu pior.

Quarenta e cinco anos, obesa, espremida num conjunto esportivo verde e roxo, os cabelos curtos grudados na testa e grandes óculos estampados com padrões fluorescentes, a sra. A. está visivelmente apreensiva. Ao interrogá-la, Jean-Pierre faz o que pode para tranquilizá-la. Ele é educado, amigável, diz bem, vamos ver o que podemos fazer aqui, e nada, além do tom de sua voz, indica que algo poderá ser feito. A sra. A. ganha 950 euros por mês como assistente hospitalar, tem dois filhos de seis e quatro anos para cuidar, recebe uma bolsa-família e um auxílio-moradia, mas, como ela trabalha, essa ajuda caiu e agora cobre apenas um terço do aluguel. A situação ficou crítica quando ela se divorciou, três anos atrás, pois todos os custos viram-se multiplicados por dois. Quando Jean-Pierre pergunta se ela tem um carro, ela percebe que é uma pergunta perigosa, porque um carro é um bem penhorável, e se apressa em explicar que precisa absolutamente de um carro para ir trabalhar. Jean-Pierre diz que ninguém vai pôr a mão no seu carro, que de toda forma tem mais de dez anos e, sinto lhe informar, não vale um tostão furado. E despesas com os filhos, a senhora tem despesas com o cuidado deles? Sim, admite a sra. A., como se fosse uma vergonha.

Com base em todas essas informações, a comissão calculou, de acordo com uma escala prevista pelo Código Trabalhista, a parte de seus rendimentos que pode ser alocada na quitação de suas dívidas: 57 euros por mês. As dívidas em questão, entre impostos, o OPAC* de Vienne, que lhe aluga seu apartamento, o Crédito Municipal de Lyon e as financeiras France-Finances e Cofinoga, chegam a 8675 euros.

* Offices Publics d'Aménagement et de Construction: órgão público francês que constrói, financia e aluga moradias populares. (N. T.)

A comissão fez seu cálculo: ela pode, em dez anos, pagar no máximo 6840 euros. Restam 1835 euros, que ela propõe anular. O problema é saber quem vai sofrer as consequências disso. O fisco deve ser pago prioritariamente, é a lei. Logo atrás vem o OPAC de Vienne, credor com vocação social que ninguém tem interesse em arruinar. Logo, os que vão se estrepar são o Crédito Municipal, a France-Finances e a Cofinoga. A comissão comunicou essa proposta aos três. Dois não reagiram, o que significa que concordam, a France-Finances em contrapartida contesta, e a sra. A. fica muito preocupada com isso porque eles lhe enviaram uma carta muito dura, dizendo que ela não quer pagar, ao passo que todo mundo sabe muito bem que ela faz o que pode. A senhora está com a carta aqui?, pergunta Jean-Pierre. Fungando, a sra. A. vasculha na bolsinha plastificada que deixara sobre a mesa à sua frente ao chegar e na qual se agarrou o tempo todo como a uma boia. Estende a carta a Jean-Pierre, que passa os olhos nela, depois lhe pergunta se alguém tinha ido visitar seus vizinhos ou se telefonaram para seu local de trabalho. Sim. Muito bem, diz Jean-Pierre, agora vou lhe explicar o que vai acontecer. Vou pronunciar minha decisão dentro de dois meses, é a regra, mas prefiro dizê-la imediatamente à senhora. O que vou fazer é que vou seguir o parecer da comissão. Isso significa que anularei sua dívida com a France-Finances e eles não poderão mais lhe enviar cartas, nem ligar para o seu trabalho, nem falar disso com seus vizinhos. Se fizerem isso, eles que estarão violando a lei e a senhora pode vir falar comigo. Agora, do seu lado, a senhora tem 57 euros por mês a pagar, ao fisco e ao OPAC, e isso a senhora precisa pagar de qualquer jeito, todos os meses. Enquanto fizer isso, enquanto respeitar escrupulosamente seu plano, não terá aborrecimentos. Outra coisa, a senhora não deve fazer novos empréstimos. Nenhum. A senhora entendeu? A sra. A. entendeu e vai embora aliviada.

Quando ela fecha a porta, Jean-Pierre comenta que ela com certeza vai fazer tudo que puder. Não sei se vai conseguir, porque com 950 euros por mês, dois moleques pra cuidar, o litro de gasolina por dez contos quando você precisa da sua caranga pra ir pro trampo, o aluguel que aumenta e o auxílio-moradia que cai, eu fico pensando como ela vai dar conta. Me dá vontade de tirar sarro quando ouço as pessoas dizendo que é fácil demais montar um plano de superendividamento, basta liquidar as dívidas, mas é um inferno de vida, você passa a vida pagando, dez anos pagando, e não pode economizar, ter crédito, ter qualquer luxo, e o cálculo é feito de modo tão preciso que não se pode errar nada, o menor imprevisto se transforma num desastre. Se a caranga te deixa na mão, você se ferra. Não adianta ter ilusões: você vai encontrar de novo a maioria das pessoas que vêm aqui. Espero que ela, não. Mas aqueles ali, olha o tamanho da lista.

No processo do sr. e da sra. L., há uns bons vinte credores: bancos, agiotas, financeiras, mas também mecânicos, pequenos comerciantes, eles pedem fiado em tudo que é canto e, ainda que nenhuma soma seja muito alta, o total é pesado. Entram. Os dois na casa dos trinta anos, ele esquelético, a epiderme terrosa, o rosto tomado por tiques, ela roliça, com brotoeja, e, se a sra. A. estava à beira das lágrimas durante toda a audiência, ela parece muito além, perdida na apatia. Separaram-se não faz muito tempo, mas permanecem solidários face a seus credores. Ela ficou com o teto onde mora com seus quatro filhos, ele dorme no carro enguiçado. Nos últimos tempos, ela trabalhou por uns meses como garçonete e ele como vendedor a domicílio: tentava empurrar extintores de mais de cinquenta quilos para velhos que não conseguiam sequer levantá-los. Foi demitido porque não vendia o suficiente e ela, por sua vez, não pôde continuar porque o carro, como dizíamos, está enguiçado, porque seu expediente terminava altas horas da noite e não tinha ônibus para ela voltar para casa. São ambos soropositivos. Com seus recursos limitados ao auxílio social, uma dívida na mesma proporção e uma esperança quase nula de "retorno à melhor fortuna", segundo a expressão jurídica vigente, a pergunta é por que não os encaminharam para a falência civil, que anularia todas as suas dívidas, mas para a comissão de superendividamento, que não tem o mesmo cacife. Eles devem cerca de 20 mil euros. Avaliaram, Deus sabe como, sua capacidade de pagamento em 31 euros por mês. É o suficiente para que seja criado um plano para 120 meses, sem a menor esperança de que seja respeitado. Mas eles não pedem mais que isso, vê-se claramente que estão esgotados, tudo que querem de fato é uma trégua, algumas semanas ao abrigo de empresas de cobrança que, a despeito de sua evidente insolvência, mostram-lhes as garras: os avisos vermelhos de "urgente" bem visíveis na caixa de correspondência, o assédio aos vizinhos, que são educadamente informados dos reveses deles, e até mesmo a visita às crianças, abordadas na quarta-feira à tarde para darem o recado para o papai e a mamãe. Se eles não pagarem o que devem, vocês serão despejados da sua casa. Seus pais amam vocês, não querem que durmam na rua, então peçam-lhes para pagarem o que devem, quem sabe eles não ouvem os filhos. Parece que estou fazendo demagogia, mas é assim que a coisa se dá, e o pior, acrescenta Jean-Pierre, é que os caras que fazem esse trabalho vergonhoso são outros pobres-diabos, toda semana ele vê vários deles na comissão de superendividamento, quando lhes perguntam em que trabalham, é isto: trabalham em regime de meio expediente para empresas de cobrança e quando eles são as vítimas não sabem nem por quê. Resumindo. Jean-Pierre perguntou aos L. se a falência civil não lhes conviria mais, esclarecendo que falência civil significava anular todas as dívidas, mas eles disseram que não, já tinham entrado com um processo, estavam cansados demais para se lançarem em outro. Jean-Pierre suspirou e disse que tudo bem. Mas vocês examinaram direitinho seu plano de amortização? Verificaram se têm 31 euros para pagar por mês? Eles responderam que sim, e tive a impressão de que ele poderia ter dito 310 ou 310 mil euros, eles teriam respondido sim da mesma forma. Antes de deixá-los partir, Jean-Pierre quis certificar-se de que estavam bem assistidos pelos serviços sociais, de que havia pessoas, em algum lugar, com quem pudessem falar, eles repetiram sim, sim, e saíram como se não aguentassem mais ficar naquela sala, responder àquelas perguntas, fazer figuração numa formalidade da existência. O plano de amortização deles havia sido comunicado a todos os seus credores, anexado a uma intimação pró-forma. Apenas uma financeira o contestava, mas não enviara ninguém, provavelmente julgando, com razão, que o caso estava antecipadamente perdido. Entretanto, quando foi buscar os réus seguintes, a escrivã retornou, bastante surpresa, com um sujeito de camisa xadrez que também estava ali em função do processo L. Recebera a intimação, então estava ali. Trabalhava no Intermarché, que entrara com uma ação por dois cheques voadores totalizando 280 euros. Ouvindo isso, pensei: Intermarché, a que ponto chegamos, eles podem muito bem fechar os olhos para 280 euros. Porém, como sempre, era mais complicado, porque o Intermarché não passava de uma loja de conveniência franqueada em Saint-Jean-de-Bournay, um lugarejo não longe de Rosier, o sujeito de camisa xadrez não era em absoluto um representante cínico dos supermercados, mas um pobre explorado que tem de pagar do próprio bolso quando faltam 280 euros no caixa. Acabava de cruzar com os L. que saíam, ele os reconhecera e, com a expressão contrariada, admitia: está na cara que não são muito ricos. Você resumiu a situação, confirmou Jean-Pierre com um suspiro, então não vou ficar de conversa fiada. Chega um momento, infelizmente, em que podemos apenas constatar os fatos e eu, ora, não sou mais forte que o Banque de França, não posso inventar dinheiro onde ele não existe. Veja a lista: há muitos credores, praticamente nenhuma receita, quatro filhos, então... Então?, repetiu o franqueado. Então, o senhor viu o plano de amortização deles. O Banque de France propõe o pagamento a certo número de credores e a anulação dos outros. Houve um silêncio, depois o franqueado disse: ah... é uma solução. Via-se claramente que ele achava aquela solução amarga, e sobretudo que estava pasmo de ouvi-la defendida por um juiz. Jean-Pierre então levantou-se e, com o plano nas mãos, contornou a mesa para ir sentar-se ao lado do franqueado e lhe explicar: nem tudo está perdido, veja. Trata-se de planos para 120 meses, o que honestamente me parece um pouco ambicioso dada a precariedade da vida deles. Mas, veja bem, no seu caso não estão propondo a anulação pura e simples. O que estão propondo é absolutamente nada durante 53 meses, o tempo de pagar os credores prioritários, e, a partir daí, 31 euros durante nove meses. Não é impossível o senhor recuperar seu dinheiro daqui a um pouco mais de quatro anos. Não posso lhe prometer isso, não sei em que pé eles estarão daqui a quatro anos, mas que é possível, é. O franqueado foi embora não exatamente tranquilizado, mas tampouco desencorajado.

Étienne aprendeu o ofício de juiz ao lado de Jean-Pierre. No fundo, eles concordavam. Achavam que estabelecimentos de crédito extrapolam e não se aborreciam quando surgia uma oportunidade de acuá-los. Mas improvisavam. Tentavam solucionar os litígios caso a caso, sem teoria jurídica, sem se preocuparem em fazer jurisprudência. Depois Étienne soube que outro juiz de juizado especial, Philippe Florès, fizera de seu tribunal de Niort o posto avançado da defesa do consumidor. Étienne tem consciência de seu valor, não aspira à modéstia, e é por essa razão, diz ele, que nunca tem medo de perguntar quando não sabe, nem copiar aqueles que sabem mais do que ele. Portanto, entrou em contato com Florès e se alinhou à sua escola, menos empírica que a de Jean-Pierre.

Florès saiu da ENM ao mesmo tempo que ele, mas viu-se imediatamente no juizado, no momento em que eram instaladas as comissões de superendividamento. A ele também, a despeito ou em virtude do fato de vir de uma família pobre, aquilo chocara. Contrariava tudo que durante longos anos de estudos lhe haviam ensinado sobre o respeito aos contratos e à lei, que não é feita para os imbecis. Nesse ponto, não demorou a mudar de opinião: a lei também é feita para os imbecis, para os ignorantes, para todas as pessoas que, sim, assinaram um contrato, mas que de toda forma foram extorquidas.

Existe uma lei, entretanto, que visa limitar essas extorsões: a lei Scrivener, votada em 1978 sob Giscard d'Estaing, mas de inspiração mais social-democrata que liberal, no sentido de limitar a liberdade a priori sacrossanta dos contratos.

Pela lógica liberal pura, as pessoas são livres, iguais e suficientemente crescidas para se entenderem sem a intromissão do Estado. Pela lógica liberal pura, um proprietário tem pleno direito de propor a seu inquilino um contrato cujos termos permitam que ele o despeje ou dobre seu aluguel quando bem lhe aprouver, exigir que ele apague a luz às sete horas da noite ou use camisola em vez de pijama: a partir do momento em que o inquilino tem o direito simétrico de não aceitar esse contrato, corre tudo bem. A lei, entretanto, leva em conta a realidade, e o fato de que na realidade as partes não são tão livres nem iguais quanto na teoria liberal. Um possui, o outro demanda, um tem a escolha, o outro menos, eis por que os contratos de locação são controlados, e o crédito também. Por um lado, convém encorajá-los porque isso faz a economia andar, mas, por outro, convém impedir as pessoas de deverem muito porque isso degrada a sociedade. A lei Scrivener declara abusivas, portanto, as cláusulas que venham a tornar o contrato excessivamente leonino e impõe ao credor, uma vez que é ele quem o redige, certo número de exigências formais, modelos-padrões, menções obrigatórias, deveres de legibilidade, em suma, certas regras visando que pelo menos o devedor saiba com o que está se comprometendo.

O problema da lei Scrivener é que as financeiras que ela supostamente controla não a respeitam e que os consumidores que ela supostamente protege não a conhecem. Florès a conhecia a fundo e meteu na cabeça, sozinho em seu canto, que iria fazê-la ser respeitada. Nada mais, nada menos do que isso.

A maioria de seus colegas, abrindo um processo do tipo Cofinoga contra a sra. Fulana, limitava-se a constatar: de fato, a sra. Fulana não paga mais as mensalidades previstas em seu contrato; de fato, e pelos termos desse contrato, a Cofinoga tem bases para lhe exigir capital, juros e multas; de fato, a sra. Fulana não tem um tostão furado, mas lei é lei, contratos são contratos, e ainda que eu ache isso lastimável não tenho outra escolha, eu, juiz, a não ser tomar uma decisão executória, isto é, mandar prender a sra. Fulana, ou então encaminhá-la à comissão de superendividamento.

Já Florès mal reparava no que a sra. Fulana devia e ia direto ao contrato. Com frequência detectava ali cláusulas abusivas e quase sempre irregularidades formais. A lei exige por exemplo que ele seja composto em corpo 8, e não o era. Exige que sua renovação seja proposta por carta, e não se fazia menção a isso. Florès criou uma pequena tabela das irregularidades mais frequentes, ticava as colunas e, na audiência, concluía: o contrato não vale nada. O advogado da Cofinoga arregalava os olhos. Se pudesse recorrer, dizia: Senhor presidente, isto não é da sua alçada. Cabe à parte inadimplente levantar essas objeções, ou a seu advogado, mas o senhor não pode substituí-la. Entre com um recurso, contentava-se em responder Florès.

Nesse ínterim, declarava a Cofinoga no direito de reclamar seu capital, mas não os juros nem as multas. Ora, o que o devedor paga em primeiro lugar não é o capital, mas os juros e o montante do seguro. Se o juiz decide que ele deve pagar apenas o capital e que o que ele *já* pagou fazia parte do capital, isso é o mesmo que ele lhe dizer: o senhor não deve mais, digamos, 1500 euros, mas seiscentos, e às vezes absolutamente mais nada, e às vezes inclusive é a Cofinoga que lhe deve dinheiro. A sra. Fulana desmaiava de alegria.

Philippe Florès era o pioneiro dessa técnica jurídica em Niort. Em Vienne, Étienne não demorou a seguir seus passos (eu tinha escrito: "a igualá-lo", mas Étienne anotou no original: "Não, de jeito nenhum!". Ciente). Entregava-se àquilo de coração aberto, na audiência civil e principalmente nas audiências de superendividamento, quando sua paixão em apontar as irregularidades e decretar a prescrição dos juros alterava a situação. Em primeiro lugar, do ponto de vista do desafortunado superendividado, não é em absoluto a mesma coisa dizer: o senhor não pode pagar, sua situação está irremediavelmente comprometida, então não tenho escolha, anulo, e dizer: cometeram um erro com o senhor, vou repará-lo. Isso é bem mais agradável, tanto de ouvir como de pronunciar, e Étienne não se furtava a esse prazer. Além disso, uma vez atenuada a dívida global, era possível elaborar planos de amortização que não eram mais totalmente irrealistas. Nesse caso, também, cabe ao juiz decidir quem será pago a priori, quem será pago mais tarde se for possível e quem não será pago pura e simplesmente. É uma decisão política. No caso de quem não recebe nada, não é apenas porque não há recursos para pagá-los, mas também porque não merecem ser pagos. Porque comportam-se mal, porque são os vilões do caso, porque é justo que o chantagista às vezes seja chantageado. Claro, Étienne não formula as coisas tão cruamente. Prefere distinguir, dentre os credores, aqueles que serão gravemente lesados com a anulação de sua cobrança e aqueles que serão menos: de um lado, o pequeno mecânico, o pequeno proprietário privado, o pequeno franqueado de Saint-Jean-de-Bournay, que, se não forem pagos, podem cair eles mesmos no superendividamento; de outro, a grande financeira ou a grande companhia de seguros que, de toda forma, incluiu o risco de inadimplência no valor do contrato. Prefere dizer que o pequeno fornecedor, o pequeno mecânico, o pequeno franqueado de Saint-Jean-de-Bournay, uma vez escaldados, correm o risco de se tornarem desconfiados, de não mais se deixarem enternecer, que a coesão social sofrerá com isso e que sua função principal como juiz é: salvaguardar um pouco de coesão social, agir de maneira que as pessoas possam continuar a viver em sociedade.

Apesar disso, até Jean-Pierre começava a achar que ele estava exagerando. Meio na base da brincadeira, chamava-o de Robespierre, de juizinho vermelho. Ele dizia: é muito fácil, e acima de tudo não é função de um juiz, dividir o mundo entre grandes empresas cínicas e pobres ingênuos em petição de miséria e se empenhar de corpo e alma em prol dos segundos. A essa crítica, Étienne respondia como Florès: estou apenas aplicando a lei. Aplicava-a, de fato, mas à sua maneira, e, lembrando-se de um texto que o impressionara na ENM, a argumentação de Baudot. Esse Baudot, um dos inspiradores do Sindicato da Magistratura nos anos 1970, fora punido pelo ministro da Justiça, na época Jean Lecanuet, por ter feito este discurso para jovens juízes:

> Sejam parciais. Para manter o equilíbrio entre o forte e o fraco, entre o rico e o pobre, que não têm o mesmo peso, façam a balança pender mais para um dos lados. Mostrem uma predisposição pela mulher contra o homem, pelo devedor contra o credor, pelo operário contra o patrão, pelo escorchado contra a companhia de seguros do escorchador, pelo ladrão contra a polícia, pelo réu contra a Justiça. A lei é passível de interpretação, ela lhes dirá o que quiserem que ela diga. Entre o ladrão e a vítima do roubo, não hesitem em punir a vítima.

Os advogados dos bancos e das financeiras, por sua vez, saíam das audiências ao mesmo tempo desconsolados e furiosos, obrigados a explicar a seus clientes que, se haviam perdido, quando antes ganhavam em todas as oportunidades nesses casos, era porque havia no tribunal de Vienne um chato de galochas, aquele juiz de uma perna só que media os caracteres e dizia que pena, não está em corpo 8, então adeus aos juros e às multas. Se o golpe do corpo 8 não funcionasse, ele levantava outra lebre: nenhum contrato encontrava misericórdia aos seus olhos. Existia no departamento, em Bourgoin, outro juizado especial em que o juiz atuava na contramão de Étienne: os credores saíam sempre satisfeitos de lá. Eles começaram a fazer todo o tipo de mágica para trapacear com a demarcação territorial e levar seus processos perante aquele homem compreensivo: duro com os pobres, contemporizador com os ricos, brincava Étienne, mas o juiz de Bourgoin não se via certamente assim e teria dito a mesma coisa que Étienne e Florès: eu aplico a lei. Essa maneira de aplicá-la, em 1998 ou 1999, ainda era amplamente majoritária. Os juízes de Niort e de Vienne passavam, inclusive junto a seus colegas, por comunistas e agitadores. Entretanto, isso começava a mudar.

Os estabelecimentos de crédito, analisava Florès, têm cerca de 2% de inadimplentes. Isso é muito pouco, está contabilizado, não lhes tira o sono. O que lhes tira o sono é o risco de contaminação. Sabem muito bem que 90% de seus contratos infringem a lei. Enquanto houver na França dois ou três juízes que apontem isso e disso façam uso para pulverizar seus juros, a coisa ainda vai, e vai melhor ainda na medida em que eles são frequentemente anulados em instância superior. Mas se houver cinquenta ou cem, a coisa muda completamente de figura. Isso vai começar a sair caro demais para eles.

Essas perspectivas exaltavam Étienne e Philippe Florès. Eles se viam ao mesmo tempo como pequenos Davis enfrentando o Golias do crédito, e como pioneiros aos quais o rebanho terminaria fatalmente por se juntar. Faziam circular cópias de suas sentenças no seio da Associação dos Juízes de Juizados Especiais, procuravam converter seus colegas. Cada adesão era uma vitória, aproximando-os da massa crítica a partir da qual a jurisprudência daria uma guinada e os bancos tremeriam em suas bases.

Étienne sentiu um frêmito de triunfo no dia em que os representantes de uma grande financeira pediram para encontrá-lo. Ele marcou uma reunião. Eles entraram às quatro em seu escritório, dois executivos da empresa, um dos quais viera especialmente de Paris, e dois advogados de Vienne. Eu gostaria de narrar o encontro deles como uma cena de filme policial. Começaria devagar, na base da chacota: então quer dizer que é isso, é o senhor o desmancha-prazeres? Mas a chacota descamba para a ameaça velada e, não demora muito, nem um pouco velada. Um dos sujeitos, de terno e chapéu mole, fala andando de um lado para outro. O juiz de uma perna só o observa executar seu número sem perder a calma. Os comparsas não se mexem. Para terminar, aquele que fala detém-se diante do juiz e diz, com a boca tensionada: vou esmagar seus ossos. Pega um bibelô na mesa, tritura-o entre suas mãos pálidas e nervosas, abrindo o punho deixa cair os cacos: vou esmagá-lo *bem assim*. Na realidade, a coisa não se deu bem dessa maneira. A conversa foi educada e técnica, entre pessoas afáveis. Os sujeitos reconheceram que as sentenças de Vienne eram um estorvo para eles, que temiam o que Florès esperava: que elas virassem uma bola de neve. Além do mais, não concordavam com elas: se persistissem nessa linha, o crédito se tornaria impossível e todos sairiam perdendo. Mas eles não tinham vindo para explorar divergências jurídicas, e sim para pedir conselhos. Como parar de dar margem a essas contestações? Como fazer para estar dentro dos conformes?

É simples, respondeu Étienne, um tanto perplexo: existe uma lei, respeitem-na.

Os sujeitos suspiraram: é complicado...

O que é complicado? A lei diz que o contrato deve ser composto em corpo 8, ele praticamente nunca o é e não me eximo de me aproveitar disso para detonar os juros. Os senhores podem dizer: isso é procurar pelo em ovo. Digam-me antes por que, conhecendo-a, os senhores nunca aplicam essa regra, que afinal de contas é fácil de aplicar. Faço uma ideia da resposta: simplesmente porque lhes convém muito bem que os contratos não sejam legíveis. Por que nunca enviam uma carta propondo a renovação do contrato? Por que consideram essa renovação como tácita, o que contraria a lei que tampouco me eximo de apontar? Vou lhes dizer por quê, sei disso por um dos senhores (na realidade, Florès tinha feito colegas no seio dos organismos de crédito e recebia informações interessantes deles). Porque, num dado momento, os senhores enviaram essas cartas e tiveram 30% de rescisões. É chato, isso. A experiência prova que um contrato em vigor será invocado mais dia menos dia, ao passo que um contrato rescindido, danou-se: um cliente a menos. Por que os senhores mencionam a taxa de juros apenas em letrinhas miúdas, perdidas no verso de uma propaganda tonitruante? Os senhores sabem muito bem por quê. Porque sua taxa de juros é monstruosa: 18%, 19%, é superior à taxa de usura, e os senhores empurram isso furtivamente para pessoas que, se percebessem isso, não assinariam.

É aí que o senhor se engana, respondeu o executivo vindo de Paris. Eles assinam de toda forma, porque não têm escolha. O senhor pode continuar a dizer: seria mais vantajoso contrair um empréstimo clássico, o problema dos nossos clientes é que ninguém lhes concede empréstimos clássicos. É como fazer o seguro do seu carro quando ele está tão avariado que ninguém quer fazer o seguro: custa caro, não tem jeito. O senhor fala em informação o tempo todo. Um dia diz que não informamos o suficiente nossos clientes sobre aquilo com que estão se comprometendo, e no dia seguinte que não nos informamos o suficiente sobre sua capacidade de pagamento. Mas o que nossos clientes querem é dinheiro, e não informações que os dissuadam de pegá-lo emprestado. E o que nós queremos é ganhar dinheiro emprestando, e não recolher informações que nos dissuadam de emprestar. Fazemos apenas nosso trabalho, o crédito é uma coisa que existe, e o que senhor faz, por sua vez, com sua perpétua minudência acerca da forma dos contratos, é simplesmente incriminar a publicidade. Publicidade é sempre assim. Escrevemos em maiúsculas: compre seu carro por 30 euros por mês, e depois vem um asterisco, e no rodapé, em caracteres minúsculos, que é recomendável observar atentamente, é verdade, há cláusulas que fazem com que ele custe um pouco mais de 30 euros por mês, ou então que isso seja válido para um determinado período e não outro. Todo mundo sabe disso, as pessoas não são idiotas. Mas o senhor, se compreendo bem, o senhor gostaria de um mundo sem publicidade, sem crédito, talvez também um mundo sem televisão, porque todo mundo sabe que a televisão emburrece as pessoas…

Naturalmente, concluiu Étienne sorrindo, a propósito eu passo minhas férias na Coreia do Norte. Não, não me convém muito um mundo onde se tem o direito de violar a lei. Mas eu, o juiz, também quero ter o direito de fazê-la ser respeitada. Liberalismo é isso. Ou não é?

Tem uma coisa que faz Étienne rir quando ele narra o momento em que conheceu Juliette. São as palavras que lhe passaram pela cabeça a primeira vez que a viu. Bateram à porta de seu gabinete e ele disse: sim, entre, e quando ergueu os olhos ela avançava até ele de muletas. Então ele pensou: que gracinha! Uma manca.

Não é esse pensamento que o faz rir ainda hoje, mas que ele tenha brotado tão espontaneamente, mal formulado e já vestido com essas quatro palavras cuja exatidão ele garante — o "gracinha" inclusive. No minuto seguinte, percebeu que acima das muletas havia uma expressão acolhedora, um sorriso agradável, algo de franco, alegre e grave que fazia naturalmente parte da impressão geral, mas o que veio primeiro, antes da impressão geral, foram as muletas. Sua maneira de avançar até ele com as muletas: considerou aquilo imediatamente como um presente. E alegrou-se imediatamente por poder retribuir-lhe o presente. Era muito simples: bastava se levantar e contornar a mesa para lhe mostrar que, apesar de não usar muletas, ele mancava também.

Quando, no início do outono, resolvi vir a Vienne para frequentar o Palácio da Justiça e ver em que consiste o trabalho num juizado, compreendi que chegara o momento de ligar para Patrice. Como ainda não lhe falara do meu projeto, do qual apenas Étienne e Hélène estavam informados, eu estava apreensivo com esse telefonema. Ele pareceu um pouco admirado, mas de forma alguma desconfiado. Respondeu: é só aparecer aqui em casa.

Ele me aguardava na plataforma da estação, Diane no colo, e me perguntou se eu não me incomodava de dar uma passada no Intermarché para umas compras. As garotas não vão à cantina, preciso preparar três refeições por dia, três refeições para três garotinhas das quais a última tem apenas um ano e meio, e ele não fica nervoso, apenas, sim, uma vez ou outra levanta a voz quando elas fazem bagunça demais. Pus-me imediatamente a ajudá-lo, a tirar as compras do porta-malas, a pôr e tirar a mesa, a esvaziar e encher a máquina de lavar louça, a passar a esponja sobre a mesa de fórmica amarela, a recolher do chão o arroz e os iogurtes jogados por Diane do alto de sua cadeira, de maneira que no fim de uma hora eu fazia parte da família. Patrice recebia minha presença com placidez, isso não parecia lhe suscitar perguntas, e tampouco às meninas. Depois do almoço, ele colocou Diane para dormir a sesta, Amélie e Clara atravessaram a praça para ir à escola e nós fomos tomar o café no jardim, sob a catalpa. Conversávamos trivialidades, sobre a organização da rotina desde que Juliette não estava mais lá. Patrice não parecia nem curioso nem impaciente para ir logo ao ponto, nem dava a impressão de alguém que deixa a coisa fluir para o outro revelar primeiro o que deseja. Eu viera passar alguns dias com eles, conversávamos tomando café, era simples assim. No trem que me levava a Vienne, eu me perguntara ansiosamente como iria falar com ele, que argumentos poderiam dispô-lo a meu favor, mas agora não me pergunto mais nada disso. Terminado o café, puxei meu caderno, como na cozinha de Étienne, e disse: agora, eu gostaria que você me falasse de Juliette. E, para começar, de você.

Seu pai, um sujeito alto e seco, austero, de cavanhaque, é professor de matemática. Sua mãe, professora primária, deixou de trabalhar para criar os filhos. O amor pela montanha levou-os a se estabelecerem primeiro em Albertville, depois num vilarejo perto de Bourg-Saint-Maurice, onde compraram uma casa. Militante ambientalista de primeira hora, o pai é um inimigo feroz das estações de esqui gigantes, da publicidade, da televisão que sempre se recusou a ter, da sociedade de consumo em geral. Os filhos, embora o admirassem, tinham certo medo dele. A mãe, por sua vez, paparicava-os. Fazia questão de que fossem meninos extrovertidos e confiantes, e Patrice avalia sem amargura que ela os protegeu um pouco além da conta, pelo menos a ele. Por exemplo, fez com que repetisse o quinto ano, não o julgando preparado para entrar no sexto porque ele tinha medo de ser amolado no pátio do recreio. Quando ele e seus irmãos eram crianças, corria tudo bem: tinham um bando de colegas que brincavam com eles de caubói pelas ruas do lugar. As coisas mudaram na adolescência. Os colegas abandonaram os estudos depois do colégio, estava fora de questão os três irmãos abandonarem os seus. Os colegas tinham mobiletes, fumavam, azaravam as garotas: os três irmãos não tinham mobiletes, não fumavam, não azaravam as garotas: haviam assimilado suficientemente bem os valores familiares para acharem aquilo idiotice e, em vez de irem ao baile no sábado à noite, ficavam no quarto, com as luzes apagadas, escutando discos de Graeme Allwright e Pink Floyd. Não se sentiam superiores, mas diferentes. Os colegas, que eles reencontram hoje, são mecânicos, pedreiros, alugam esquis ou removem neve em Bourg-Saint-Maurice; os dois irmãos de Patrice tornaram-se professores primários como a mãe e não deixaram a Savoia, ele é desenhista em Isère: ninguém caiu muito longe da árvore, ninguém foi espetacularmente bem-sucedido nem fracassou espetacularmente, entretanto as diferenças subsistem. Quando, após sua sesta, levamos Diane à casa da babá que fica com ela durante algumas horas da tarde, Patrice me falou da babá e do marido dizendo que ali não era em absoluto o mesmo ambiente da casa deles: com isso queria dizer que eles vivem com a tevê ligada, torcem para times de futebol e, politicamente, inclinam-se para a direita, até mesmo a extrema direita. Dito isso, acrescentou que eram pessoas formidáveis, e ao ouvi-lo eu tive certeza de que ele achava isso mesmo, de que ao constatar suas diferenças de valores não havia nenhum desdém, nenhum desses esnobismos que podem ser virulentos na mesma medida em que, vista do exterior, a distância parece ínfima. Nem por isso Patrice deixa de conversar com seus vizinhos, sem grande sucesso, a respeito da Attac e da taxa Tobin,* sem duvidar da pertinência de suas convicções, tampouco desprezar aqueles que não as partilham e deploram que haja estrangeiros demais na França.

Ele não ia muito bem na escola e ele mesmo fala que era preguiçoso. Gostava de ficar no seu canto sonhando, criando existências imaginárias em mundos povoados por cavaleiros, gigantes e princesas. Dava forma a esses devaneios compondo "Livros em que o herói é você". Quando não passou no vestibular, recusou-se a repeti-lo: nada do que ensinavam no liceu o atraía. O problema é que nada mais o atraía, nenhuma profissão, exceto, em todo caso, a de desenhista de quadrinhos. Encontrou uma resposta para a embaraçosa pergunta: o que você vai ser quando crescer? Era mais um refúgio que uma verdadeira vocação, ele reconhece: uma maneira de manter à distância o mundo real, no qual era preciso ser forte e lutar para se impor. Os pais aceitaram mandá-lo para Paris, onde dividiria um quarto de empregada com um primo e trabalharia nas pranchas que lhe abririam

---

* Attac: Associação pela Tributação das Transações Financeiras para Ajuda aos Cidadãos; taxa Tobin: imposto sobre as transações monetárias internacionais a fim de evitar a especulação, sugerido pelo prêmio Nobel James Tobin em 1972. (N. T.)

as portas dos editores. Retrospectivamente, ele se arrepende de não ter frequentado uma escola de desenho, onde teria adquirido fundamentos técnicos. Era completamente autodidata, desenhando com caneta esferográfica em folhas de papel quadriculado e ignorando praticamente tudo o que se fazia na área que escolhera. Conhecia Johan e Pirlouit, Spirou, Tintim, Blueberry, e parava por aí. Às vezes, na Gibert Jeune, folheava *L'Écho des Savanes*, *Fluide Glacial*, álbuns de quadrinhos para adultos, mas esquivava-se deles como se olhar aquelas imagens agressivas, sofisticadas, ácidas, fosse trair o universo infantil ao qual continuava apegado. Passeava pelas ruas de Paris com seu primo, que estudava viola erudita e era tão romântico quanto ele. Às vezes iam ao parque de Sceaux e subiam numa árvore. Passavam o dia inteiro lá, encarapitados em seus galhos, sonhando com a princesa que conheceriam um dia. No fim do ano, apesar de tudo, Patrice desenhou a palavra "fim" no rodapé da última prancha de sua história em quadrinhos e em seguida tentou emplacá-la. O sujeito que o recebeu na Casterman disse-lhe educadamente que não era ruim, mas muito ingênua, muito sentimental. Patrice foi embora, sobraçando sua pasta de desenhos, decepcionado, mas não efetivamente surpreso. Não bateu em outras portas. O mundo dos quadrinhos era mais duro que o de *seus* quadrinhos.

Chegada a idade do serviço militar, não pensou nem na *coopération*, como os jovens burgueses pragmáticos, nem em se reformar, como os jovens burgueses revoltados: era contra a guerra e o exército, achava então normal alegar objeção de consciência. Viu-se assim organizando eventos vagamente medievais num castelo perto de Clermont-Ferrand, o que poderia tê-lo agradado se seus companheiros não tivessem se revelado tão grosseiros e licenciosos quanto soldados comuns, depois num centro de documentação pedagógica, onde usava seu talento para desenhar tirinhas para o ensino de línguas. Liberado do Exército no fim de dois anos, foi inscrever-se na Agência Nacional de Emprego, que lhe arranjou um trabalho de motorista entregador. Alugou um pequeno conjugado em Cachan. Objetivamente, seu futuro era algo com que se preocupar, mas ele não estava nem aí. A preocupação não era seu forte, nem os planos de carreira, nem o medo do amanhã.

Matriculou-se num curso de teatro amador, na Casa dos Jovens e da Cultura do 5º *arrondissement*. Lá praticavam sobretudo improvisação e exercícios de expressão corporal, o que lhe apetecia muito mais do que montar peças propriamente ditas. Deitavam-se no chão, sobre tapetes de musgo, colocavam música mais ou menos etérea, a única regra era entregar-se. No início, ficavam todos encolhidos, enrodilhados, e depois começavam a se mexer, levantavam-se lentamente, abriam-se como uma flor que se volta para o sol, estendiam as mãos uns para os outros, entravam em contato. Era mágico. Outro exercício, a dois, consistia em ficar de frente um para o outro e olhar nos olhos, tentando transmitir uma emoção: desconfiança, confiança, medo, desejo... A experiência do teatro revelou a Patrice quão canhestro ele se sentia nas relações com os outros. As fotografias que ele me mostrou revelam-no um rapaz bonito já naquela época, mas ele mesmo descreve o jovem que era como um varapau cheio de espinhas, barba incipiente, óculos redondos, um cabelo volumoso meio afro e cachecóis tricotados pela mãe. O teatro abriu-o. Era um caminho em direção ao outro e sobretudo às garotas. Ele tinha crescido entre irmãos homens e não apenas nunca fora para a cama com uma garota, como, literalmente, não conhecia nenhuma. Graças ao curso de teatro, ele as conheceu, convidou algumas para irem ao bar ou ao cinema, mas seu romantismo chegava às raias da pudicícia e ele mostrava-se arredio com aquelas que lhe pareciam atiradas demais. Foi então que Juliette chegou.

Quando Hélène me dizia que Juliette era a mais bonita das três irmãs e que a invejava, eu balançava a cabeça. Eu a vira doente, eu a vira moribunda, eu vira fotos de infância nas quais, aliás, Hélène e ela se parecem imensamente. Nas que Patrice me mostrou, ela está de fato excepcionalmente bonita com uma grande boca sensual e cheia de dentes, como Julia Roberts ou Béatrice Dalle, e um sorriso que é não apenas radioso, como dizem todos que a conheceram, mas voraz, quase carnívoro. Afável, engraçada, à vontade em grupo, tinha um brilho que deveria ter desencorajado um rapaz como Patrice. Felizmente, havia suas muletas. Elas a tornavam acessível.

Não se encontraram a sós imediatamente, as primeiras vezes em que saíram foram em grupo. Seu professor os levava ao teatro, no teatro havia escadas para subir e Juliette não conseguia subi-las. Patrice é tímido, mas forte. Desde a primeira vez pegou Juliette nos braços e depois ninguém concorreu com ele nesse privilégio. Subiram, um carregando o outro, todas as escadas que se apresentavam à sua frente. Começaram a visitar monumentos, de preferência com vários andares, e, quando viram estavam sentados um ao lado do outro na penumbra dos teatros, a se dar as mãos. Ambos tinham grande sensibilidade nas mãos, lembra-se Patrice. Seus dedos roçavam-se, acariciavam-se, emaranhavam-se durante horas, nunca era igual, sempre novo, sempre perturbador. Ele mal ousava acreditar que aquele milagre estava acontecendo bem com ele. Depois se beijaram. Depois fizeram amor. Ele a despiu, ela ficou nua em seus braços, ele manipulou delicadamente suas pernas quase inertes. Era a primeira vez para ambos.

Patrice encontrara a princesa de seus sonhos. Bonita, inteligente, bonita demais e inteligente demais para ele, pensava, e não obstante com ela tudo era simples. Não havia joguinhos, não havia traição, não havia golpes furtivos a temer. Ele podia ser ele mesmo sob seu olhar, abandonar-se sem temer que ela abusasse de sua ingenuidade. Aquilo que lhes acontecia era sério tanto para ela quanto para ele. Amavam-se, seriam portanto marido e mulher.

Ainda assim, no início suas diferenças de temperamento os deixaram inquietos, sobretudo ela. Não apenas Patrice não tinha uma profissão de verdade, como não se preocupava em ter uma. Ganhar o mínimo para sobreviver dirigindo caminhonetes ou organizando uma oficina de desenho animado num dos centros de lazer de Paris lhe bastava. Juliette, ao contrário, era determinada, obstinada. Atribuía uma importância enorme aos seus estudos. Incomodava-a o fato de Patrice ser tão sonhador, tão pouco persistente, e o fato de ela cursar direito irritava Patrice. Ainda por cima em Assas, faculdade conhecida por ser um covil de fascistas. Sem ser profundamente politizado, Patrice dizia-se anarquista e via a lei apenas como um instrumento de repressão a serviço dos ricos e poderosos. Se pelo menos Juliette quisesse ser advogada, defender a viúva e o órfão, ele poderia entender, mas juíza! De fato, num certo momento Juliette pensara em inscrever-se na Ordem. Fizera um mestrado em direito empresarial, mas o curso a deixara enojada. Ensinava-se aos estudantes como trapacear para permitir a seus futuros clientes auferirem lucros a seu bel-prazer e assim extorquir polpudos honorários. Esse liberalismo manifestamente identificado à lei do mais forte, o cinismo risonho de seus professores e os discípulos deles, tudo isso dava razão às diatribes idealistas de Patrice. Ela amava o direito, explicava pacientemente a ele, porque entre o fraco e o poderoso é a lei que protege e a liberdade que escraviza, e era para fazer respeitar a lei e não para distorcê-la que queria ser magistrada. Patrice compreendia o princípio, mas ainda assim ter uma mulher juíza era difícil de engolir para ele.

A diferença de origem também era difícil de engolir. Juliette morava na casa dos pais e, sempre que ele ia encontrá-la no grande apartamento deles perto de Denfert-Rochereau, ficava terrivelmente constrangido. Ambos cientistas de alto nível, Jacques e Marie-Aude são católicos, elitistas, mais de direita, e em sua casa Patrice sentia-se olhado de cima, ele e sua família, que é provinciana, um professor de ginásio ou professora primária, e na qual as pessoas se deslocam em velhos calhambeques enxameados de adesivos hostis às centrais nucleares. O dogma, em sua família, é a discussão: pode-se discutir tudo, deve-se discutir tudo, da discussão nasce a luz. Ora, aos olhos dos pais de Juliette, como por sinal dos meus, discutir com um ambientalista saboiano que acha que fornos de microondas são perigosos para a saúde era a mesma coisa que discutir com alguém que viesse dizer que a Terra é plana e o Sol gira ao redor dela. Nesse caso, não se trata de duas opiniões igualmente dignas de serem tomadas em consideração, mas pessoas que sabem, de um lado, e pessoas que não sabem, de outro, e não vamos fingir lutar com armas iguais. Não havia como não reconhecer que Patrice era simpático, que amava sinceramente Juliette, mas ele simbolizava tudo a que eles tinham horror: os cabelos compridos, a tolice da geração de 1968, acima de tudo o fracasso. Viam-no como um fracassado e não podiam aceitar que sua talentosa filha se apaixonasse por um fracassado. Ele, por sua vez, era hostil a questões abstratas e genéricas: o grande capital, a religião considerada o ópio do povo, a ciência ensandecida, mas não era de seu temperamento estender essas aversões de princípio a pessoas específicas. O desprezo que percebia por parte de seus futuros sogros o desconcertava, não era capaz de reagir à altura, no máximo pensava que teria sido melhor não ter esbarrado com eles. Mas esbarrara, amava Juliette, tinha que aturar aquilo.

Penso que ela sofreu com esse desprezo mais do que ele, pois era efetivamente filha de seus pais e não pôde deixar de vê-lo com os olhos de seus pais. Ela não era do tipo que se deixa iludir. Foi com toda a lucidez que o escolheu. Mas antes de escolhê-lo hesitou. Foi obrigada a imaginar muito precisamente, sob uma luz crua e até mesmo cruel, o que seria passar a vida com Patrice. Os limites nos quais essa escolha a encerrava. E, por outro lado, o apoio que ele lhe daria. A certeza de ser amada plenamente, de sempre ser carregada.

O próprio Patrice chegou a se questionar. O direito, os sogros, o imperativo de ser bem-sucedido, nada disso era para ele. Com ela, estava muito distante da árvore. E depois, seria razoável construir sua vida com uma pessoa com deficiência sem jamais ter conhecido outra garota? Ele conta que um dia eles discutiram o assunto e concluíram sensatamente que não eram feitos para viver juntos. Um disse ao outro por quê. Patrice era o mais loquaz, era sempre assim entre eles. Dizia o que lhe passava pela cabeça e pelo coração, entregava-se sem contenção, ao passo que ela, nunca dava para saber muito bem o que ela pensava. No desfecho dessa conversa, resolveram se separar e começaram a chorar. Ficaram duas horas chorando nos braços um do outro, na cama de solteiro do quartinho de Cachan, e chorando cada um compreendeu que não existia nenhuma dor da qual o outro não pudesse consolá-lo, que a única dor inconsolável era exatamente aquela que estavam se infligindo naquele momento. Então disseram que não, não iam se separar, que iam viver juntos, que nunca mais se deixariam, e foi exatamente o que fizeram.

Juliette fez seus pais compreenderem que ela aceitava que eles desaprovassem sua escolha, mas exigia que a respeitassem, e eles se instalaram num conjugado apertado no oitavo andar de um conjunto habitacional, no 13º *arrondissement*. O elevador estava quase sempre enguiçado, Patrice subia Juliette em seus braços. Alguns andares abaixo, havia um albergue que acolhia ex-presidiários, junto aos quais ela atuava voluntariamente como conselheira jurídica. Viviam com muito pouco dinheiro: a pensão de invalidez de Juliette, para quem era questão de honra não pedir um tostão à família, os biscates de quadrinhos que Patrice fazia para uma revista destinada a colecionadores de cartões telefônicos. Mais tarde, moraram em Bordeaux, onde, quase dez anos depois de Étienne, Juliette estudava na ENM. Ela era brilhante e, como em todos os lugares por onde passava, muito querida. Um desenho de Patrice, representando a figura de Marianne sob seus traços, foi escolhido como emblema de sua formatura. Amélie nasceu. Quando saiu da escola, Juliette escolheu o juizado civil e Vienne, porque se certificara de que havia um elevador no tribunal.

Quanto mais Patrice falava comigo, naquela tarde sob a catalpa, mais perplexo eu ficava com a confiança que manifestava ter em mim. Não que eu julgasse que essa confiança se dirigisse a mim em particular: ele a teria manifestado por qualquer um, pois jamais tivera o cacoete de desconfiar. Um cunhado escritor distante, além do mais autor de livros tidos como sombrios e cruéis, aterrissava subitamente na casa dele para escrever sobre sua mulher morta e pedia-lhe a gentileza de contar sua vida, então ele contava sua vida. Não procurava atribuir--se o papel do bonzinho, nem o do vilão, aliás. Não representava nenhum papel, não ligava a mínima para minha opinião. Não sentia orgulho, não sentia vergonha. Consentir em abrir a guarda lhe dava uma grande força. Com admiração, Étienne diz a mesma coisa sobre ele: ele sabe onde está.

Amélie e Clara voltaram da escola e saímos de bicicleta, nós quatro, para pegar Diane na babá. Patrice tinha uma cadeirinha no bagageiro para Clara, mas Amélie já sabia pedalar sozinha, sem as rodinhas nas laterais. Atravessamos a estrada e a esplanada em frente à escola, passamos diante da igreja, depois enveredamos pelo caminhozinho que levava ao cemitério. É como se estivéssemos no campo, com vales e vacas. Vamos dar um alozinho para a mamãe?, sugere Patrice. Recostamos as bicicletas no muro do cemitério, ele pegou Clara no colo. O túmulo de Juliette está coberto de terra fofa, demarcado por grandes pedras redondas pintadas em cores vivas pelas crianças do lugar. Cada uma escreveu o nome na sua. Lembrei-me do dia do enterro. Patrice lera na igreja um texto simples e comovente, dizendo que havia perdido seu amor, Étienne lera em seguida um texto veemente, dizendo que a morte não era doce, e enfim Hélène lera o texto que eu a vira escrevendo, dizendo que a vidinha tranquila de Juliette não tinha sido nem vidinha, nem tranquila, mas plenamente vivida e escolhida. Houve também uma espécie de sermão proferido pelo padrinho de Juliette, que era diácono e perdera a filha para um câncer. Depois Étienne me disse não ter gostado dos sorrisos indulgentes, católicos, com os quais ele comentava a notícia de que Juliette agora estava junto ao Pai e que devíamos nos regozijar com isso; ao mesmo tempo reconhecia que fazia bem para algumas pessoas ouvir aquilo, então por que não? Em seguida, o cortejo percorrera o caminho que eu acabava de percorrer com Patrice e suas filhas. Não era nem um pouco solene, mas estava ótimo assim. Em vez de a colocarem num carro fúnebre, carregaram o caixão nos ombros. Havia muitas crianças, muitos casais jovens: era o enterro de uma mulher bem jovem. As coisas deram uma degringolada diante do túmulo, quando Patrice, também revoltado com o discurso do diácono e com o que considerava hipocrisias carolas, dissera que agora cada um podia se despedir de Juliette da maneira que lhe aprouvesse. Na igreja, ele já tinha retirado a cruz colocada sobre o caixão. Como sua família, ele acredita na sinceridade e na espontaneidade em todas as circunstâncias, é assim que ele próprio vive e gosta de viver, porém, na ausência do decoro inerente ao ritual religioso, virou tudo pó. Em vez de formarem uma fila e cada um jogar um pouco de terra sobre o caixão na sua vez, as pessoas se dispersaram de qualquer jeito, entregues à sua iniciativa desamparada, e ninguém ousou realmente fazer o que queria, nem provavelmente sabia como. Formou-se uma aglomeração na beira do túmulo, as crianças tentavam instalar as pedras que as tinham feito pintar na escola. Um fiel, para colocar um pouco de ordem, entoou uma Ave-Maria que apenas alguns repetiram. A maioria das pessoas tinha saído do cemitério e se reunido na estrada em pequenos grupos silenciosos e compungidos, alguns já fumavam, ninguém sabia mais se a cerimônia terminara ou não, e foi o coveiro quem decidiu isso, aproximando-se com sua pá e a despejando no túmulo para pôr um ponto-final. Quando cabia a ele a responsabilidade de organizar um rito social, Patrice se encrencava, na minha opinião, mas, sozinho com as filhas e comigo, era totalmente espontâneo, suas palavras eram simples e adequadas, e pensei que para elas aquelas visitas frequentes ao cemitério deviam ser reconfortantes. Clara, no colo do pai, estava calada, mas Amélie percorria os túmulos vizinhos como especialista. Achava-os menos bonitos que o de sua mãe. Não gosto do mármore, ela dizia, acho triste, e pelo tom um tanto sentencioso presumíamos ao mesmo tempo que ela repetia uma frase ouvida da boca de um adulto e que a repetia a cada visita porque a repetição lhe fazia bem. Eu a observava e me perguntava se continuaria em contato com ela quando fosse adulta. Se eu escrevesse este livro, provavelmente sim. Será que ainda estaria com Hélène? Será que participaríamos, juntos, de sua educação, como Hélène tanto desejava? Será que viajaríamos de férias com elas todos os anos, e não apenas no primeiro verão após a morte da mãe delas? Daqui a dez anos, Amélie seria uma adolescente em cuja vida eu talvez teria um papel, o de uma espécie de tio que teria escrito um livro sobre seus pais, um livro em que ela apareceria pequena. Eu a imaginava lendo esse livro, e pensei que era sob o olhar dela e o de suas duas irmãs que o escrevia.

Depois do jantar, li uma história para Clara dormir. Tratava-se de um sapinho que tem medo de ficar sozinho no escuro, que ouve barulhos estranhos e vai se refugiar na cama do papai e da mamãe. Eu não tenho mais mamãe, disse Clara. Mamãe morreu. Eu disse: é verdade, e não soube o que acrescentar. Eu pensava nos meus próprios filhos, nas histórias que lia para eles quando eram pequenos. Eu achava que Hélène e eu não tínhamos conseguido ter um filho juntos, que ela perdera logo após a morte de sua irmã, e que provavelmente não teríamos mais. E me lembrava de Clara durante a semana de férias que ela passara com Amélie na nossa casa. Ela repetia: quando voltarmos para casa, talvez mamãe esteja lá. Ela não conseguia parar de imaginar que num dado momento uma porta se abriria e sua mamãe estaria lá, na soleira. Pensei que aquilo, aquelas visitas frequentes ao túmulo, eram uma coisa boa: pelo menos havia um lugar onde ela estava, não era em toda parte e em lugar nenhum. Pouco a pouco, ela deixaria de estar atrás de todas as portas.

Com as meninas na cama, Patrice e eu descemos ao seu ateliê no subsolo, onde ele havia preparado uma cama para mim. Ele me falou de uma história em quadrinhos que tinha em mente, uma de suas habituais histórias de cavaleiros e princesas que se chamaria *O destemido*. Ah, é? O destemido? Eu sorri e ele, em resposta, deu uma risadinha de desculpa e orgulho ao mesmo tempo, que queria dizer alguma coisa como: pois é, a gente não toma jeito. Enquanto não punha mãos à obra no Destemido, tinha uma encomenda, esquetes de uma página que se passavam num canil e cujos personagens eram meia dúzia de cães com personalidades bem estereotipadas: rottweiler antipático, totozinho esnobe, dálmata presunçoso, vira-lata simpático que devia ser o bom-moço nessas histórias. Quando fiz essa observação, Patrice deu a mesma risadinha, risada que significava: bem sacado, você me desmascarou. Destemido e vira-lata, estou falando de mim. Examinei as pranchas, uma a uma. Eram quadrinhos para crianças, um pouco fora de moda, mas num traço delicado e seguro, e de uma inacreditável modéstia. Digo inacreditável, deveria dizer incompreensível, é algo que não consigo compreender. Sou ambicioso, inquieto, preciso acreditar que o que escrevo é excepcional, que será admirado, exalto-me acreditando nisso e desmorono quando paro de acreditar. Patrice, não. Sente prazer em desenhar o que desenha, mas não acredita que é excepcional e não precisa acreditar nisso para viver em paz. Tampouco procura mudar de estilo. Para ele, seria tão impossível quanto mudar os sonhos: ele não tem controle sobre isso. Nisso, era um artista, pensei.

Enquanto olhávamos seus desenhos, o telefone tocou. Ah! Antoine!, disse Patrice, ao atender. Então, deu tudo certo? Tinha dado tudo certo. Laure, a mulher de Antoine, acabava de dar à luz seu primeiro filho. Arthur? Bonito, Arthur. De pé ao lado de Patrice, que parabenizava seu cunhado, tive medo de que ele dissesse que eu estava ali. Imaginava o espanto de Antoine, ainda que ele tivesse outras coisas em que pensar, ao saber que eu viera sem Hélène passar alguns dias em Rosier, e mais ainda no espanto de seus pais. Eu não pedira a Patrice para guardar segredo da minha visita, entretanto ele, que tenho certeza de que nunca mente, mentiu por omissão ao não mencionar minha presença.

Marie-Aude e Jacques foram os últimos a quem falei deste livro. Ao contrário do de Patrice, o luto deles me intimida. Interrogando-os, eu receava despertar sua dor, o que é absurdo, pois ela nunca dorme e o tempo não irá serená-la. Eles enfrentam a dor cuidando das netas, sempre que podem, com uma atenção e delicadeza extremas, sem falar nada. Patrice, Étienne, Hélène e eu, cada um à sua maneira, acreditamos nas virtudes terapêuticas da palavra. Jacques e Marie-Aude, como meus pais, desconfiam dela: *never explain, never complain* poderia ser sua divisa. Portanto, esperei até quase ter terminado este trabalho para, ao mesmo tempo, informá-los acerca dele e pedir-lhes para colaborar com ele me contando aquilo para o qual são os mais bem abalizados para contar: a primeira doença de Juliette. Nem entre si eles falam disso, tampouco da segunda doença e da morte dela, mas, com a esperança de que um dia, mais tarde, este livro faça bem às meninas, eles aceitaram. Começaram nas poltronas de sua sala, a uma boa distância um do outro, depois ele veio sentar-se ao lado dela no sofá, pegou-lhe a mão e não a largou mais. Sempre que um falava, o outro fitava-o com ternura e preocupação, temendo que ele desmoronasse. As lágrimas brotavam, eles se recobravam, se desculpavam: é a maneira deles de resistir e se amar.

Juliette tinha dezesseis anos, estava entrando no ensino médio quando mostrou à mãe uma grande bola no pescoço, que lhe doía. Levaram-na imediatamente ao hospital Cochin, depois a um centro de radioterapia, onde foi diagnosticado um linfoma de Hodgkin, aquele câncer do sistema linfático que Jean-Claude Romand forjara para si próprio. Jacques e Marie-Aude não acreditam no inconsciente, mas na atividade aleatória das células, seria ao mesmo tempo vão e cruel levantar diante deles uma hipótese psicossomática; até porque, no caso de sua filha, não há muita coisa para embasá-la, a despeito de Patrice evocar uma sensação de abandono em sua infância, que ela chegou a mencionar no fim da vida. Colocava-se uma questão mais urgente: a do tratamento. Eles eram interlocutores difíceis para a equipe médica pois eram muito bem informados, muito exigentes, e o médico que cuidava de Juliette terminou por jogar nos ombros deles a escolha entre rádio e quimioterapia. Hoje eles acham que foi monstruoso transferir para eles essa decisão e, com ela, a dúvida estéril e torturante: se tivéssemos escolhido a outra alternativa, teríamos evitado o que aconteceu na sequência? Juliette passou por uma radioterapia, tratamento menos pesado e que não provoca a queda de cabelo. No fim de alguns meses, foi considerada curada. Voltou à dança, às aulas, participou de um desfile de moda. Não se falava mais de sua doença, aliás, mal se havia falado dela: Antoine, que tinha catorze anos na época, nunca ouvira a palavra "câncer".

No verão seguinte, na Bretanha, ela começou a tropeçar e a perder o equilíbrio. Ela, normalmente tão bem-disposta, parecia de mau humor, acabrunhada. Na realidade, tentava esconder, e acima de tudo esconder de si mesma, que suas pernas iam de mal a pior. A história é parecida com a de Étienne, alguns anos antes, só que no caso dela não era uma recidiva do câncer. Os primeiros exames não eram conclusivos, fizeram-lhe não menos que três punções lombares, das quais ela devia guardar uma lembrança atroz. Seus pais temiam uma esclerose degenerativa. Finalmente, um neurologista do hospital Cochin disse-lhes a verdade. Ela tinha uma lesão causada pela radioterapia. Ao contarem as vértebras para desnudar a parte de suas costas a ser exposta aos raios, deviam ter se enganado e superposto dois campos de radiação. A medula espinhal danificara-se na região duas vezes excessivamente irradiada, com isso o impulso nervoso passava com dificuldade para as pernas, cujo controle ela estava em vias de perder. Mas o que podemos fazer?, perguntaram Jacques e Marie-Aude, arrasados. Tentar limitar os danos, respondeu o neurologista com uma cara pouco encorajadora. Esperar que isso se estabilize. O que está perdido está perdido, o que temos que ver agora é até onde isso pode ir.

Foi nesse momento que começou o verdadeiro pesadelo. Nem Jacques nem Marie-Aude tinham coragem de repetir para Juliette o que dissera o neurologista. Continuavam evasivos, esperando estarem a sós para explodir em lágrimas. Jacques pensava sem parar em uma pequena cena que se desenrolara seis meses antes: ele acompanhara Juliette no tratamento e, esperando atrás da porta, escutou os técnicos em radioterapia conversarem entre si sobre o alinhamento, isto é, os pontos de referência desenhados nas costas de sua filha; pareciam não estar de acordo, houve uma altercação que o preocupara um pouco e, retrospectivamente, ele dizia consigo que o erro fora cometido naquele momento. Pois tratava-se de fato de um erro, e esse erro não fora ter escolhido a radioterapia em vez da químio: a radioterapia havia curado completamente Juliette de seu linfoma, só que tinha sido malfeita e ela estava pagando com suas pernas por essa negligência. Eles fizeram um cerco ao centro de radioterapia, quiseram pôr o chefe do setor frente a frente com suas responsabilidades. Lembram-se que era um homem frio e arrogante, ao mesmo tempo indiferente à sua aflição e desdenhando suas capacidades científicas. Descartou com um abanar de mãos o diagnóstico do neurologista de Cochin, negou qualquer erro e atribuiu o que não havia como não chamar agora de deficiência de Juliette a uma "hipersensibilidade" ao tratamento, pela qual não se podia acusar ninguém, exceto a natureza. Só faltou dizer que a culpa era dela. Jacques e Marie-Aude odiaram esse homem pedante como nunca em sua vida haviam odiado alguém, tendo consciência, de um jeito confuso, de que através dele era sua própria impotência que odiavam. Quando, para terminar, pediram para consultar a ficha de sua filha, ele suspirou e prometeu que ia enviá-la para eles, mas não o fez: em seguida foram comunicados de que ela tinha desaparecido.

E, durante esse tempo, o que Juliette pensava disso? Hélène lembra-se de que ela sofria do que na família chamavam de suas "enxaquecas": permanecia dias inteiros no escuro, não se podia nem falar com ela nem tocá-la, qualquer demanda sensorial era uma tortura para ela. Ela se lembra também do que lhe contou sua mãe, meio por cima e a meia-voz: que Juliette corria o risco de terminar numa cadeira de rodas, mas ela não deveria saber disso, pois se soubesse pararia de lutar. Hoje, a própria Marie-Aude deixa escapar que não tinha coragem de sair para trabalhar de manhã porque temia que Juliette, apesar de toda a coragem que lhe creditavam, "fizesse uma besteira". A atmosfera na casa era infinitamente mais opressiva que um ano antes. O Hodgkin é uma doença grave, mas curável em 90% dos casos, e, ainda que o perigo tivesse sido real, foi rápida e pertinentemente considerado circunscrito, depois afastado: era um incidente de percurso, ao passo que agora soçobravam na catástrofe.

"Irreversível" era a palavra tabu. Jacques e Marie-Aude descrevem aquele ano como uma luta permanente, primeiro para não pronunciá-la, depois para encontrar coragem para fazê-lo. Primeiro recusaram-se a admitir o que se recusavam a dizer à filha. Depois não restou alternativa. Com a aproximação da maioridade de Juliette, expuseram-lhe a necessidade de reunir documentos que lhe dessem direito a auxílios do Estado, a uma carteira de deficiente, a tirar carteira de motorista num carro especialmente preparado e outras prerrogativas que de agora em diante fariam parte de sua vida. Esse dossiê continha uma declaração mencionando uma lesão estabilizada, mas definitiva, da medula espinhal. Eles adiaram o quanto puderam o momento de reunir esses documentos, assiná-los, fazer Juliette, que não teceu nenhum comentário, assinar alguns deles. Ela recebeu sua carteira de inválida poucos dias antes de seu décimo oitavo aniversário.

Aos dezoito anos, essa garota fascinante e esportiva viu-se obrigada a admitir que não andaria mais como todo mundo. Uma de suas pernas ficaria quase inerte e a outra, completamente, ela as arrastaria apoiando-se em muletas, não poderia abri-las quando fizesse amor pela primeira vez. Precisaria de ajuda, como a ajudavam a sair da banheira ou a subir uma escada. Num dos textos lidos em seu enterro, alguém associou sua vocação para a justiça à injustiça que ela sofrera. Entretanto, quando seus pais cogitaram ajuizar uma queixa contra o centro de radioterapia, Juliette, que já era estudante de direito, opôs-se. Não era *mais* injusto ser deficiente por causa do tratamento do que por causa da doença. Inclusive, não era nem injusto de fato: era uma pena, sim, falta de sorte, mas a justiça nada tinha a ver com isso. Para lidar com sua deficiência, ela preferia abrir mão de saber sua causa e seus eventuais responsáveis.

Sabendo que era definitivo, tinha horror de que lhe dissessem, gentilmente: nunca se sabe, pode ser que regrida. Com as melhores intenções do mundo, a mãe de Patrice queria acreditar que um dia aconteceria um clique, que um dia ela voltaria a andar. Adepta de medicinas alternativas, insistiu muito para que Juliette fosse se consultar com uma curandeira que passou suas mãos por ela e depois mostrou a Patrice como massagear suas costas: de cima para baixo, por muito tempo, e, quando chegasse ao sacro, tinha de dissipar as energias ruins agitando vigorosamente a mão. Ele executou essa instrução conscienciosamente por várias semanas, à espera de uma melhora. Ela, por sua vez, gostava que ele a massageasse, mas sem motivo, não na expectativa de uma cura. Terminou por lhe dizer isso, e também que não gostava que a levassem pelas trilhas da montanha numa espécie de cadeira com carregadores, nem para as praias de Landes e a exortassem a rolar nas ondas, como se aquilo lhe pudesse fazer bem. Havia muitas coisas que lhe faziam bem, ela não precisava se submeter àquela afetação toda. Por mais engenhosos que fossem, os equipamentos que permitiam a alguém que não se sustém sobre as pernas esquiar ou escalar o Mont Blanc não a interessavam. Aquilo não era para ela. Patrice compreendeu e abandonou a esperança de vê-la caminhar novamente um dia. Ele não a conhecera sem as muletas, amava-a com elas.

A cena se passa no escritório de Étienne às seis horas da tarde, alguns meses após o encontro dos dois. Ambos tiveram um dia pesado. Deveriam ter voltado direto para Lyon, no caso dele, e Rosier, no caso dela, mas Juliette já sabe que, antes de encerrar o expediente, Étienne gosta de permanecer um momento sentado em sua poltrona, de olhos fechados, sem se mexer. Não pensa especialmente no trabalho realizado nem no que o espera, ou se pensa nisso é sem empenhar sua vontade, sem se demorar nisso. Ele segue o que lhe passa pela cabeça, deixa fluir, não julga. Ela, por sua vez, gosta de estar com ele naquele momento, e ele, que até então preferia desfrutá-lo sozinho, espera com prazer suas visitas. Falam ou não falam: não é um problema para eles permanecer em silêncio juntos. Assim que ela entra, naquela tarde, e se senta cruzando as muletas contra o braço da poltrona, ele percebe que há algo errado. Ela diz que não, que está tudo bem. Ele a pressiona. Ela termina por lhe contar um incidente ocorrido durante a tarde. Incidente é exagero: uma pequena tensão, mas que ela sentiu de maneira dolorosa. Ela pediu a um oficial de justiça que pegasse para ela os processos em seu carro, e ele foi até lá suspirando. Só isso. Não disse nada, apenas suspirou, mas suspirando dizia, em todo caso Juliette assim entendeu, que se irritava por ser obrigado àqueles favores porque ela era deficiente. Entretanto, diz ela, presto realmente atenção para não abusar...

Étienne a interrompe: você está errada. Devia abusar mais. Não deve cair nessa armadilha, emperrar sua vida bancando o deficiente que age como se não fosse deficiente. É preciso que se fique claro quanto a isso, considerar que as pessoas lhe devem esses pequenos favores, aliás, é verdade que lhe devem, e na maior parte do tempo sentem-se genuinamente contentes de prestá-los porque sentem-se genuinamente contentes por não estar no seu lugar e porque lhe prestar favores lembra-lhes a que ponto estão contentes por isso: não podemos odiá-los por isso, se começássemos não pararíamos, mas a verdade é esta.

Ela sorriu, divertindo-se como sempre com a veemência dele. Ele poderia ter ficado nisso, mas, nessa tarde, não quer ficar nisso e acrescenta: você está cheia, não é?

Ela dá de ombros.

Eu também, ele emenda, estou cheio.

E, quando me conta essa cena, repete: estou cheio.

Depois ele me explica: é uma frase muito simples, mas extremamente importante, porque é uma frase que nos proibimos dizer. Evitamos não apenas proferi-la, como, na medida do possível, pensá-la. Porque, se começamos a pensar "estou cheio", logo nos vemos a pensar "isso não é justo" e "eu poderia ter outra vida". Bom, esses pensamentos são insuportáveis. Se começamos a nos dizer "isso não é justo", não conseguimos mais viver. Se começamos a nos dizer que a vida poderia ser diferente, que poderíamos correr como todo mundo para alcançar o metrô ou jogar tênis com nossos filhos, a vida acabou. "Estou cheio" e, por trás de "estou cheio", a "vida poderia ser diferente", são pensamentos que não levam a lugar nenhum. Nem por isso deixam de ser pensamentos que existem, e tampouco que faça bem despender toda sua energia agindo como se eles não existissem. É complicado adaptar-se a esses pensamentos.

Consigo mesmos há alguma margem, mas a regra, e percebem que é a mesma para ambos, é não tocar no assunto com os outros. Quando dizem os outros, subentendem o outro principal, Nathalie para ele, Patrice para ela. A eles, que em princípio podem ouvir tudo, é importante não dizer esses pensamentos. Porque eles lhes fazem mal, um mal composto de sofrimento, impotência e culpa, e porque é preciso estar atento para não passar isso para eles. Mas é preciso também estar atento para não estar atentos demais, para não se vigiarem diante do outro. Às vezes, diz Étienne, eu me solto quando estou com Nathalie. Deixo escapar que estou cheio, que acho difícil demais e injusto demais ter uma perna de plástico, que sinto vontade de cair no choro, e caio. Sai quando a pressão é grande demais, a cada três ou quatro anos, então me acalmo até a próxima vez. E você, diz isso às vezes a Patrice?

Às vezes.

E chora?

Já aconteceu.

Enquanto trocam essas palavras, as lágrimas começam a rolar pelas faces de ambos. Rolam sem pudor, sem contenção, há até mesmo alegria em derramá-las. Pois poder dizer "é difícil", "isso não é justo", "estamos cheios disso", sem temer que o interlocutor se sinta culpado, poder dizer isso tendo certeza — são as palavras de Étienne — de que o outro entende o que dizemos tal como dizemos, nada além disso, de que ele não projeta nada em cima disso, é uma alegria imensa, um alívio imenso. Então eles persistem. Sabem ou presumem que essa capitulação é coisa de momento, que não voltarão a esse lugar pois correriam o risco da autocomiseração, mas nessa tarde eles se permitem isso.

Quando estou no banheiro, diz Étienne, conto pontos de tênis. Visualizo-os. Não jogo tênis há vinte anos, mas na minha cabeça ainda jogo e sei que vou sentir falta disso até o fim.

No meu caso, emenda Juliette, é a dança. Eu adorava dançar, dancei até os dezessete anos, isso não faz muito tempo, e aos dezessete anos soube que nunca mais voltaria a dançar. Mês passado o irmão de Patrice se casou, eu observava os outros dançando e aquilo me dava vontade de morrer. Eu sorria, amava-os, estava feliz de estar ali, mas num certo momento eles colocaram uma música que colocávamos o tempo todo quando eu tinha minhas pernas, "YMCA", você se lembra? Uai-ém-ci-ei! Acho que teria dado dez anos da minha vida para dançar aquilo, nos cinco minutos que dura essa música.

Mais tarde, depois de se embriagarem com essas confidências, ela disse, de um jeito mais sério: ao mesmo tempo, se isso não tivesse acontecido comigo, eu talvez não tivesse conhecido Patrice. Certamente não. Nem sequer teria olhado para ele, se tivesse sido assim. Eu teria amado um tipo de homem completamente diferente: mais brilhante, mais conquistador, o tipo de homem que combinaria comigo porque eu era bonita e brilhante. Não quero dizer que a enfermidade tenha me tornado mais inteligente e profunda, mas é graças a ela que estou com Patrice, é graças a ela que tenho as meninas, e aí, é o oposto do arrependimento, é o oposto da amargura, não há um dia em que eu não pense: tenho o amor. Todo mundo corre atrás disso, eu não posso correr, mas o tenho. Amo esta vida, amo minha vida, amo-a plenamente. Compreende?

Muito bem, disse Étienne. Eu também amo minha vida. É por isso que é tão difícil dizer a Nathalie: estou cheio disso. Porque, se ela ouve isso, vai achar que eu gostaria de uma vida diferente e, como ela não pode me dar isso, fica triste. Mas dizer que estamos cheios disso não significa que gostaríamos de uma vida diferente, nem que somos tristes. Você, por acaso, é triste?

Ela não está mais.

Tinham se reconhecido. Tinham atravessado os mesmos sofrimentos, dos quais só pode fazer ideia quem os atravessou. Eles vinham do mesmo mundo. Os pais de ambos eram parisienses e burgueses, cientistas e cristãos — os de Juliette de direita, os de Étienne de esquerda, mas essa diferença contava pouco comparada à ideia, igualmente elevada, que essas famílias faziam de sua posição. Haviam ambos se casado com pessoas de um meio mais modesto, como diziam no seu meio (anotação de Étienne: "No meu, não"), e os amavam profundamente. O casamento era o centro de suas vidas, a chave de suas realizações. Os dois tinham essa base e teriam ficado admirados se, antes de se conhecerem, tivessem ouvido de alguém que lhes faltava alguma coisa. Mas, quando sobreveio essa coisa de que não sentiam falta, eles a acolheram com entusiasmo e gratidão. Étienne, fiel à sua mania de contradizer seus interlocutores, recusa a palavra "amizade", mas eu digo que ser amigo é isso, e que ter um verdadeiro amigo na vida é tão raro e precioso quanto um verdadeiro amor. É verdade que entre um homem e uma mulher é mais complicado, porque o desejo se imiscui e junto com ele, o amor. Nesse aspecto, no que se refere a eles não tenho nada a dizer, ou simplesmente que Patrice, de um lado, e Nathalie, do outro, compreenderam que, pela primeira vez, havia outra pessoa importante na vida de Juliette e na de Étienne, e que eles já tinham tomado sua decisão.

Afora o que acabo de relatar, não trocavam confidências. Suas conversas giravam em torno do trabalho. Podemos gostar de trabalhar com alguém como gostamos de fazer amor com alguém, e Étienne, que sobreviveu a Juliette, sabe que nunca deixará de sentir saudades daquele entendimento. Não havia nenhum contato físico entre eles. Tinham se apertado as mãos no início de seu primeiro encontro, mas não no fim, e nunca mais depois disso. Tampouco se beijavam, nem sequer se cumprimentavam com a cabeça, não se diziam bom-dia nem até logo. Tivessem se separado na véspera ou por um mês de férias, reencontravam-se como se um deles estivesse voltando do cômodo ao lado, aonde tinha ido pegar um processo um minuto antes. Mas havia, diz ele, alguma coisa de carnal e voluptuosa em sua maneira de exercer o direito juntos. Ambos gostavam do momento em que se descobre a falha, em que o raciocínio corre solto, desdobra-se por si mesmo: adoro, dizia Juliette, quando seus olhos começam a brilhar.

O estilo deles, como magistrados, divergia em todos os aspectos. Juliette era serena, tranquilizadora. Sempre começava a audiência explicando como esta ia se desenrolar. O que era a justiça, por que estavam ali. O princípio da prova e do contraditório. Se fosse preciso recomeçar essas explicações, recomeçava-as. Gastava todo o tempo necessário, ajudava os réus que compreendiam mal ou se expressavam mal. Étienne, ao contrário, era brusco e às vezes brutal, capaz de interromper um advogado dizendo: conheço o senhor, doutor, sei o que vai dizer, não vale a pena argumentar, próximo caso. As pessoas saíam desestabilizadas das audiências com ele e resserenadas das de Juliette. Essas diferenças mostravam-se até no estilo de suas sentenças, me diz Étienne, que descreve as de Juliette como clássicas, claras, equilibradas, e as dele mais romanas: ásperas, irregulares, com oscilações de tom que eu gostaria de ser capaz de perceber, mas, honestamente, não percebo, não tenho o ouvido suficientemente treinado para isso.

Travaram as mesmas lutas, mais exatamente Juliette associou-se às lutas de Étienne na esfera do direito à moradia e, principalmente do direito do consumidor, mas acho que não eram impelidos a isso pelos mesmos motivos. Se um sujeito tão brilhante como Étienne escolheu o juizado especial, o interior, casos minúsculos, foi na minha opinião porque preferia ser o primeiro em sua aldeia a correr o risco de ser o segundo ou centésimo em Paris, no tribunal do júri, na arena. O Evangelho, Lao-Tsé e o I-Ching pregam em uníssono "investir no pequeno", mas quando pessoas como Étienne ou como eu mesmo, porque somos muito parecidos nesse aspecto, adotamos tais estratégias de humildade, é evidentemente por uma irrequieta e constrangida propensão à grandeza, e enxergo nesses compromissos uma vaidade de autor e um desejo de reconhecimento aplicados a objetos que, devo admitir, me parecem um tanto irrisórios — como se a vaidade de autor que atormenta a mim se aplicasse a algo incomparavelmente mais nobre.

Juliette não tinha esse tipo de problema. A obscuridade lhe convinha, ela aceitava muito bem que Étienne parecesse seu mentor e atraísse mais comentários do que ela. Sentenças que haviam longamente discutido juntos, mas que eram sentenças dele, eram publicadas nas revistas jurídicas, assinadas com o nome dele. Em várias ocasiões ele lhe propôs enviar a essas revistas uma ou outra das sentenças dela, colocá-la em evidência, mas ela recusou. Penso que o que a animava era ao mesmo tempo o ardor desinteressado pela justiça e a satisfação inesperada de poder ser uma juíza em conformidade com o coração de seu marido. Os dois falavam muito de política, como aliás falavam muito de tudo, e, se concordavam no essencial, Patrice era tão desconfiado a respeito de todas as instituições, tão inclinado a desacreditá-las independentemente do que fizessem, que ela se via, por reação, fazendo o papel ingrato do partido da ordem no casal. Entretanto, julgava ter feito um bom progresso em relação ao seu meio de origem. Votava nos socialistas ou nos verdes, quando estes não espicaçavam muito os socialistas, lia os artigos que ele aconselhava na *Politis* ou no *Monde Diplomatique*, mas isso nunca era suficiente aos olhos de Patrice, e ela não via razão para comungar de todos os valores do meio dele. Apesar dessa fidelidade à sua educação burguesa, pela qual ele a recriminava, foi ela quem lhe ensinou o bordão, um clássico na ENM, segundo a qual é o Código Penal que impede os pobres de roubar os ricos e o Código Civil que permite aos ricos roubar os pobres, e ela era a primeira a reconhecer que havia algo de verdadeiro nisso. Ao assumir seu posto no juizado, ela achava que se veria obrigada, mais do que outros, a ratificar uma ordem social injusta, e eis que graças a Étienne via-se à frente de uma luta temerária, estimulante, que visava defender a viúva e o órfão, a panela de barro contra a panela de ferro. Naturalmente, recusava essa retórica, dizia que não era nem a favor nem contra ninguém, preocupada apenas em fazer a lei ser respeitada, mas agora o "juiz de Vienne", como começavam a dizer os anais de jurisprudência, era dois mancos em vez de um.

No momento em que ela substituiu Jean-Pierre Rieux, essa jurisprudência se radicalizava. Os estabelecimentos de crédito, descontentes com um punhado de juízes de esquerda que defendiam sistematicamente os mutuários inadimplentes contra eles, entravam com recursos. Os processos transferiam-se para o Tribunal de Cassação. Ora, não menos sistematicamente o Tribunal de Cassação, por vocação direitista, começou a anular as sentenças do juizado especial. Os infelizes que se haviam alegrado por não terem mais que pagar juros nem multas ficavam sabendo que, no fim das contas, tinham, sim, que pagá-los, pois um juiz mais poderoso dera um piparote no juiz que lhes fora favorável. Para isso, o Tribunal de Cassação usava duas armas, e é aqui que, peço desculpas, temos de ser um pouco mais técnicos.

A primeira arma chama-se prazo de prescrição. A lei diz que o credor deve agir nos dois anos seguintes ao primeiro atraso de pagamento, caso contrário, ele é precluído e mandam-no ir passear. O intuito é impedi-lo de aparecer dez anos depois exigindo somas enormes que ele teria deixado acumular sem nunca chamar seu devedor à ordem. Essa medida protege o devedor, não resta dúvida. Mas agora, acrescenta o Tribunal de Cassação, é preciso ter equilíbrio e aplicar a mesma restrição sobre as duas partes: logo, o devedor dispõe igualmente de dois anos para contestar a regularidade de seu contrato após tê-lo assinado; no fim de dois anos, acabou-se, não pode mais entrar na justiça. Não sei o que o leitor pensa disso, caso tenha lido esse parágrafo atentamente. Não descarto que na minha apreciação desses aspectos da lei, mas também de política e de moral, eu seja por demais influenciado por Étienne. Entretanto, não vejo como não julgar tal equilíbrio desequilibrado. Pois é sempre o credor que leva o devedor à justiça, jamais o contrário. Basta-lhe então esperar tranquilamente dois anos para atacar, tendo certeza de que, ainda que o contrato esteja enxameado de cláusulas abusivas, ninguém jamais poderá dizer uma palavra contra ele. Seria preciso, para proteger-se dele, que quem pega o empréstimo soubesse disso ao assinar. Seria preciso que estivesse plenamente informado, na medida em que o espírito da lei era impedir que se aproveitassem de sua ignorância.

Para Étienne, Florès e agora Juliette, essa forma de distorcer a favor de quem empresta um texto destinado a proteger quem pega emprestado era uma pedra no caminho. Suas sentenças alicerçavam-se na lei, mas, quando se trata de interpretar a lei, é o Tribunal de Cassação que tem a última palavra, e ele exercia cada vez mais essa prerrogativa. Ainda contavam, porém, com uma certa margem, uma vez que a prescrição não era aplicada a torto e a direito. Postos em xeque por um par de torres, ainda tinham as diagonais para escapar. A situação ficou crítica quando o adversário, além das torres, veio com sua rainha. A rainha do Tribunal de Cassação é um decreto publicado na primavera de 2000 que diz que o juiz não conhece de ofício, isto é, não pode fazê-lo por iniciativa própria, uma infração à lei. Reconhecemos a teoria liberal: não temos mais direito do que aquele que reivindicamos: para reparar um erro, é preciso que aquele que o sofreu entre com uma queixa. No caso de um litígio entre um consumidor e um profissional do crédito, se o consumidor não reclama do contrato não cabe ao juiz fazê-lo em seu lugar. Isso se sustenta na teoria liberal, na realidade o consumidor nunca reclama, porque não conhece a lei, porque não foi ele quem levou o litígio à justiça, porque 90% das vezes ele não tem advogado. Não interessa, diz o Tribunal de Cassação, a alçada do juiz é a alçada do juiz: ele não deve se intrometer no que não lhe diz respeito; se está escandalizado, deve permanecê-lo em seu foro íntimo.

Étienne, Florès e Juliette estavam escandalizados, mas de mãos atadas, os devedores que eles haviam alimentado com falsas esperanças, consternados. Já as financeiras rejubilavam-se.

Num dia de outubro de 2000, Étienne está percorrendo revistas jurídicas em seu gabinete. Depara-se com um decreto comentado do Tribunal de Justiça das Comunidades Europeias (TJCE), que começa a ler distraído, depois com cada vez mais atenção. A história é um contrato de crédito ao consumidor, estipulando que qualquer litígio será julgado pelo tribunal de Barcelona, onde o organismo de crédito tem sua sede. Porque o organismo de crédito tem sua sede em Barcelona, caberia ao consumidor que mora em Madri ou Sevilha fazer a viagem para se defender? A cláusula é abusiva, isto salta aos olhos do juiz de Barcelona, que a denuncia. Mas também na Espanha isso não é da sua alçada, então ele recorre ao TJCE. O TJCE emite seu parecer. Étienne lê esse parecer. Antes mesmo de terminar, levanta-se e desce ao andar térreo. Entra na pequena sala contígua à sala grande, onde Juliette está em sessão, abre a porta divisória e faz sinal para ela vir. Juliette, como uma atriz interpelada das coxias no meio da função, não compreende, quer ignorá-lo, mas ele insiste. Para grande espanto da escrivã, do oficial de Justiça, das partes que se opõem num processo de descarga defeituosa, Juliette suspende a audiência, pega suas muletas, arrasta-se até a saleta onde a espera Étienne. O que está acontecendo? Veja isto. Estende-lhe a revista. Ela lê.

"Quanto à questão de saber se um tribunal incumbido de um litígio relativo a um contrato firmado entre um profissional e um consumidor pode apreciar competentemente o caráter abusivo de uma cláusula desse contrato, convém lembrar que o sistema de proteção implantado pela diretriz europeia repousa na ideia de que o consumidor se acha numa situação de inferioridade com relação ao profissional no que concerne tanto ao poder de negociação quanto ao nível de informação. O objetivo pretendido pela diretriz, que impõe aos Estados-membros evitar que cláusulas abusivas deixem os consumidores de mãos amarradas, não poderia ser alcançado se estes últimos não se vissem na obrigação de eles próprios trazerem à baila esse caráter abusivo. Segue-se que uma proteção eficaz do consumidor só pode ser alcançada se o juiz nacional vir-se autorizado a apreciar tal cláusula nos limites de sua alçada."

Ufa. Num filme, uma música intensamente dramática deveria acompanhar a descoberta dessas frases pela heroína. Veríamos seus lábios mexerem-se à medida que ela avança em sua leitura, sua fisionomia exprimindo primeiro perplexidade, depois incredulidade, enfim deslumbramento. Ela levantaria os olhos para o herói balbuciando alguma coisa como: mas então... quer dizer que...?

Contracampo nele, calmo, intenso: é isso que você leu.

Zombo um pouco e, é verdade, há algo de cômico no contraste entre essa prosa indigesta e o alvoroço que ela causou, mas podemos zombar da mesma forma de quase todas as empreitadas humanas em que nós próprios não estamos envolvidos, de todos os compromissos, de todos os entusiasmos. Étienne e Juliette travavam uma luta cujo desfecho incidia sobre a vida de dezenas de milhares de indivíduos. Há meses sofriam derrota atrás de derrota, estavam prestes a se declarar vencidos, e eis que Étienne encontrava a arma secreta que iria mudar o curso da batalha. Quando um chefete dá uma bronca em você dizendo: é desse jeito e de nenhum outro, não devo explicações a ninguém, é sempre reconfortante descobrir que acima dele há um chefão, e que além do mais esse chefão dá razão a você. Não apenas o TJCE diz o contrário do Tribunal de Cassação como ele prevalece sobre este, o direito da comunidade tendo um valor superior ao direito nacional. Étienne não conhecia nada do direito comunitário, mas já o achava formidável. Começava a desenvolver a teoria que nos comunicou, lembro-me disso, na manhã da morte de Juliette: quanto mais elevada a norma de direito, mais generosa e próxima ela está dos grandes princípios que inspiram o Direito com D maiúsculo. É por decreto que os governos cometem pequenas vilezas, ao passo que a Constituição ou a Declaração dos Direitos do Homem e do Cidadão as proíbem e se movem no espaço etéreo da virtude. Afortunadamente, a Constituição ou a Declaração dos Direitos do Homem valem mais que o decreto, e só alguém bem tolo não tiraria esse ás da manga para enfrentar as manobras de um valete ou mesmo de um rei. Obrigar seu devedor a pagar é um direito, é claro, mas levar uma vida decente é outro e, quando se faz necessário arbitrar entre os dois, é possível sustentar que o segundo deriva de uma norma jurídica superior, que portanto prevalece. A mesma coisa para, de um lado, o direito que o proprietário tem de receber seus aluguéis, do outro, o direito do locatário de dormir sob um teto, e foi graças às batalhas travadas nos últimos dez anos por juízes como Étienne e Juliette que este último direito está em vias de se tornar oponível, isto é, na prática, superior ao primeiro.

Em suma, Étienne se inflama, seus olhos brilham. Juliette lhe disse: ela gosta que seus olhos brilhem. Gosta e compartilha da excitação, mas na parceria deles é a ela que compete manter os pés no chão, lembrar em todas as circunstâncias o princípio da realidade. Diz: precisamos pensar. Sempre se pode dizer que não custa nada recorrer ao direito europeu para enfrentar a jurisprudência nacional e deixar o Tribunal de Cassação furioso, mas não é verdade, isso pode custar muito caro. Essa jurisprudência é contestada por associações de consumidores com as quais Florès mantém contato, as quais travam contra ela uma guerra de trincheiras. A *blitzkrieg* que os dois estão imaginando ali em seu canto corre o risco, se fracassar, de minar aquele trabalho de fôlego. Se o TJCE lhes disser não, as financeiras poderão se valer disso por um longo tempo.

Seguem-se alguns dias de ansiedade, telefonemas, e-mails para Florès, mas também para uma catedrática de direito comunitário, Bernadette Le Baut-Ferrarese, que, ao ser consultada, apaixona-se pela questão. A resposta do TJCE, segundo ela, não é incontestável, mas vale a pena tentar, cientes de que isso é como o indulto presidencial na época da pena de morte: tudo ou nada, não temos outra chance depois. Finalmente, decidem arriscar. Quem irá arriscar? Quem irá redigir a sentença provocadora? Poderia ser qualquer um dos três juízes, mas a questão, aparentemente, não foi levantada: Étienne é quem gosta mais de ocupar a linha de frente.

Nos últimos meses empilham-se sobre sua mesa processos relativos a um contrato proposto por nossa velha conhecida Cofidis e graciosamente denominado *Libravou* [Depende de você]. Esse contrato *Libravou* poderia ser estudado na escola como exemplo de flerte profundo com a extorsão. É apresentado como um "pedido gratuito de reserva de dinheiro", com a palavra "gratuito" impressa em letras garrafais, a taxa de juros por sua vez figura em letrinhas miúdas no verso e é de 17,92%, o que, com as multas, é superior à taxa de juros. Na pilha, Étienne escolhe ao acaso o processo no qual encapsular a pequena bomba: Cofidis S.A. contra Jean-Louis Fredout. Não é um caso de vulto: a Cofidis reclama 16310 francos, dos quais 11398 de capital, o resto referente a juros e multas. Na audiência o sr. Fredout está ausente, não tem advogado. O da Cofidis, em compensação, é um veterano do foro de Vienne, um velho frequentador da casa que não se alarma quando Étienne observa que "falta legibilidade às cláusulas financeiras", que "esse defeito de legibilidade deve ser cotejado com a menção à gratuidade em formas particularmente visíveis" e que por essas razões "as cláusulas financeiras podem ser vistas como abusivas".

Ele não se alarma, conhece de cor a minudência de Étienne, aliás tem estima por ele, e é num tom sarcástico, mas em absoluto agressivo, como alguém executando sua parte num número de duetistas bem ensaiado, que ele responde que, ainda que as cláusulas sejam abusivas, ninguém liga para isso, porque o contrato data de janeiro de 1998, a intimação é de agosto de 2000, o prazo de prescrição expirou amplamente, logo sinto muito, senhor presidente, era uma luta honrosa e simpática, mas lei é lei, vamos nos restringir a ela.

Bom, disse Étienne, vamos nos restringir a ela. Sentença daqui a dois meses. Quanto mais aparentemente ele se curva, mais goza intimamente. Se dependesse apenas dele, daria a sentença na semana seguinte, mas convém agir como se nada estivesse acontecendo, observar o prazo de rotina. A audiência termina na sexta-feira às seis horas da tarde e no sábado de manhã ele está na frente do computador, em casa. Redige com paixão e alegria, ri sozinho. No fim de duas horas ele terminou, a sentença perfaz catorze páginas, o que é insolitamente extenso. Chama Juliette para ler para ela em voz alta e também a faz rir. Depois é a vez de Florès e de Bernadette, totalmente envolvida na conspiração. Deixam esfriar, verificam tudo, pesam e sopesam cada palavra. É extremamente técnico, claro, mas a ideia pode ser facilmente resumida. A sentença consiste em dizer: não posso pronunciar a sentença porque a lei não é clara, e para esclarecê-la sou obrigado a fazer uma consulta ao TJCE. Essa consulta, denominada consulta pré-judicial, consiste no seguinte: está de acordo com a diretriz europeia que o juiz nacional, na expiração do prazo de prescrição, seja impedido de apontar uma cláusula abusiva num contrato? Respondam com um sim ou um não, julgarei em função disso.

Em seguida, roem as unhas durante os dois meses regulamentares, ao cabo dos quais enviam às partes e sobretudo ao TJCE essa sentença que não é propriamente isso, uma vez que depende da resposta à consulta pré-judicial. Pouco tempo depois, Étienne cruza num corredor com o advogado da Cofidis, um tanto desconcertado com aquele objeto jurídico não identificado. Mas tudo bem, ele brinca, se isso o diverte... Quanto a nós, entraremos com um agravo no Tribunal de Cassação, isso é da alçada dele, e cassando a sentença ele anulará sua consulta. Teremos perdido exatamente um ano, estou me lixando para isso, o senhor também, é apenas o seu pobre rapaz que vai acalentar ilusões e que na linha de chegada pagará de uma tacada só. Étienne, que previu o golpe, sorri. Não acredito, diz ele, que a coisa se dará assim: o próprio Tribunal de Cassação diz que só é permitido agravo contra sentenças de fato, não contra sentenças consultivas, e o que o senhor recebeu foi uma sentença consultiva. O outro franze o cenho. Tem certeza? Tenho, responde Étienne.

Ah, tá.

A locomotiva põe-se em marcha. Em Luxemburgo, começam por mandar traduzir a consulta de Étienne em todas as línguas europeias e esta é enviada a todos os Estados-membros. Quem quiser que reaja. Passam-se seis meses. Numa manhã de abril de 2001 chega ao tribunal um volumoso envelope timbrado do TJCE. Étienne está sozinho em seu gabinete, mas violenta-se: espera Juliette para abri-lo. Pedem para não serem perturbados. O envelope contém dois documentos: um, bem grosso, é um relatório da Cofidis, o outro, mais curto, é o parecer da Comissão Europeia. Supõem saber qual é o conteúdo do primeiro, todo o suspense está concentrado no segundo, e é para isso, para desfrutar desse suspense torturante e delicioso, que eles se obrigam a ler antes o primeiro. Vinte e sete páginas preenchidas, compostas por um pool de advogados reunidos em gabinete de crise. O inimigo sente o perigo e recorre à artilharia pesada. Logo no preâmbulo, é sugerido um "clima de rebelião improdutivo", um "motim arquitetado por alguns juízes lastreados por certos sindicatos, e até mesmo por certos membros do Sindicato da Magistratura". Veja só, observa Étienne encantado, os versalheses escrevem sempre igual, em todas as épocas. Seguem-se, em formação de combate, os argumentos propriamente jurídicos de cujos detalhes poupo o leitor e que vêm em apoio ao argumento principal, este político: se continuarmos a catar piolho na cabeça dos estabelecimentos de crédito e a favorecer os mutuários inadimplentes, será todo o sistema que irá rachar e o emprestador honesto que sofrerá as consequências. Nada de inesperado, portanto, a não ser a veemência do tom. Num outro contexto ele pareceria indulgente, no da prosa jurídica constitui um ataque pessoal, de bazuca. É lisonjeador, excitante. Leram o relatório sem pular uma linha. Agora, falta conhecer o veredito. A Comissão não é o TJCE, ela emite um parecer, não uma decisão, mas esse parecer é geralmente seguido e, se a Comissão disser não, com certeza o TJCE dirá não. Não significaria a derrota, a humilhação. Claro, terão que aceitá-las, Étienne e Juliette não vão cometer haraquiri ali no gabinete, mas será muito difícil aceitar, ambos têm consciência disso. Leia primeiro, diz Étienne, você é mais forte que eu. Juliette começa a ler. Princípio de efetividade... compensação pelo juiz da ignorância de uma das partes... referência ao decreto de Barcelona...

Ela levanta a cabeça, sorri: é um sim.

É como se estivéssemos numa ponte de tábuas, diz Étienne. Uma ponte vacilante, perigosa. Pisamos com um pé. Constatamos que aguenta. Então pisamos com o outro.

(Dou-me conta, ao copiá-la, do quanto essa metáfora é atrevida para um homem com uma perna só.)

Étienne decide não esperar que o TJCE ratifique o parecer da Comissão para dobrar a aposta fazendo uma segunda consulta pré-judicial. Sua consulta continua a incidir sobre o ofício, isto é, o direito que o juiz tem de apontar uma injustiça da qual a vítima não se queixou, mas dessa vez ataca por uma outra frente. Um tal de sr. Giner substitui o sr. Fredout, e a empresa Acea a Cofidis, mas o caso é praticamente idêntico. Na audiência, Étienne levanta a questão de que a taxa efetiva global, ou TEG, não está mencionada na oferta de crédito, o que ele considera irregular. Ninguém exceto Juliette está a par do sucesso de seu primeiro bombardeio, ninguém desconfia que ele prepara um segundo. Então, sem desconfiar o advogado da Acea saca o argumento que planejara sacar no caso previsível de o detalhista entrar em detalhes. A irregularidade, se é que há uma, resulta de uma ordem pública de proteção, o juiz não pode meter o bedelho.

A ordem pública de proteção é outro achado do Tribunal de Cassação, que desde os anos 1970 distingue-a da ordem pública de direção. A ordem pública de proteção não concerne à sociedade, apenas ao indivíduo. Cabe a este impor seu direito, e ao juiz, que representa a sociedade, não é facultada competência para se envolver. A ordem pública de direção é outra coisa: diz respeito ao interesse geral e em especial à organização do mercado. Logo, sua violação pode e deve ser apontada pelo juiz.

Étienne acha essa distinção muito tênue. Diz: fiz penal no Norte, faço novamente em Lyon hoje. É em nome da ordem pública que aceito exercer essa função extremamente desagradável que consiste em encarcerar pessoas. É em nome da ordem pública que aceito jogar na cadeia imigrantes que roubaram rádios de carros. A justiça é violenta. Aceito essa violência, mas com a condição de que a ordem que ela serve seja coerente e indivisível. O Tribunal de Cassação diz que, protegendo o sr. Fredout e o sr. Giner, protegemos apenas o sr. Fredout e o sr. Giner, os quais deveriam ser suficientemente espertos para se protegerem sozinhos, senão azar o deles. Não estou de acordo. Acredito que, protegendo o sr. Fredout e o sr. Giner, protejo a sociedade inteira. Acredito que exista apenas uma única ordem pública.

Uma das vantagens do direito comunitário é que ele não se contenta em promulgar regras: ele diz a intenção que tem ao promulgá-las e, portanto, estamos no direito de invocar essa intenção. A intenção da diretriz à qual me refiro, continua Étienne, é absolutamente clara e absolutamente liberal. Trata-se de organizar a livre concorrência no mercado de crédito. É para isso que ela impõe em toda a Europa que os contratos mencionem a TEG: para que a concorrência aja com toda a transparência. Não mencioná-la é uma irregularidade, todo mundo concorda nesse ponto, mas o Tribunal de Cassação me proíbe levantar essa irregularidade com o pretexto de que ao fazê-lo estou cuidando apenas das pessoas — ordem pública de proteção — e não do mercado — ordem pública de direção. Pergunto então ao TJCE: a menção à TEG está aqui para proteger o tomador do empréstimo ou para organizar o mercado? Como a diretriz afirma com todas as letras "para organizar o mercado", minha pergunta é de fato ainda mais simples: digam-me se li direito. Se li direito, a jurisprudência do Tribunal de Cassação não faz sentido.

Retrospectivamente, Étienne considera a sentença Fredout mal redigida e até mesmo um pouco capciosa. Na opinião dele, o TJCE poderia tê-la retocado, suspeita que ele a aprovou por razões escusas: porque não queria perder uma oportunidade de ouro de salientar sua preeminência sobre o direito nacional. Da sentença Giner, em contrapartida, ele tem muito orgulho. É um objeto jurídico que o fascina. Em primeiro lugar, porque não é uma sentença de esquerda. Étienne não se vê em absoluto como o perigoso comuna denunciado pelos advogados da Cofidis. Define-se como social-democrata, mas acredita nas virtudes da concorrência: isso só torna mais delicioso enredar um estabelecimento de crédito ultraliberal dentro de sua própria lógica, com um argumento que poderia ser corroborado por Alain Minc.* Gosta acima de tudo do estilo, do contraste entre a enormidade do problema levantado — o que é afinal a ordem pública? — e a falsa ingenuidade perturbadora, socrática, da pergunta que o soluciona — será que li direito? Ele gosta dessa forma simples e cristalina de acertar na mosca. Eu o compreendo. É disso que gosto também no meu trabalho: quando é simples, cristalino, quando cai na medida. E, claro, quando é eficaz.

Falemos de eficácia. Antes de deixar seu posto em Vienne, Étienne pôde pronunciar, no caso Fredout, a anulação dos juros devidos à empresa Cofidis. No caso Giner, o credor preferiu desistir, percebendo a mudança do vento. Essa dupla vitória, e principalmente o fato de ela constituir jurisprudência, valeram a Juliette e Étienne, como ele se gaba, ser "insultados na Dalloz" por professores de direito que apresentam "o juiz de Vienne" como uma espécie de inimigo público número 1. A longo prazo, o efeito dessa luta foi a modificação da lei sobre a prescrição, a ampliação da alçada do juiz e a diminuição das dívidas de dezenas de milhares de pessoas pobres, dentro de toda a legalidade. É menos espetacular que, digamos, a abolição da pena de morte. É o suficiente para alguém pensar que foi útil para alguma coisa, e até que foi um grande juiz.

* Empresário francês ligado ao presidente Nicolas Sarkozy. (N. T.)

Étienne diz que foi transferido para Lyon como juiz de vara comum porque depois de oito anos no juizado estava esgotado, e também porque, afinal de contas, um dia é preciso ir, então que fosse depois de uma vitória. Os advogados de Vienne insinuam nas suas costas que essa transferência era um castigo: ele perturbava a sociedade, a Chancelaria não podia ver a cara dele. Seja qual for a verdade, ele foi o primeiro a reconhecer que aquilo não era uma promoção, que Vienne foi o posto de sua vida e que talvez viesse a ter em sua carreira futura algo mais prestigioso, mas mais excitante, isso sim o espantaria.

Deixar o juizado era também deixar Juliette. De Vienne a Lyon é apenas meia hora de carro, mas eles sabiam muito bem que o cimento de sua amizade era a colaboração cotidiana, os processos sobre os quais se debruçavam a dois, a possibilidade de, a qualquer momento, empurrar a porta do gabinete do outro, conviverem no trabalho como outros casais convivem em casa. Houve, nos primeiros momentos de sua separação, alguns almoços a sós, alguns domingos com as duas famílias, mas não era evidentemente *aquilo* e eles não insistiram. Étienne chegou a pensar que, mesmo que não voltassem a se ver, não seria tão grave porque Juliette agora fazia parte dele, tornara-se uma instância de seu espírito, o interlocutor a quem se dirige uma parte de seu monólogo interior, e ele não tinha dúvidas de que era igual para ela. Telefonavam-se. Ela lhe contava do tribunal com sua ausência, os mexericos de escrivãs e oficiais de Justiça, ele se deliciava com aquilo como nos devaneios de criança em que estamos mortos mas nada perdemos do que se diz no nosso enterro. Com a magistrada que o substituíra ela não se entendia tão bem, mas isso era normal: vivera uma coisa extraordinária e não podia esperar que fosse sempre assim. A exaltação que a arrebatara durante seus cinco anos de brigas com os bancos e o Tribunal de Cassação declinou, dando lugar ao cansaço. Trabalhava intensamente para estar em dia com seus processos, ia dormir à meia-noite, acordava às cinco, mas sempre com medo de não conseguir, de gerar um atraso irrecuperável. Ao escutá-la, ele sentia que ela vacilava, queria ter estado ao seu lado para ajudá-la como ele sabia fazer, tornando o mais árido trabalho alegre e apaixonante. Ficou aliviado quando ela lhe comunicou que estava grávida: pelo menos, ia respirar. Mas a gravidez foi mais difícil que as duas precedentes. Foi ela quem decidiu ter um terceiro filho, isso dava um pouco de medo em Patrice, mas ela fazia questão: seria o último. Diane nasceu em 1º de março de 2004. Reviram-se na maternidade, depois em Rosier, ao redor do berço. Amélie e Clara brincavam de mamãe com a irmãzinha. Juliette devorava as três filhas com os olhos, e em seu olhar Étienne viu amor, naturalmente, felicidade, mas também alguma coisa que não soube ou não quis analisar e que lhe dilacerou o coração. Ela retomou o trabalho na volta das férias de verão, era o segundo ano no tribunal sem ele. Em suas conversas telefônicas, as palavras "cansaço", "fraqueza" e "esgotamento" voltavam incessantemente, a que se acrescentou "angústia", que ele jamais a ouvira proferir.

Uma manhã de dezembro, Patrice foi despertado por uma respiração arfante. Juliette, ao seu lado, soluçava e sentia falta de ar ao mesmo tempo. Ele tentou acalmá-la entre dois espasmos, ela conseguiu dizer que não sabia o que estava acontecendo mas sentia que era alguma coisa grave. Patrice marcou uma consulta urgente com o clínico geral de Vienne. Como era sábado e as meninas não iam nem à escola nem para a casa da babá, tiveram que ir todos os cinco. Durante a consulta, Amélie e Clara ficaram desenhando na sala de espera. O clínico geral encaminhou Juliette para fazer uma radiografia dos pulmões, com urgência também. Para distrair as meninas, que começavam a ficar irritadas, Patrice levou-as a uma livraria onde havia uma prateleira de livros para crianças que elas desarrumaram toda. Com Diane chorando no colo, ele arrumava pacientemente os livros ilustrados atrás das duas maiores, desculpando-se junto à livreira, que, felizmente, tinha filhos também e sabia como era. Voltaram à clínica radiológica, depois, munidos da radiografia, ao consultório do clínico geral, que assumiu um ar preocupado e disse para eles se dirigirem ao hospital de Lyon, agora, para uma tomografia. Entraram de novo no carro. Os exames tomaram a manhã inteira, as meninas não tinham almoçado nem feito a sesta, a fralda de Diane não tinha sido trocada, as três competiam para ver quem gritava mais no banco de trás, Juliette na frente não se achava em condições de acalmá-las, foi um inferno. No hospital de Lyon, mais espera para a tomografia. Felizmente havia um espaço de recreação para as crianças com uma piscina cheia de bolinhas. Uma mulher idosa que parecia em péssimo estado perguntava a cada dez minutos a Patrice onde ela estava, e ele repetia: no hospital, em Lyon, na França. Sentia-se tão sobrecarregado que não tinha tido realmente tempo para se preocupar, mas quando o diagnóstico saiu, embolia pulmonar, ele se surpreendeu ao se sentir aliviado, afinal uma embolia pulmonar é coisa séria, mas não é um câncer. Decidiram transferir Juliette de ambulância para a clínica protestante de Fourvière, onde ela recebeu soro com anticoagulantes para dissolver os coágulos de sangue que obstruíam os vasos irrigando os pulmões. Patrice combinou com ela que levaria as meninas para casa, depois voltaria com uma bolsa de roupas e artigos de higiene, pois Juliette permaneceria na clínica por alguns dias. Antes de sair, esteve com o médico, para o qual a tomografia não revelava nada de alarmante. A única coisa um pouco preocupante era, nos pulmões, sinais de fibrose que remontavam provavelmente à radioterapia de quinze anos antes. Os raios deviam ter fibrosado os órgãos, era difícil distinguir as novas lesões das antigas, mas enfim, no conjunto estava tudo bem, estava tudo sob controle.

Assim que se instalou na clínica protestante, Juliette telefonou para Étienne. Ele se lembra das palavras dela: venha, venha imediatamente, estou com medo. E, quando ele entrou no quarto, meia hora depois: é pior que medo, é pavor.

O que lhe dá pavor?

Com um gesto vago, ela apontou para a sonda que a ligava à bolsa de soro, no suporte: isso. Tudo isso. Estar doente de novo. Falta de ar. Morrer sufocada.

Ela falava com uma voz veemente, entrecortada, carregada de uma revolta que ele não conhecia nela. Não fazia seu tipo nem a revolta, nem a amargura, nem o sarcasmo, mas naquele dia ele a viu revoltada, amarga, sarcástica. Seu rosto, que em geral nem o maior cansaço conseguia deixar austero, estava fechado, quase hostil. Com um pequeno ríctus que combinava ainda menos com ela, ela disse: esses dias eu estava pensando se devia requerer uma aposentadoria complementar, mas acho que não vale a pena. Já seria uma vantagem.

Étienne não reagiu, apenas perguntou calmamente se lhe haviam dito que ia morrer, e ela foi obrigada a admitir que não. Haviam-lhe dito a mesma coisa que a Patrice: embolia pulmonar, talvez ligada à radioterapia, e aquilo a deixava fula, palavra dela, uma palavra que ela nunca utilizava, mas naquele dia, sim, aquilo a deixava fula, ter que pagar ainda por uma doença antiga da qual se julgava livre.

Houve um momento de silêncio, depois ela emendou, mais suavemente: tenho um medo terrível de morrer, Étienne. Sabe, quando fiquei doente, aos dezesseis anos, eu tinha uma ideia romântica da morte. Achava isso sedutor, não sabia se a ameaça era mesmo real, mas eu estava aberta para isso. Você também, um dia você me disse que aos dezoito anos pensava que um câncer podia ser simpático. Lembro muito bem, você disse "simpático". Mas agora, por causa das meninas, isso me apavora. A ideia de deixá-las me deixa apavorada. Compreende?

Étienne balançou a cabeça. Compreendia, claro, mas em vez de dizer o que qualquer outro teria dito em seu lugar — quem está falando em morrer? Você tem uma embolia pulmonar, não um câncer, não se desespere —, ele disse: se você morrer, elas não morrerão por causa disso.

Isso não é possível. Elas precisam muito de mim. Nunca ninguém irá amá-las como eu.

O que sabe sobre isso? Você é muito pretensiosa. Espero que você não morra agora, mas, se for morrer, você vai ter que se esforçar não só para dizer a si mesma, mas para pensar de verdade: a vida delas não será interrompida comigo. Mesmo sem mim, elas poderão ser felizes. Isso exige muito esforço.

Quando Patrice voltou, após deixar as filhas com os vizinhos, Juliette não permitiu que ele percebesse nenhum sinal daquele acesso de pânico de que Étienne foi a única testemunha. Vestiu o papel da doente-modelo, confiante e positiva, que ela praticamente não abandonaria mais. Os médicos diziam que o susto tinha passado, não havia razão para não acreditar nisso, e talvez ela tenha acreditado. No fim de cinco dias, voltou para casa com uma receita de uma bateria de remédios e anticoagulantes, graças aos quais em breve recuperaria sua capacidade respiratória.

Não a recuperou. Sentia falta de ar quase o tempo todo, arfava como um peixe fora d'água, esticava o pescoço, o peito constantemente oprimido. Está insuportável?, perguntou-lhe o médico ao telefone. Insuportável, não, já que ela suportava, mas muito penoso, e não apenas penoso: angustiante. Espere um pouco que os remédios vão fazer efeito. No início de janeiro veremos como você está.

Durante os festejos do Natal, que eles passaram na casa dos pais de Patrice, na Saboia, suas filhas reclamaram que ela estava sempre cansada, que não tinha enfeitado a árvore de Natal, que não fazia nada com elas. Então ela dissimulava, brincava, fazia a brincadeira da velha mãe toda alquebrada que deve ser jogada no lixo, e aquilo fazia as meninas rirem, elas gritavam: não!, não!, no lixo não!, mas a Patrice ela revelava que era exatamente daquele jeito que se sentia: estragada por dentro, imprestável, boa para o ferro-velho. Havia muita gente na casa, barulho, vaivém, tropéis de crianças pelas escadas. Os dois refugiavam-se o máximo possível em seu quarto, deitavam na cama nos braços um do outro, e ela murmurava acariciando-lhe a face: coitadinho, você tirou o número errado no sorteio. Patrice protestava: tirara o melhor que existe no mundo, e, tocada por sua evidente sinceridade, ela respondia: eu que tirei o melhor número do mundo. Te amo.

O dia de Natal foi também o dia do tsunami. Souberam que Hélène e Rodrigue estavam a salvo antes mesmo de saber do que tinham escapado, mas depois não perderam nenhum jornal na televisão, nenhum dos programas especiais que permitiam acompanhar a catástrofe ao vivo, minuto a minuto. Aquelas praias tropicais devastadas, aqueles bangalôs de palha, aquelas pessoas quase nuas gritando e chorando, aquilo parecia incrivelmente longe da Saboia sob a neve, da casa de pedras robustas, do fogo na lareira. Acrescentavam uma acha de lenha, compadeciam-se, gozavam da segurança que sentiam. Juliette não se sentia segura, de forma alguma. Era tratada mais como convalescente do que como doente, agiam como se estivesse melhorando, mas ela sabia muito bem, lá no fundo, que não estava melhorando, que não era normal sentir falta de ar o tempo todo. Percebia que Patrice estava preocupado e não queria preocupá-lo ainda mais. Imagino que tenha cogitado ligar para Étienne e que se não o fez não foi para não preocupá-lo, sabia que a ele podia preocupar quanto quisesse, mas porque telefonar para Étienne era como tomar um remédio extraordinariamente poderoso e eficaz, que guardamos na manga para quando estamos *muito* mal. Ela já estava muito mal, mas começava a desconfiar de que em breve pioraria.

No dia seguinte à sua volta a Rosier, Patrice foi obrigado a levá-la novamente ao hospital. À noite, na emergência, ela sufocava. Diagnosticaram uma complicação da embolia, água na pleura, era o que a comprimia e prejudicava sua respiração. Passou o Ano-Novo no hospital de Vienne. Drenaram seus pulmões, evacuaram o líquido. Mais uma vez permitiram que voltasse para casa, dizendo-lhe que agora devia melhorar. Mais uma vez os dias passaram sem que melhorasse. Mais uma vez foi hospitalizada, dessa vez na pneumologia do Lyon-Sud. Mais uma vez drenaram seus pulmões, evacuaram o líquido da pleura, mas dessa vez analisaram esse líquido, encontraram nele células metastáticas e lhe comunicaram que ela estava novamente com câncer.

Naquela manhã, Étienne acompanhara Timothé, seu filho mais velho, à aula de tênis. Sentado num banco, atrás do alambrado, observava--o jogar quando o celular tocou no bolso. Juliette disse o que tinha a dizer, de chofre. Sua voz não tremia, ela estava calma, nada a ver com o pedido de socorro apavorado da clínica protestante, um mês antes. Étienne instalou-se na calma também, como sabe fazer, ancorando-se por inteiro no fundo de suas entranhas. Pensou em correr imediatamente para o Lyon-Sud, mas mudou de ideia, ao mesmo tempo porque trabalhava naquele dia, porque ela lhe dissera que Patrice estava com ela e porque ele preferia vê-la a sós, enfim, porque sabia por experiência própria que a noite num quarto de hospital é o momento mais difícil e também o momento de maior intimidade.

Chegou depois do jantar. Ela o viu avançar até o pé da cama, mas não mais do que isso. Estava fora de questão debruçar-se sobre ela, beijá-la, apertar-lhe o ombro ou a mão. Sabia que ela pudera abandonar-se o dia inteiro nos braços de Patrice, escutá-lo murmurando em seu ouvido as palavras carinhosas, banais, tranquilizadoras que dizemos a uma garotinha que acorda à noite no meio de um pesadelo: não tenha medo, estou aqui, pegue minha mão, aperte minha mão, enquanto estiver apertando minha mão nada de ruim lhe acontecerá. Com Patrice, ela podia ser uma garotinha: era o marido dela. Com ele, Étienne, era outra coisa, e ela era outra mulher: uma mulher lúcida, que conduzia sua vida e refletia sobre ela. Patrice era seu lugar de repouso, não Étienne. Mas ela tinha que cuidar de Patrice, não de Étienne. Tinha que ter coragem para Patrice, ao passo que, com Étienne, tinha direito àquilo que nos proibimos diante de quem amamos: ao pavor, ao desespero.

Ela parecia tão calma quanto ao telefone, de manhã. Ficaram

ambos silenciosos por um momento, depois ela disse que não era um câncer do pulmão, mas do seio. A origem era o seio, o pulmão era uma metástase. Fez uma cintilografia, à tarde, para saber se passara também para os ossos, com um resultado incerto ou que não tinham tido coragem de lhe comunicar. De toda forma, era ruim.

Ele pensou numa frase que o impressionara num livro do biólogo Laurent Schwartz: a célula cancerosa é a única coisa viva que é imortal. Pensou também: ela tem trinta e três anos. Em vez de sentar na cadeira, perto da cama, foi pousar seus glúteos o mais longe possível dela, sobre o enorme aparelho de calefação de ferro fundido que espalhava um calor sufocante pelo quarto. Como ela não dizia mais nada, ele falou. Disse-lhe que dali em diante aquilo ia mudar todos os dias: os tratamentos, os protocolos, as esperanças, as falsas esperanças, e isso era o mais difícil na doença, e ela precisava estar preparada. Disse-lhe para limitar ao máximo as visitas de pessoas bem-intencionadas, mas que só minam nossas energias. Disse-lhe que o essencial era resistir, dia após dia. Poupar-se. Se resistisse bem o suficiente para que retomasse o trabalho, chega de Vienne, aquilo era pesado demais, ela devia pedir sua transferência para Lyon, como ele. Foi taxativo nesse ponto, chegando a propor escrever a carta por ela e tocar no assunto com o primeiro presidente do Tribunal de Recursos, em Grenoble. Não voltou a falar das meninas, tampouco de ela se preparar para deixá-las ou prepará-las para isso. Sabia que era nisso que ela pensava, mas ele não tinha mais nada a dizer por ora a não ser o que dissera da outra vez, na clínica protestante, e se calou.

Houve outro silêncio, depois Juliette disse que não queria que lhe confiscassem sua doença como acontecera aos dezesseis anos. Os pais haviam empenhado todo seu amor, toda sua energia, toda sua ciência para protegê-la, se pudessem teriam tido o câncer no lugar dela, mas ela não queria mais que alguém tivesse câncer em seu lugar. Queria vivê-lo plenamente, até a morte se era a morte que a esperava no fim, como parecia provável, e contava com Étienne para ajudá-la nisso.

Você se lembra, ele perguntou para ela, da primeira noite da sua doença, da primeira vez? Da noite seguinte ao dia que lhe disseram que você estava com câncer?

Não, Juliette não se lembrava. Não se lembrava de ter ouvido as palavras: você tem um câncer. Tampouco se lembrava de ter compreendido, a posteriori, que o que tinha tido era um câncer. Aquilo acontecera, necessariamente, uma vez que ela sabia disso, mas o momento em que passara da ignorância ou da confusão para esse saber, o momento em que a palavra fora proferida, lhe escapava. Você entende quando digo que confiscaram minha doença?

Perfeitamente, disse Étienne. Então esta é sua primeira noite. Vou lhe falar da minha, isso é importante.

Já contei que, no fim do meu primeiro encontro com Étienne, após duas horas de monólogo das quais eu saíra com a impressão de que tinham colocado meu cérebro numa centrífuga, ele se voltou para mim e me disse: essa história da primeira noite talvez seja para você, pense nisso. Pensei nisso, comecei a escrever este livro. Ele voltou ao assunto na nossa primeira conversa a sós, e anotei tão precisamente quanto consegui o relato daquela noite no Instituto Curie, com o rato que o devora e a frase misteriosa que, de manhã, o salva. Não compreendi muita coisa, mas pensei que sim, que era importante, e que voltaríamos àquilo mais dia menos dia, que talvez então eu compreendesse melhor. E aqui está: três meses mais tarde, sempre em sua cozinha, onde estamos sentados à mesa diante de nossos cafés espressos, ele me conta sua visita a Juliette no dia em que ela soube que estava com câncer. Ele repete para mim o que lhe dissera, isso significa que faz o mesmo relato, e o escuto avidamente, mas a frase salvadora continua a se furtar. Faço anotações. No dia seguinte, vou procurar no meu caderno anterior as que eu fizera da primeira vez. São idênticas. São, quase literalmente, as mesmas frases decepcionantes, privadas do brilho oracular com o qual resplandecia, diz ele, a *verdadeira* frase. Penso, desencorajado: quem não viveu essa experiência não pode falar nada sobre ela, e faltam palavras até para quem a viveu. Folheio o caderno, algumas páginas adiante me deparo com outra frase, copiada de *Marte*, que eu estava relendo na época: "Como sabemos, os tumores cancerígenos não causam dor por si mesmos; o que causa dor são os órgãos saudáveis que são comprimidos pelos tumores cancerígenos. Acredito que a mesma coisa se aplique à doença da alma:

em toda parte que dói sou eu". Volto às frases de Étienne, a esta por exemplo: "Minha doença faz parte de mim. Sou eu. Logo, não posso odiá-la". É parecido, não absolutamente a mesma coisa. Fritz Zorn bate o martelo: "A herança de meus pais em mim é como um gigantesco tumor cancerígeno: tudo que dói em mim, minha miséria, meu tormento, meu desespero, sou eu". Étienne não diz isso, não diz que uma neurose familiar ou social assumiu a forma de um tumor para oprimir sua alma, mas diz e repete em todos os tons: minha doença sou eu. Ela não é exterior a mim. Ora, o que ele diz com isso, ou diz em todo caso alguma coisa ou alguém em seu âmago, é o contrário do que ele diz à luz do dia, em voz alta. À luz do dia, em voz alta, ele diz o mesmo que Susan Sontag, que escreveu um belo e digno ensaio sobre isso, *A doença como metáfora*: a explicação psíquica do câncer é ao mesmo tempo um mito sem fundamento científico e uma vileza moral, pois atribui a culpa aos doentes. Isso é a tese oficial, a linha do Partido. No escuro, em contrapartida, ele diz o mesmo que Fritz Zorn ou Pierre Cazenave: que seu câncer não era um agressor estranho, mas uma parte dele, um inimigo íntimo e talvez nem mesmo um inimigo. A primeira maneira de pensar é racional, a segunda é mágica. Podemos argumentar que se tornar adulto, algo que a psicanálise supostamente ajuda a acontecer, é abandonar o pensamento mágico em nome do pensamento racional, mas também podemos argumentar que não devemos abandonar nada, que o que é verdade num patamar do espírito não é em outro, e que convém habitar todos os patamares, do porão ao sótão. Tenho a impressão de que é isso que Étienne faz.

Antes de se despedir de Juliette, ele lhe disse: não sei o que vai acontecer esta noite, mas vai acontecer alguma coisa. Amanhã você estará diferente. Quando ele voltou, na noite seguinte à mesma hora, ela estava com uma expressão muito decepcionada. Ela lhe disse: não funcionou. Não consegui essa espécie de conversão de que você falou. Não consigo ver a doença como você, na verdade não compreendi direito como você a via. Para mim, é ridículo, vejo-a daqui, como alguma coisa que me espreitasse nessa poltrona.

Ela apontou a poltrona de courino preto, com tubos de metal, na qual esta noite também ele não se sentara, preferindo a calefação.

(Ao ler esta página, três anos depois, Étienne me disse que aquela coisa enrodilhada na poltrona, à espreita, fizera-o pensar na minha raposa, no divã de François Roustang. Da minha parte, penso que Juliette disse nesse dia o oposto do que ele dissera: minha doença é exterior a mim. Ela me mata, mas ela não sou eu. E penso também que ela nunca a viu de outra forma.)

Muito bem, você viveu sua primeira noite, disse Étienne. Você está começando sua relação com a doença. Você deu um lugar para ela, não o lugar inteiro. Ótimo.

Juliette não pareceu convencida. Suspirou, como alguém que fracassou numa prova e que prefere não tocar mais no assunto, depois disse, triste: minhas filhas não se lembrarão de mim.

Você também não se lembra da sua mãe quando você era pequena. Nem eu da minha. Não vemos mais o rosto que elas tinham. Apesar disso, elas moram dentro de nós.

Ele se lembra dessas palavras que, segundo ele, ocorreram-lhe impensadamente. E é impensadamente também que lhe digo: você me falou muito de seu pai, mas não de sua mãe. Fale-me dela. Ele olha para mim um pouco espantado, permanece silencioso por um momento, aparentemente nada lhe ocorre, depois ele começa. Conta uma infância solitária em Jerusalém, onde o avô era diretor do hospital francês. A neta não ia à escola, sua mãe lhe dava aula. Durante muito tempo ela só conheceu do mundo um círculo familiar ansioso e confinado. O pai de Étienne também foi criado numa grande solidão, duas solidões que se encontraram. Ela amou com todo o amor de que era capaz aquele homem excêntrico, insubmisso, infeliz. Soube proteger seus filhos da depressão do marido, transmitir-lhes uma liberdade e uma inclinação à felicidade que ela e ele não tinham, e Étienne a admira por isso. Ele era o terceiro. Antes do seu nascimento, o segundo, Jean-Pierre, morreu de insuficiência respiratória com um ano de idade. Foi transferido para o hospital, onde morreu sufocado, num sofrimento atroz e incompreensível, longe da mãe a quem haviam proibido de ficar e que pelo resto da vida nunca mais parou de pensar nisto: em seu bebezinho morto sozinho, sem ela. É isso o que consigo lhe contar a respeito de minha mãe, diz Étienne.

Juliette pediu aos médicos do Lyon-Sud para serem francos com ela, e eles foram. Disseram que ela não seria curada, que morreria do seu câncer, que não podiam prever o tempo que lhe restava, mas que a princípio ele podia ser contado em anos. Ela devia estar preparada porque aqueles anos seriam muito medicalizados e sua qualidade de vida sofreria com isso. Ela tinha um marido, três filhinhas para acompanhar o máximo possível, qualquer coisa valia a pena e ela decidiu se submeter aos tratamentos com docilidade. Uma semana após o diagnóstico, começou a quimioterapia e o herceptin, que lhe ministravam à razão de uma sessão semanal no posto de saúde. Isso era para o câncer. Para as dificuldades respiratórias, infelizmente os anticoagulantes haviam se revelado inócuos, seus pulmões estavam devastados — decorativos, dissera o radioterapeuta balançando a cabeça com tristeza: nunca vira uma mulher da sua idade naquele estado —, não havia outra solução senão fazer uso de equipamentos. Despacharam, então, para Rosier, e subiram num carrinho de mão para transportá-los da caminhonete até a casa, dois enormes cilindros de oxigênio, um para o quarto e um para a sala. Havia um medidor para regular a vazão, um longo tubo, uma espécie de argola que passava atrás das orelhas e dois pequenos bocais para o nariz. Assim que sentia a aproximação de uma de suas crises de falta de ar, Juliette se paramentava e logo ficava aliviada. Tinham a vaga esperança de que aquela ajuda fosse provisória, de que os tratamentos anticâncer surtissem efeito nessa frente, mas ela, ao contrário, recorreu cada vez mais àquilo, perto do fim usava-o quase o tempo todo e se abatia ao pensar que suas filhas guardariam dela aquela imagem de enferma, ou de criatura de ficção científica.

Quando Amélie lhe perguntou: mamãe, você vai morrer?, ela preferiu ser tão franca quanto os médicos haviam sido com ela. Respondeu: vou, todo mundo morre um dia, até mesmo Clara, Diane e você morrerão, mas daqui a muito, muito tempo, e papai também. Eu não vou morrer daqui a muito tempo, mas daqui a um pouco menos de muito tempo.

Daqui a quanto tempo?

Os médicos não sabem, mas não é agora. Juro para você, não é agora. Então não precisa ter medo.

Como não podia deixar de ser, Amélie e Clara tinham medo, mas menos, acho, do que se houvessem mentido para elas. E, de certa forma, essas palavras que tranquilizavam as duas garotinhas, e lhes permitiam continuar a levar suas vidas de garotinhas, exerciam a mesma função para o pai delas. Patrice vive no presente. O que os sábios de todos os tempos apontam como o segredo da felicidade, estar aqui e agora, sem se arrepender do passado nem se preocupar com o futuro, ele pratica espontaneamente. Teoricamente, todos nós admitimos que é inútil nos preocuparmos com problemas que perigam acontecer daqui a cinco anos, porque não sabemos se irão apresentar-se daqui a cinco anos sob o mesmo prisma, nem se estaremos aqui para enfrentá-los. É fato, mas nem por isso deixamos de nos preocupar. Já Patrice não esquenta a cabeça. Essa despreocupação combina com a candura, a confiança, o abandono, todas as virtudes enaltecidas pelas Bem-Aventuranças, e desconfio que o que escrevo aqui o deixará perplexo, de tal forma a cultura laica dele é intransigente, em compensação não me admira que fervorosos cristãos como seus sogros não vejam que a atitude perante a vida desse anti-clerical primário resume o espírito do Evangelho. Como uma criança que, aconchegada em sua cama, repete sozinha uma fórmula mágica que a tranquiliza, como suas filhas, Patrice repetia: não vai ser agora. Daqui a três, quatro, cinco anos. Ao longo desses três, quatro, cinco anos, Juliette ficaria cada vez mais frágil, cada vez mais dependente, e a incumbência dele seria cuidar dela, ajudá-la, carregá-la como desde o início a carregava. Não pretendo ser muito idílico, a insônia e a angústia devastaram Patrice como teriam devastado a qualquer um, mas creio, porque ele me disse, que prontamente adotou um plano: estar presente, carregar Juliette, viver o que lhes era dado viver juntos, pensando o menos possível no momento em que aquilo chegaria ao fim, e executar aquele plano ajudou-os imensamente a todos, a ele, a ela e a suas filhas.

Diante da notícia da doença de Juliette, a mãe de Patrice tirou da manga um pesquisador heterodoxo chamado Beljanski, cujos remédios à base de ervas tinham curado — não apenas aliviado, curado — cancerosos e portadores do vírus da aids. Perturbado pelos testemunhos que ela citava, acreditando só pela metade metade e talvez nem isso, mas preferindo não descartar nada, Patrice quis convencer Juliette a tomar, paralelamente aos tratamentos químicos, aquelas pílulas, que um médico da família podia providenciar. Como filha bem-comportada de seus pais, ela respondeu que, se existisse uma pílula milagrosa contra o câncer ou a aids, todo mundo saberia. Como bom filho dos seus pais, Patrice explicou-lhe que, se as pessoas não sabiam daquilo, era porque a descoberta de Beljanski ameaçava os interesses dos laboratórios, que faziam de tudo para abafá-la. Esse tipo de afirmação irritava Juliette. Era um tema recorrente de discussão entre eles. Ela tinha horror às teorias conspiratórias, para as quais ele reconhece de bom grado ser um bom público. Ele bateu em retirada, mas nem por isso desistiu: embora ela não acreditasse naquilo, ele lhe pedia para experimentar *por ele*: para que, se ela morresse, ele não se recriminasse por ter deixado passar uma oportunidade ainda que ínfima de salvá-la. Ela suspirou: se é para você se sentir melhor, é diferente: aceito. O médico da família veio com as capsulas gelatinosas, explicou o procedimento, e ela se curvou a ele com uma reticência redobrada, na medida em que não ousava confessá-lo a seus médicos. Quando se decidiu a contar, temendo que o tratamento Beljanski anulasse o efeito do herceptin, limitaram-se a dizer que aquilo era um complemento alimentar, que, se não fazia bem, tampouco faria mal. Parou no fim de algumas semanas, Patrice não teve coragem de insistir.

Ela estava esgotada, não dormia direito e, de dia, era raro passar uma hora sem que recorresse ao seu cilindro para respirar. Nenhum dos pequenos achaques que acompanham uma grande doença faltava à chamada: num dia, uma alergia à sonda do cateter, esse estojinho que colocam sob a pele para facilitar as injeções, no outro uma trombose que lhe deixava o braço roxo até o ombro, e era preciso hospitalizá-la novamente com urgência. Na opinião dos médicos, entretanto, ela tolerava bem a quimioterapia — melhor do que ela receara, melhor do que Étienne, lembrando-se da sua, receava por ela. Era encorajador. Patrice permitia-se até pensar: e se a coisa funcionasse, no fim das contas? Se os médicos, por honestidade, para não alimentar esperanças que podiam não se concretizar, tivessem sido pessimistas demais? Se ela se curasse? Se, pelo menos, tivesse uma longa remissão, sem excesso de medicamentos, sem excesso de sofrimento? Poderiam fazer muita coisa com a chegada do verão: passeios na floresta, piqueniques.

Houve uma espécie de melhora em fevereiro, foi por isso que Juliette aceitou que viéssemos, Hélène, Rodrigue e eu, com a peruca na nossa bagagem. Juliette, cujos belos e volumosos cabelos pretos foram sempre compridos, acabava de mandar cortá-los, mas ainda não havia começado a perdê-los e a ter efetivamente, segundo suas próprias palavras, sua cara de cancerosa. Alguns dias após nossa visita, Patrice raspou-os. Depois fez isso uma vez por semana, passando a máquina com muito cuidado para que a cabeça não ficasse áspera. Ele diz que esse era um momento muito íntimo entre eles, muito delicado. Esperavam uma hora em que as meninas estivessem ausentes, gostavam de ter tempo à sua frente, faziam com que durasse. Penso: como um casal que se encontra para fazer amor à tarde.

Ao contrário de Étienne, que, sem jamais insinuar uma obscenidade, gosta de falar de sexo a ponto de fazer disso um preâmbulo para que uma conversa mereça tal nome, Patrice é bastante recatado, e me surpreendi, ao folhear as pranchas de um de seus quadrinhos cheios de princesas e heroicos cavaleiros, quando percebi nelas um anjo dotado de um pênis claramente visível. Dito isso, quando lhe faço a pergunta, ele me responde sem constrangimento que durante a gravidez e depois do nascimento de Diane o desejo entre eles entrara em marcha lenta, que voltou lentamente no outono, o que os deixou muito felizes, mas que depois ela começou a ficar cada vez mais cansada: houve seus problemas respiratórios, depois a embolia, depois, enfim... Voltaram a fazer amor uma vez, logo depois da notícia do câncer. Estavam ambos sem jeito, desafinados. Ele tinha medo de machucá-la. Não sabia que era a última vez. Fora do sexo propriamente dito, tinham desde o início uma relação de ternura muito fusional. Tocavam-se muito, dormiam aconchegados um no outro, em concha. Quando um se virava, o outro também se virava, dormindo, ela trazendo as pernas com as mãos, e eles se viam na mesma posição, invertida: ele adormecera com as costas voltadas para ela, quando ele acordava ela se apertava contra as costas dele, os joelhos flexionados no vão dos seus. Com a doença, aquilo tornara-se impossível: havia o cilindro de oxigênio, ela era obrigada a dormir soerguida, sentia-se em casa como num quarto de hospital. Essa intimidade noturna que jamais os traíra ao longo de sua vida comum lhes fazia falta, mas eles continuavam a se dar as mãos, a se procurar no escuro e, ainda que a superfície de contato houvesse se reduzido, Patrice não se lembra de uma única noite, até a última, em que um pouco da pele de um não tenha tocado um pouco da pele do outro.

Houve um primeiro retorno, no fim de fevereiro, e foi preciso reconhecer que era decepcionante. Não era o caso de novas metástases, o câncer não progredia, mas tampouco regredia. Era isso que era chato, disse um médico, nos pacientes jovens: as células proliferam com maior rapidez. Honestamente, esperavam mais do tratamento, que decidiram continuar sem grande convicção e um pouco, pensou Juliette, porque não sabiam o que mais podiam fazer.

No trajeto da volta, ela disse a Patrice que estava cheia de agir como um avestruz. Tinha agora que se preparar.

Não fez mistério da doença. Depois da embolia, já dissera à sua vizinha Anne-Cécile: olhe, estou com muito medo, achei que era grave, parece que não, mas se for, pois é, você precisa saber que conto com você em relação às meninas. Quando, um mês mais tarde, o diagnóstico saiu, ela pôs seus amigos a par dele, no seu estilo claro e decidido: estou com câncer, não tenho certeza se vou sair dessa, vou precisar de vocês. Patrice e ela formavam, com dois outros casais da aldeia, Philippe e Anne-Cécile, Christine e Laurent, um grupo pequeno e coeso. Tinham filhos da mesma idade, o mesmo estilo de vida. Vinham todos de outros lugares, ninguém era de Rosier, de toda forma pouquíssima gente em Rosier é de Rosier, e é provavelmente por isso que os recém-chegados integram-se com facilidade. Seu círculo de relações me lembrava o que eu conhecera no Pays de Gex e, indo tomar café na casa de uns e outros, naquelas casas novas mobiliadas no mesmo estilo alegre e despretensioso, com as caixas de correspondências enfeitadas com um adesivo humorístico desenhado por Patrice para rechaçar as propagandas, eu podia me julgar de volta à época em que colhia os depoimentos dos amigos de Florence e Jean-Claude Romand. Faziam churrasco nos jardins, cuidavam dos filhos uns dos outros, trocavam DVDs: filmes de ação para os rapazes, comédias românticas para as garotas, a que Patrice e Juliette assistiam na tela do computador, pois, únicos na aldeia nesse aspecto, não tinham televisão. Essa opção militante, herdada da família dele, era objeto de piadas recorrentes em seu grupo, bem como a propensão de Patrice a tomar ao pé da letra o que se dizia com algum outro sentido implícito. Philippe e ele formavam uma dupla bem equilibrada: o falso cínico e o idealista sonhador, e Patrice reconhecia sorrindo que lhe acontecia, sob o olhar afetuoso de suas mulheres, exagerar um pouco no papel do cachorro Rantanplan.

Algumas semanas antes de Juliette falar de seu câncer, fora Anne-Cécile quem lhe dera uma grande notícia: estava grávida. Ela se lembra que foi particularmente terrível a evolução paralela de sua gravidez e da doença da vizinha. Ambas tinham enjoos, mas Juliette por causa da quimioterapia. Uma carregava a vida, a outra, a morte. Para receberem seu quarto filho, Anne-Cécile e Philippe tinham feito uma reforma grande em casa, e Patrice e Juliette falaram também de derrubar paredes, repintar, transformar o subsolo em escritório de verdade. Os quatro haviam discutido isso, abrindo sobre a mesa plantas, catálogos, amostras de cores, e agora, para eles, aquilo não tinha mais propósito. Anne-Cécile e Philippe sentiam vergonha de estar felizes, de crescer e prosperar enquanto a tragédia abatera-se sobre seus amigos cuja vida até aquele momento era tão semelhante à deles. Anne-Cécile ruminava que no lugar de Juliette não teria conseguido não detestá-la, e quase aconteceu o que quase sempre acontece nesses casos: constrangimento, um tom mais estudado, visitas cada vez mais raras. Mas ela compreendeu que Juliette não a detestava pela sua felicidade, realmente não, que se interessava de verdade pela sua gravidez, pelos seus planos de futuro, que era possível falar deles sem que aquilo fosse ridículo ou despropositado, e que para ser útil não era preciso ter o semblante triste.

Numa noite de março, Patrice e Juliette passaram na casa deles bem tarde, de surpresa, de volta de um jantar no restaurante chinês de Vienne. Jacques e Marie-Aude tinham vindo para ficar alguns dias, estavam com as meninas e os haviam estimulado àquele programa a dois. Os quatro sentaram-se na sala, acenderam a lareira, Anne-Cécile ofereceu um chá e Philippe, um uísque. Juliette esperou que todos estivessem bem instalados para dizer que o resultado da última consulta tinha sido ruim, que durante o jantar Patrice e ela haviam conversado sobre duas coisas importantes e que ela queria discuti-las com eles. A primeira dizia respeito ao seu enterro. Diante dessas palavras, Anne-Cécile e Philippe tiveram o tato de não protestar e tenho certeza de que Juliette lhes foi grata por isso. Patrice não é religioso, ela disse, quanto a mim, não sei, é complicado, mas vocês são. Vocês são nossos únicos amigos religiosos e gosto da maneira como vivem sua fé. Eu pensei e prefiro um enterro cristão: é menos sinistro, permite às pessoas se encontrarem, e depois, se não for assim, vai ser muito duro para os meus pais, não posso fazer uma coisa dessas com eles. Então gostaria que fossem vocês que providenciassem isso. Aceitam? Aceitamos, respondeu Anne-Cécile com uma voz tão neutra quanto possível, e Philippe, sempre mordaz, acrescentou: faremos como se fosse para nós.

Bom, a segunda coisa agora. Sei que se eu morrer Diane não terá lembrança consciente de mim. Amélie, sim, Clara, um pouco, mas ela não, e para mim é muito difícil aceitar isso. Patrice tira fotos, claro, mas você, Philippe, você é realmente bom nisso. Eu queria que você me fotografasse o máximo que puder, nos próximos tempos. Se bater muitas, pode ser que haja algumas não muito feias no bolo.

Philippe concordou e cumpriu. Mas o que era terrível, ele se lembra, é que o simples gesto de sacar a câmera e apontar para ela começou a significar: você vai morrer.

Precisava estar tudo bem amarrado, os processos organizados, como na véspera das férias judiciárias, e ela temia ter pouco tempo para isso. Não sabia quanto lhe restava precisamente, mas era pouco, de toda forma. Distribuiu as tarefas entre seus amigos, pediu a cada um o que este pudesse lhe dar e, quando uma coisa era dita, estava dita, ela não voltava atrás. Philippe ficou encarregado das fotografias e da missa. Anne-Cécile, que é fonoaudióloga, cuidaria da língua presa de Clara, e Christine, professora de faculdade, da orientação escolar. Laurent, diretor de recursos humanos numa empresa, foi promovido a conselheiro para questões de dinheiro: seguro de vida, financiamento da casa, previdência social de Patrice e das meninas, que a preocupavam terrivelmente. Examinou com ele duas hipóteses, morte a curto prazo ou doença crônica. A segunda quase a preocupava mais, do ponto de vista financeiro, porque as licenças em virtude de doença crônica implicam uma queda no salário e o orçamento da família já era bem apertado. Uma solução era trapacear, retomar uma semana e parar de novo, outra era obter uma licença terapêutica, mas ela temia não ter forças para isso. Na hipótese de morte, o financiamento da casa seria pago pelo seguro, e o conselheiro do fundo de pensão dos magistrados, que Laurent e ela foram visitar juntos, disse-lhes que Patrice receberia durante dois anos. Mas e depois?

Ela também o preparava para a vida que o esperava sem ela. No início, ele rechaçava essas conversas, que julgava mórbidas, mas depois percebeu que elas faziam bem a ambos e quase chegou a antecipá-las com satisfação: elas relaxavam a tensão e Juliette ficava mais calma. Havia uma espécie de ternura tipicamente conjugal, que, por instantes, parecia-lhe totalmente irreal, em sentar-se à mesa, sob o lustre, para falar daquilo. No relacionamento deles, era ela quem trabalhava fora e ele quem cuidava da administração, não havia necessidade de regras para a vida doméstica, mas ainda assim ela fazia questão de passar tudo em revista, como um proprietário um pouco maníaco explica a seu futuro inquilino onde se guardam as coisas na casa, os dias de tirar o lixo, quando será preciso renovar o contrato de manutenção do aquecimento. O mais espinhoso foi o dia em que ela abordou a questão das férias de verão. Já as organizara, programando para as meninas passarem algumas semanas em cada uma das duas famílias. Achava bom Patrice ter um pouco de tempo sozinho para descansar; seria muito duro para ele. Compreendendo que ela falava do verão seguinte, ele teve um momento de vertigem, que ela percebeu. Ela pegou sua mão, disse que estava falando *em caso de*, mas nenhum dos dois se iludia.

Voltei a pensar nesse verão, que já ficou para atrás, quando Patrice me contou isso. Ficamos com Clara e Amélie por uma semana, como Juliette programara, e fizemos o melhor que pudemos para distraí-las. Clara agarrava-se a Hélène. Num caderno encapado, com sua letra bonita e cuidadosa, Amélie começou um romance cuja heroína era, naturalmente, uma princesa, e de cuja primeira frase me lembro: "Era uma vez uma mãe que tinha três filhas". E, de repente, essas imagens que, para mim, eram recordações, imaginei-as como antecipações. Alguns meses antes, Juliette imaginara aqueles passeios de bicicleta, aqueles banhos de mar, aquele carinho afogado pela dor, pensando: não estarei mais aqui. Será o primeiro verão de minhas filhas sem mim.

Num determinado momento, durante o estágio que fiz no juizado especial, a sra. Dupraz, a escrivã com quem Juliette se entendia melhor, conversou comigo sobre a tutela dos menores, de que ambas se encarregavam todas as terças-feiras. Quando um genitor morre, deixando uma herança para os filhos, o juiz das tutelas tem como missão salvaguardar seus interesses, com a finalidade de controlar o uso que o genitor sobrevivente faz do capital. É o que ele tem de lhe explicar, um ou dois meses após a morte de seu cônjuge, e alguns não aceitam muito bem isso que consideram uma ingerência na vida familiar. O fato é que o viúvo ou a viúva não pode retirar um centavo da conta da criança sem autorização do juiz, nesse ponto os bancos são ainda mais rigorosos na medida em que, no caso de se omitirem, podem ser condenados a reembolsar o valor. A maioria das demandas não constitui problema, e Juliette adquiriu rapidamente o hábito de assinar maços inteiros de autorizações em junho, para as férias, e em dezembro, para os presentes de Natal. Mas há casos em que a fronteira entre o interesse da criança e o do adulto não é clara. Podemos autorizar a reforma de um telhado, porque é melhor para a criança ter um teto impermeável em cima de sua cabeça. Mas também é melhor para ela ter um pai que não seja perseguido pelos oficiais de Justiça, e será que isso significa que seu capital pode ser usado para quitar as dívidas paternas? Isso pertence à esfera do poder de apreciação do juiz, e é preciso ter muito tato para tornar essas arbitragens o menos intrusivas possível. A sra. Dupraz me disse que Juliette era incomparável nessa justiça demasiado humana, com a qual Patrice acaba de lidar. Foi pensando nele que a sra. Dupraz se lembrou com emoção do rapaz que haviam recebido para a abertura de seu processo. Ele tinha acabado de perder a mulher, tinha dois filhinhos, e sua maneira de falar, dela e deles, a nobreza e a simplicidade de sua dor tinham mexido com elas. Além do mais, era bonito, tão bonito que se tornou entre elas uma piada de praxe dizer: puxa, deveríamos intimá-lo com mais frequência. Eu me pergunto se Juliette, antes de morrer, voltou a pensar nesse episódio, nesse jovem viúvo tão bonito, tão delicado, tão desarmado. Pergunto-me se imaginou a conversa que Patrice viria a ter nesse gabinete do juiz de tutelas, que havia sido seu, e a impressão que transmitiria à pessoa que o atendesse, dois ou três meses após sua morte. É bem possível.

Philippe, que tem o hábito de praticar jogging de manhã cedo, duas ou três vezes por semana, convenceu Patrice a acompanhá-lo: aquilo esvaziaria sua cabeça. Eles corriam pelas trilhas do campo nas cercanias de Rosier, em pequenos sprints, porque Patrice não estava em forma e para poderem falar. Patrice dizia a Philippe o que não tinha coragem de dizer a Juliette. Censurava-se por não apoiá-la mais, fugir dela às vezes. Também era difícil ficarem os dois o tempo todo em casa, ela naufragada no sofá da sala com seu cilindro de oxigênio, tentando ler, sonolenta, com dores e a propósito sem exigir sua presença, ele refugiado no subsolo, no cômodo que lhe servia de ateliê, fingindo vagamente trabalhar e na realidade dopando-se com videogames. Martin, filho de Laurent e Christine, que tinha treze anos, vinha algumas vezes juntar-se a ele, passavam horas fazendo aviões decolarem ou eliminando hordas de inimigos com a bazuca. Juliette não gostava que ele perdesse seu tempo daquele jeito, ao mesmo tempo percebia que ele precisava daquela anestesia. Assim que ele parava, o carrossel voltava a rodar na sua cabeça: medo, compaixão, vergonha, amor sem limites, e depois as perguntas sem resposta. Não mais: será que ela vai morrer?, mas: quando ela vai morrer? Será que poderíamos ter feito alguma coisa para evitar? Se tivéssemos detectado o tumor mais cedo, será que isso teria mudado alguma coisa? Será que o primeiro câncer não tinha alguma coisa a ver com Chernobil, e o segundo, com a linha de alta tensão situada a cinquenta metros da casa anterior? Ele lera um estudo mais do que alarmante a respeito disso na revista *Sortir du Nucléaire*, que ele assinava. Esse gênero de elucubração, como eles dizem, deixava os pais de Juliette loucos, Patrice aprendera a driblar esses assuntos mas nem por isso deixava de pensar neles, e pensar o minava.

Philippe, ao escutá-lo, ficava preocupado. Temia que ele não aguentasse o tranco, que não conseguisse lidar com a morte de Juliette. Ele mesmo, Philippe, acha que não aguentaria aquele tranco: se Anne-Cécile morresse, seu mundo viria abaixo. Não ficaria apenas infeliz, mas perdido. Não saberia administrar. E hoje Philippe está admiradíssimo de ver que Patrice aguenta bem o tranco, que lida bem com aquilo, que administra. A quem se espanta com isso, ele responde: eu levo a vida como ela vem. Tenho três filhas para criar, e é o que faço. É muito raro vê-lo deprimido. Ele resiste. Viva ele, diz Philippe.

Afora as missões que lhes incumbira, Juliette fez poucas confidências a seus amigos, se entendermos por confidências coisas inúteis de abordar, coisas com as quais o outro não pode fazer nada. Ela teria chamado isso de se lamuriar, e não queria se lamuriar. Quando Anne-Cécile ou Christine passavam, à tarde, para tomar uma xícara de chá e conversar um pouco, ela dizia que os dias corriam lentamente, entre a poltrona e o sofá, numa perpétua sesta enjoativa, que ela não tinha forças para ler, apenas assistir a um filme vez por outra, que a vida se encolhia e que isso não era engraçado, mas não se estendia mais, para quê? Sofria, e dizia isso, por não se sentir em condições de cuidar mais das filhas. Nem pensar em ir ver Amélie dançar no teatro de Vienne, o esgotamento era tamanho que não conseguia mais sequer ler histórias. Quando deveria aproveitar aqueles momentos que eram provavelmente os últimos de suas vidas juntas, ela tinha apenas uma vontade, à noite, de que elas parassem de se agitar, de que Patrice as botasse na cama e elas dormissem. Teria chorado por isso. E, quanto a isso, ela que nunca repetia suas instruções voltava incessantemente à carga: você falará de mim para elas, não falará? Dirá que lutei? Que fiz tudo que pude para não abandoná-las?

Preocupava-se também com seus pais. Se dependesse deles, teriam vindo se instalar em Rosier para cercá-la de cuidados, na impotência pavorosa à qual se viam reduzidos queriam estar pelo menos presentes, perto dela, mas no fim de alguns dias ela preferiu que eles fossem embora. Por mais que se esforçassem, o olhar deles sobre Patrice a magoava, o incômodo de Patrice o humilhava, e afinal não era o lugar deles. Sua presença teria voltado a fazer dela a garotinha que ela não queria mais ser, aquela que quinze anos antes eles haviam protegido do primeiro câncer. Quando pensava em "minha família", pensava na família que ela fundara, não naquela em que nascera. O tempo e a energia diminuíam, ela fazia na vida a escolha do que ela escolhera, não do que herdara. Entretanto, amava os pais. Sabia o quanto eles sofriam por serem mantidos afastados de sua morte, gostaria de ajudá-los, a eles também, a enfrentá-la, mas não sabia como e não era Christine ou Anne-Cécile que saberiam como em seu lugar.

Suas amigas bem que quiseram *conversar*, como diziam, mas sempre que faziam alusão à angústia que devia asfixiá-la face à doença, ela as censurava dizendo: não, está tudo bem. Para essas coisas, tenho Étienne.

Um dia, eu disse a Étienne: eu não conhecia Juliette, esse luto não é meu luto, nada me autoriza a escrever a respeito disso. Ele me respondeu: é isso que o autoriza, e comigo, de certa forma, é a mesma coisa. A doença dela não era minha doença. Quando ela me contou, pensei: ufa!, é ela e não eu, talvez por ter pensado isso, por não ter tido vergonha de pensá-lo, que pude fazer-lhe um pouco de bem. Num dado momento, para estar mais presente para ela, quis evocar meu segundo câncer, o medo que eu tinha da morte, a solidão aterradora — e isso não funcionou. Eu podia pensar nisso, claro, mas não sentir. Disse comigo: é melhor assim. Era ela que ia morrer, não eu. A morte dela me abalava, como poucas coisas na minha vida me abalaram, mas não me invadia. Eu estava diante dela, perto dela, mas no meu lugar.

Era ela quem telefonava, nunca ele. Ele não lhe dizia nada de reconfortante, mas ela, por sua vez, podia falar tudo sem recear causar-lhe mal. Tudo, isto é, o horror. O horror moral de imaginar o mundo sem você, de saber que não veremos nossas filhas crescer, mas também o horror físico, que ganhava cada vez mais espaço. O horror ao corpo que se revolta porque sente que será destruído. O horror de a cada consulta saber alguma novidade que muda o prognóstico, sempre para pior: tentamos pensar que não pode haver *apenas* más notícias, mas pode, sim. O horror dos tratamentos, de sofrer sem parar e para nada, sem esperança de cura, apenas para levar mais tempo morrendo. Em abril, ela lhe disse: não aguento mais, é duro demais, eu desisto. Ele respondeu: você tem esse direito. Você fez tudo que pôde, ninguém pode lhe pedir para ir mais longe. Desista, se quiser.

A autorização de Étienne fez-lhe bem. Guardara-a na manga, como uma cápsula de cianureto quando se corre o risco de ser torturado, e decidiu continuar mais um pouco. Esperava ficar aliviada no dia em que os médicos lhe dissessem: escute, não há mais nada a fazer, vamos deixá-la em paz agora, e ficou surpresa de ficar tão arrasada quando esse dia chegou, em maio. Comunicaram-lhe que iam parar com o herceptin, que lhe criava problemas cardíacos sem que se observasse algum efeito benéfico em contrapartida. Isso não era dito tão abertamente quanto ela imaginara, mas significava desistir, e Juliette, que já não pensava mais em anos, e sim em meses de condicional, compreendeu que agora se tratava de semanas, talvez dias.

Logo depois da suspensão do herceptin, Patrice e ela tiveram uma discussão violenta a respeito do referendo sobre a Constituição europeia. Patrice estava mobilizado a favor do "não", a ponto de trocar seus videogames por fóruns na internet. Era sua nova droga. Subia do subsolo com documentos impressos e realçados com marcador, que tinha encontrado no site da Attac. Podiam e deviam resistir ao reino sem limites do liberalismo, defendia ele, o qual era perverso apresentar como uma fatalidade. Juliette deixava-o falar sem expressar sua opinião e ele se lembrou de seu silêncio na época da primeira guerra do Golfo, quando tinham acabado de se conhecer. Ele era contra a intervenção, denunciava a manipulação midiática e, uma vez que ela se calava, pensava que aprovava isso, até que, prensada na parede, ela admitiu que não. Sem ser francamente a favor, não era tão contra quanto ele, em todo caso não tinha tanta certeza do que achava. Ele caíra das nuvens. Por que não dissera antes? Por que não *discutir*? Porque ela sabia muito bem que ele não mudaria de opinião e não tinha interesse em brigar para nada, só isso. Representaram novamente a mesma cena em maio de 2005, um atacando a família do outro e Patrice, não sem razão, a influência de Étienne. Chegou a tal ponto que Juliette desejou que, quando ela morresse, ele conhecesse uma mulher bonita, descolada e simpática, adepta da globazalição alternativa, em vez de uma mulher chata, cancerosa e de direita. Por fim, ela lhe passou uma procuração para votar "sim", o que ele fez na semana que antecedeu sua morte.

Se Patrice chegou a me contar essa última briga, com mais ternura do que arrependimento, foi porque eu lhe perguntara se ele imaginava sua vida amorosa no futuro. Sem chocá-lo, a pergunta o deixava pensativo. Talvez Juliette tivesse razão, talvez ele refizesse sua vida com uma adepta da globalização alternativa descolada e simpática, por que não? Tinha grandes chances de acontecer. Mas uma das coisas que ele amara em Juliette é que ela não era a mulher que ele deveria ter tido normalmente. Ela o empurrara, desviara do seu trilho. Ela era a diferença, o inesperado, o milagre, o que só acontece uma vez na vida, e só se tivermos muita sorte. É por isso que não vou me queixar, concluiu Patrice: tive essa sorte.

Na quarta-feira, 9 de junho, ele alugou na videolocadora de Vienne o filme de Agnès Jaoui, *Questão de imagem*. Depois de colocar as filhas para dormir, eles assistiram ao filme juntos no sofá da sala, o computador instalado no descanso dos pés, à sua frente. Juliette usava sua máscara de assistência respiratória, mas não se sentia muito mal. Pegou no sono antes do fim, no ombro dele, como quase sempre agora quando assistiam a um filme ou ele lia para ela em voz alta. Ele permaneceu imóvel, temendo acordá-la. Por esses momentos de quietude, em que ele a escutava respirar e tinha a impressão de protegê-la apenas com sua presença, ele teria aceitado que aquela vida terrível que eles levavam se estendesse por mais tempo. Para sempre, até. Com mil cuidados carregou-a para o quarto, deitou-a na cama. Depois dormiu segurando sua mão. Às quatro horas da manhã, ela foi tomada por uma tosse súbita, irreprimível. Não conseguia mais respirar, o oxigênio em vazão alta não a aliviava, era como se estivesse se afogando. Como em dezembro, ele telefonou para a emergência, depois para Christine vir ficar com as meninas. Christine quis entrar no quarto enquanto esperavam a ambulância, mas Juliette, através da porta, disse não, não, e Christine hoje se arrepende de não ter se afastado da passagem quando os enfermeiros a levaram: vendo-se cara a cara com Juliette, ela julga não ter respeitado sua vontade, que era não ser vista naquele estado. Mas ela disse a Patrice, que se encarregava de tudo, que ele podia ficar o dia inteiro e até a noite no hospital — o que ele fez. Na sala de reanimação, a taxa de saturação de Juliette voltou ao normal, entretanto ela continuava com falta de ar. Deram-lhe morfina, que a aliviou um pouco. Em vão drenaram dois litros do líquido que entupia a pleura de seu pulmão direito. Assim se passou a quinta-feira. Na sexta de manhã, o chefe do setor de oncologia entrou em seu quarto e lhe comunicou que não podiam fazer mais nada, que o corpo chegara ao fim de suas defesas e que ela morreria nos dias, talvez nas horas, seguintes. Juliette respondeu que estava pronta. Mandou chamar os pais, o irmão e as irmãs: se eles chegassem à tarde ou no fim do dia, ela poderia se despedir deles. Quanto às meninas, Juliette não queria comprometer a participação das mais velhas no espetáculo da escola e perguntou ao médico se ele podia dar um jeito de colocá-la, em vinte e quatro horas, em condições de vê-las. Ele garantiu que sim, dosariam a morfina de modo a que ela não ficasse nem excessivamente devastada pelo sofrimento, nem excessivamente entorpecida pela sedação. Acertados esses pontos, ela reuniu em seu quarto toda a equipe médica que desde fevereiro cuidava dela e agradeceu a seus membros, um por um. Não os detestava porque os tratamentos haviam fracassado, tinha certeza de que eles haviam feito tudo que podiam, tão humanamente quanto possível. Em seguida, despachou Patrice para casa para cuidar das meninas e falar com elas. Durante a ausência dele, veria Étienne.

Étienne: eu era seu precursor em matéria de direito, também o era em matéria de câncer. Estávamos no mesmo caminho, e estava claro para nós dois que eu a precedia nele. Mas nessa tarde de sexta-feira, foi ela que se tornou a precursora. Ela me disse: Étienne, você faz parte das poucas pessoas que deram um sentido à minha vida, graças a isso eu a vivi de verdade. Acho que, apesar da doença, foi uma vida boa. Eu olho para ela e me sinto satisfeita. E eu, continua Étienne, eu que falo sempre, não soube o que responder. Ela chegara a um lugar aonde eu não podia mais segui-la. Então eu disse: escreveu a carta? Era uma coisa de que tínhamos falado muito, dessa carta que ela queria deixar para as filhas. Ela fizera e jogara fora vários rascunhos, sempre que tentava julgava-se aquém da tarefa porque havia muito a dizer, ou então quase nada: amo vocês, amei vocês, sejam felizes. Ela disse tristemente: não, não escrevi, e me ofereci para fazê-lo. Agora, imediatamente? Sim, imediatamente, para quando você quer? Para começar, o que você diria sobre Patrice às suas filhas? Ela tinha uma dificuldade cada vez maior para falar, mas respondeu sem hesitar: ele era minha base. Ele me carregava. Depois, passado um tempo: ele foi o pai que escolhi para vocês. Vocês também, na vida, escolham. Podem pedir tudo a ele, ele lhes dará tudo que vocês lhe pedirem enquanto forem pequenas e, quando forem adultas, vocês escolherão. Ela refletiu, depois disse: só isso.

Não anotei nada, quando cheguei em casa escrevi a carta em dois minutos: estava pronta. Entreguei-a à sua irmã Cécile, que a leu para ela e me disse que ela balançara a cabeça para dizer que estava tudo certo. Mas, antes de sair do quarto, sentei na beirada da cama e peguei sua mão. Conservei-a durante alguns instantes na minha. Apertei-a quando ela tinha entrado no meu gabinete, seis anos antes, mas desde então, e até aquela tarde de sexta-feira, nunca mais tínhamos nos tocado.

Patrice encontrou as meninas, em casa, sob a guarda de sua mãe, que tinha acabado de chegar e substituíra Christine. Não estavam muito ansiosas, as temporadas de Juliette no hospital agora faziam parte da rotina de suas vidas. O que elas queriam saber era se ela estaria presente na festa da escola. Patrice respondeu que não, não estaria, e elas protestaram: ela tinha prometido. Então Patrice disse que ela não voltaria para casa, que iriam todos juntos visitá-la no hospital amanhã, depois da festa, e que aquela seria a última vez porque ela ia morrer. Segurava Diane no colo e se dirigia a ela, a despeito de ela ter apenas quinze meses, assim como às duas maiores. Ele lembra que Amélie e Clara choraram, gritaram, que aquilo durou uma hora, depois elas se comportaram como loucas até a hora de irem deitar, totalmente superexcitadas. Curiosamente, todos conseguiram dormir. Ele foi novamente para o hospital bem cedo no dia seguinte de manhã, de maneira a estar de volta para o início do espetáculo. O estado de Juliette se agravara durante a noite. Estava muito agitada: seu olhar fugia para trás, todas as forças que lhe restavam eram empregadas no ato de respirar, rouco, doloroso, sacudindo o corpo inteiro. Percebendo sua presença, ela agarrou seu braço e disse várias vezes com uma voz má, bem alto, balançando-se de trás para a frente: saia, agora, terminou!

Saia, agora, terminou! Ele tentou falar com ela, com bastante tranquilidade, dizer-lhe que as meninas viriam visitá-la depois da festa, mas ela não parecia compreendê-lo e repetia: saia, agora, terminou! Patrice ficou abalado, tanto porque as crianças corriam o risco de vê-la assim quanto porque, quando Juliette lhe dissera não ter medo da morte, ele acreditara nela. O que era insuportável para ela, ela dizia, era deixá-los, a todos os quatro, mas para a morte ela estava preparada: ia ficar tudo bem. Esse estoicismo era a cara dela, era a imagem que ela gostaria de deixar, e o que Patrice via agora era um corpo arfando de sofrimento, entregue a alguma coisa próxima do pânico. Fim da mente clara, da serenidade. Ela perdia o controle. Não era mais ela. Ele foi falar com as enfermeiras, que lhe disseram que era o efeito do Atarax, mas que fariam de tudo, como haviam prometido, para que ela estivesse tão calma e lúcida quanto possível quando suas filhas chegassem. Decerto fizeram de tudo, mas só funcionou pela metade. Quando Patrice, acompanhado de Cécile, levou as meninas diante dela, Juliette mal estava consciente. Se falassem com ela de muito perto, seu olhar se fixava por um segundo, antes de cair de volta no vazio. Ela fez um ou dois meneios com a cabeça, que podiam passar por uma aquiescência. Amélie e Clara tinham feito desenhos para ela, trazido a fita do espetáculo da escola, mas, a despeito da importância que elas e que a própria Juliette atribuíam a isso ainda na véspera, Patrice não teve coragem de conectar a filmadora no televisor do quarto como planejado. Era tão penoso que encurtaram a visita. Clara beijou a mãe, Patrice encostou o rosto de Diane em sua face, mas Amélie estava tão assustada que não quis sair do colo da tia.

Nesse ponto do relato de Patrice, ela entrou na sala de pijama, descalça. Estava deitada fazia tempo, mas deve ter acordado e, pela porta entreaberta de seu quarto, escutado o que dizíamos. Isso não perturbou Patrice, que de toda forma tinha começado a me contar os últimos dias de Juliette na presença das filhas, sem baixar a voz. Amélie plantou-se à nossa frente e disse: é mais difícil para mim do que para Clara e Diane que a mamãe tenha morrido, porque eu não disse até logo para ela, tive medo. Patrice respondeu calmamente que ela não a beijara, mas lhe dissera até logo, e que o importante era que ela tinha estado lá, que a mamãe a tivesse visto. Compreendi pelo tom de Patrice que não era a primeira vez que falavam sobre isso e, enquanto ele ia colocá-la na cama de novo, achei ótimo que Amélie conseguisse formular aquela crítica que ela fazia a si mesma: uma vez expressa, aquela culpa tinha menos chance de envenenar sua vida mais tarde sem que ela conhecesse sequer sua origem. E, como tenho boas razões para pensar que é verdadeira a vulgata psicanalítica sobre os benefícios da fala em oposição às devastações do silêncio, foi com muita sinceridade que parabenizei Patrice, quando ele voltou, por permitir, com toda sua atitude perante as filhas, que as coisas fossem nomeadas.

Encerradas as visitas, ele ficou sozinho com Juliette. Ela não estava mais tão agitada, mas tampouco serena como ele esperara. Sentado ao seu lado, na cama, ele tentava comunicar-se com ela, adivinhar seus desejos. Deu-lhe de beber, ela conseguiu deglutir. Num dado momento, sua caixa torácica começou a soerguer-se espasmodicamente, ele sentiu seu corpo crispar-se e achou que a hora tinha chegado, mas não, ela não estava morrendo, estava sofrendo. Aspirada pelo nada, resistia. Ele perguntou: está com medo? Ela fez que sim com a cabeça, nitidamente. Espere, ele disse, vou ajudá-la. Já volto. Não precisa se preocupar, já volto. Desvencilhou-se dela o mais delicadamente possível e foi ao consultório do médico para lhe dizer que agora convinha ajudá-la a ir embora. Meia hora depois, Hélène e eu fomos ao mesmo consultório pedir a mesma coisa ao mesmo médico, que nos disse que já tinham começado a agir. A Patrice, ele já respondera: tudo bem, me espere aqui. Deixou-o sozinho no consultório, onde ele passou cinco minutos que pareceram eternos. Fixava com uma atenção aparvalhada a pintura descascada de um rodapé, o cilindro da luz fria, no teto, em torno do qual voejava uma mosca, a noite de verão que na moldura da janela começava a cair, e tinha a impressão de que toda a realidade do mundo era isso, que não existia nada diferente, que nunca existira e nunca mais existiria nada diferente. Quando voltou ao quarto, os olhos de Juliette, semicerrados quando ele a deixara, estavam fechados. Em retrospecto, ele teve muito medo de que ela tivesse mergulhado no coma durante sua breve ausência. Que tivesse visto confusamente entrar no seu quarto um desconhecido que fizera um gesto, qualquer um, uma injeção ou uma manipulação da sonda, de uma maneira tal que, em seu estado semiconsciente, ela tivesse conseguido pensar: ele veio terminar comigo. Que seu último pensamento, antes que tudo se apagasse, tivesse sido: estou morrendo e Patrice não está aqui. Esse roteiro de terror, que felizmente ele não imaginou na hora, atormentou-o nos dias seguintes a ponto de ele acabar telefonando para o médico, que o tranquilizou. Não havia como aquilo ter acontecido assim: a dose de morfina leva mais de uma hora para agir, a descida de Juliette ao inconsciente fora muito progressiva.

Ele deitou-se novamente ao seu lado, dessa vez mais confortavelmente, quase como se estivessem na cama deles, em casa. Ela respirava sem dificuldade, parecia não mais sofrer. Soçobrava num estado crepuscular que num dado momento ia se tornar a morte, e ele a acompanhou até esse momento. Pôs-se a falar ao ouvido dela, baixinho, e ao falar tocava delicadamente sua mão, seu rosto, seu peito, de tempos em tempos a beijava, com a ponta dos lábios. Embora soubesse que seu cérebro não estava mais em condições de analisar as vibrações de sua voz nem o contato de sua pele, ele tinha certeza de que seu corpo ainda as percebia, de que ela entrava no desconhecido sentindo-se envolta por alguma coisa familiar e amorosa. Ele estava ali. Falou para ela da vida deles e da felicidade que ela lhe proporcionara. Disse para ela o quanto gostara de rir com ela, de falar de tudo e qualquer coisa com ela, e até mesmo de brigar com ela. Prometeu a ela que continuaria sem esmorecer, cuidaria bem das meninas, ela não precisava se preocupar. Lembraria de vestir os cachecóis nelas, elas não apanhariam friagem. Cantou para ela canções que ela adorava, descreveu o instante da morte como um grande flash, uma onda de paz da qual não fazemos ideia, um retorno bem-aventurado à energia comum. Um dia ele também conheceria aquilo, iria se juntar a ela. Essas palavras lhe ocorriam com facilidade, ele as desfiava baixinho, com a voz bem serena, elas enfeitiçavam a ele próprio. É a vida que causa dor ao resistir, mas o tormento de estar vivo findava. A enfermeira dissera a ele: as pessoas que lutam morrem mais rápido. Se ela estava durando tanto tempo, ele pensava, talvez fosse porque tinha parado de lutar, porque o que ainda vivia nela estava tranquilo, abandonado. Não lute mais, meu amor, solte, solte, deixe-se levar.

Ainda assim, por volta da meia-noite ele achou que aquilo não era possível, não era possível ela continuar naquele estado no dia seguinte. Ele decidiu que, às quatro horas da madrugada, iria desligar o aparelho respiratório. Mas à uma hora não aguentava mais esperar, pensou que era ela quem lhe transmitia aquela impaciência e foi até a enfermeira de plantão perguntar se não podiam desconectá-la, porque na sua opinião era o momento. Ela disse que não, podia ser muito brusco, melhor deixar como estava. Mais tarde, ele adormeceu. Um helicóptero o acordou pouco antes das três horas, sobrevoando o hospital por um bom tempo. Em seguida, ele grudou os olhos no despertador. Quinze para as quatro, a respiração de Juliette que não passava de um filete de ar parou. Ele ficou por um momento de sobreaviso, mas não havia mais nada, seu coração não batia mais. Ele pensou que ela adivinhara o que ele pretendia fazer às quatro horas e o poupara.

Patrice fala, fala, minha impressão é de que não tem vontade de parar.

Não tive de fechar suas pálpebras. Eu a observava, achava seu rosto sereno e belo, não como nos últimos dias. Eu pensava: é minha mulher, e ela morreu. Minha mulher morreu. Senti em mim seu calor ir embora, não imaginava que era tão rápido. Em quinze minutos, ela estava fria. Levantei, avisei às enfermeiras, telefonei para Cécile que estava tomando conta da casa, depois saí para caminhar em volta do hospital. Via-se um pedaço de céu clarear no leste, nuvens cor-de-rosa acima da cidade, estava magnífico. Eu estava aliviado que tivesse terminado, mas, acima de tudo, naquele momento eu sentia um afeto imenso por ela. Não sei como dizer, parece uma palavra fraca, afeto, mas era mais forte e maior que o amor. Algumas horas mais tarde, na funerária, eu já não sentia mais isso: amor, sim, mas aquela espécie de afeto imenso chegara ao fim.

Antes de se despedir de Juliette, na sexta-feira, Étienne lhe perguntara se ela preferia que ele voltasse ou ficasse disponível, e ela respondera: fique disponível. Ele passou a noite esperarando, desconfiando que ela não telefonaria mais: haviam falado tudo um para o outro, agora só havia lugar para Patrice. De manhã, pegou o ônibus para o hospital, mas desceu dois pontos antes de chegar e voltou para casa. Passou o sábado em família, fez compras na Décathlon com os filhos, tentou trabalhar. Juliette pedira que o avisassem quando ela morresse, foi a mãe de Patrice quem telefonou para ele, às cinco da manhã. Aquilo o deixou colérico, ele lembra, que ela o tivesse acordado e principalmente que dissesse "Juliette partiu", em vez de "Juliette morreu". Resmungou: sei, sei e, quando ela lhe sugeriu ir ver o corpo na funerária, respondeu que não, que aquilo não lhe interessava.

Almoçamos juntos em Vienne, no dia seguinte à minha longa conversa noturna com Patrice, depois ele me acompanhou de volta a Rosier. A primeira coisa que disse ao chegar é que tinha que ir embora imediatamente. Patrice e ele não se haviam visto desde o enterro, percebia-se um certo embaraço entre eles, mas sugeri fazer um café e que o tomássemos do lado de fora, sob a catalpa, onde, finalmente, passamos a tarde, cada vez mais contentes de estarmos os três juntos.

Lembro-me de dois momentos dessa tarde.

Patrice falava da maneira como as meninas e ele aprendem a viver sem Juliette. Ela me carrega, dizia ele, sua energia me carrega, e depois em certos momentos não me carrega mais. As noites são difíceis. No início pensei que nunca mais conseguiria dormir sem ela, tenho a impressão de senti-la contra mim, meu corpo estava tão acostumado ao dela, e então acordo, ela não está mais aqui e me sinto perdido, completamente perdido. Mas aos pouquinhos me habituo a essa sensação. Sei que com o tempo ela estará cada vez menos aqui. Que um dia se passarão quinze minutos sem que eu pense nela, e depois uma hora... Tento explicar isso às meninas... Quando lhes digo que tivemos sorte de conviver com ela e tê-la amado e de ela ter nos amado, Clara diz que Amélie é a mais sortuda, porque ficou mais tempo com ela, e depois Diane, porque não se dá muita conta, e por isso para ela, a do meio, que é mais difícil... Apesar de tudo, penso que estamos numa boa fase, nós quatro. Acho que vai dar tudo certo. E você?

Voltou-se para Étienne, que a pergunta pegara desprevenido.

Eu, o quê?

Você, repetiu Patrice, como é a vida sem Juliette para você?

Étienne me disse depois que ficou estupefato, depois perturbado de ser colocado assim diante do luto, e pelo viúvo, num pé de quase igualdade. No fundo de si mesmo, achava justo aquele lugar (nota de Étienne: "Não exatamente: eu achava justo ter um lugar"), mas não o teria reivindicado. Só a incrível generosidade de Patrice para, diante dele, admiti-lo como uma evidência.

Deu uma risadinha: para mim? Oh, é muito simples. O que sinto falta é de não poder mais conversar com ela. Isso é muito egoísta, como sempre penso apenas em mim nisso tudo, e o que digo a mim mesmo é que há coisas que não direi a mais ninguém até a minha morte. Terminou. A pessoa a quem eu podia dizê-las sem que isso fosse triste não está mais aqui.

Mais tarde, o assunto foi o slideshow que Patrice estava montando para a família e os amigos em memória de Juliette. Ele fizera uma primeira seleção de fotos bem ampla, agora estava na segunda, mais peneirada. Algumas se impunham por si mesmas, quanto a outras hesitava longamente, não descartava nenhuma sem um aperto no coração e a impressão, a cada vez, de condenar ao esquecimento um instante de suas vidas. Dedicava-se a isso à noite, em seu ateliê do subsolo, após ter colocado as meninas para dormir. Era um momento do dia de que ele gostava, triste e suave. Não tinha pressa em terminar esse slideshow, sabendo que, quando tivesse terminado, copiado, distribuído, teria transposto uma linha divisória que não tinha tanta vontade assim de alcançar, em todo caso não tão depressa.

Isso é parecido, observou Étienne, com a carta que Juliette queria escrever para as meninas: ao mesmo tempo que prometia a si mesma que se empenharia nela, recuava porque sabia que, uma vez que a tivesse feito, não lhe restaria mais nada para fazer.

Nos calamos. Do outro lado da praça, houve uma explosão de gritos de crianças. Era a saída da escola. Amélie e Clara estariam de volta dentro de alguns minutos, seria preciso dar-lhes um lanche, depois ir pegar Diane. Étienne então disse: tem uma fotografia que não pode estar no seu slideshow porque ela não existe, mas, se eu tivesse que conservar apenas uma, seria esta que eu escolheria. Uma noite, você se lembra, fomos os quatro ao teatro em Lyon, Juliette e você, Nathalie e eu. Chegamos primeiro, esperamos vocês no foyer. Vimos vocês entrarem no hall, vocês subiram a grande escadaria, você a carregando. Ela estava com os braços em volta do seu pescoço, sorria, e o que era bonito é que ela não tinha a fisionomia apenas feliz, mas orgulhosa, incrivelmente orgulhosa, e você também estava orgulhoso. Todo mundo olhava para vocês abrindo caminho à sua passagem. Era realmente o cavaleiro carregando a princesa.

Patrice ficou por um instante silencioso, depois sorriu, o sorriso perplexo e pensativo com que acolhemos uma obviedade na qual jamais havíamos pensado: engraçado, agora que você está dizendo, sempre gostei disso, de carregar as pessoas... Ainda criança, eu já carregava meu irmãozinho. Eu colocava os moleques num carrinho de mão e os empurrava, ou então botava-os nos ombros...

No trem que me levava de volta a Paris, perguntei-me se existia uma frase tão simples e evidente assim — ele gostava de carregar, ela precisava ser carregada — para definir o que nos unia, a Hélène e a mim. Não descobri, mas pensei que talvez, um dia, ela despontasse para nós.

Quando voltei de Rosier, os seios de Hélène tinham crescido e ela me comunicou que estava grávida. Eu deveria ter me alegrado, mas fiquei com medo. A única explicação que encontro para esse medo é que eu não me sentia preparado: subsistiam empecilhos demais, nós demais a serem desatados. Para ser pai de novo na segunda metade da minha vida, eu precisava ser um filho mais ou menos tranquilo, e me julgava longe disso. Faço-me esta justiça: apesar da minha confusão, achei que valia mais a pena dizer sim que não, e, mais ou menos conscientemente, às apalpadelas, me esforcei para mudar. Meu projeto deixou de ser oportuno, telefonei para Étienne e Patrice para avisá-los de que ia abandoná-lo, acrescentando que talvez voltasse a ele um dia, mas duvidava. Étienne disse: Você vai descobrir. Sem transição, comecei a escrever sobre mim mesmo, sobre o desastre de meus amores precedentes, sobre o fantasma que assombrava minha família e ao qual eu quis dar uma sepultura. A gestação do meu livro* durou o tempo da gravidez, é um eufemismo dizer que esses meses foram difíceis, mas cheguei ao fim pouco tempo depois do nascimento de Jeanne e, de um dia para o outro, o milagre que eu esperava, sem acreditar nele, aconteceu: a raposa que devorava minhas entranhas foi embora, eu estava livre. Passei um ano gozando do simples fato de estar vivo e admirando nossa filha crescer. Não fazia ideia do que faria a seguir, não havia por que me preocupar. Freud definiu a saúde mental de uma forma que sempre me agradou, ainda que me parecesse inacessível, como a capacidade de amar e trabalhar. Eu era capaz de amar, melhor ainda, de aceitar que me amassem, o trabalho

---

* Emmanuel Carrère, *Um romance russo*. Trad. de André Telles. Rio de Janeiro: Alfaguara, 2008.

viria naturalmente. Um pouco ao acaso, sem saber aonde ia, comecei na última primavera a juntar minhas recordações do Sri Lanka, disso passei a rever sobre minhas anotações sobre Étienne, Patrice, Juliette e o direito do consumidor. Retomei este livro três anos depois de ter elaborado seu projeto, termino-o três anos após tê-lo abandonado.

Desta vez, resolvi mostrá-lo aos envolvidos antes de publicar. Eu já tinha feito isso com Jean-Claude Romand, mas avisando-o que *O adversário* estava fechado e que eu não mudaria uma linha nele. Submeter *Um romance russo* à aprovação da minha mãe e de Sophie teria significado jogá-lo direto no fogo: eu não podia me permitir esse luxo, portanto coloquei-as diante do fato consumado. Não me arrependo, isso me salvou a vida, mas não faria hoje de novo. Hélène foi a primeira a ler estas páginas. Ela aceitara que eu me engajasse neste trabalho, mas, quanto mais ele se aproximava do fim, mais ela tinha medo de descobrir o que eu teria escrito sobre Juliette. Ela nem sempre consegue acreditar na sua morte, nem falar dela, talvez se recrimine por ter passado ao largo de sua irmã. Terminada sua leitura, estávamos ambos aliviados, e enviei o texto para Étienne e Patrice, dizendo-lhes o contrário do que eu dissera a Romand: podiam me pedir para acrescentar, retirar ou mudar o que quisessem, eu o faria. Esse compromisso preocupava Paul, meu editor. Não há nenhum caso, ele me lembrava, de alguém ter se declarado satisfeito com o que contamos sobre ele num livro: uma vez que seus heróis o tivessem corrigido, não restaria mais nada de meu. Neste caso, ele estava enganado, e minha última visita a Lyon e a Rosier acabou sendo para mim, e acho que para eles, o momento mais emocionante de toda essa empreitada. Eu me sentia como um retratista que, mostrando-lhes a tela, espera que o modelo fique contente, e ambos ficaram. Étienne me disse: há coisas com as quais não concordo de jeito nenhum, mas vou me abster de dizer quais, com medo de que você mexa nelas. Gosto que seja *seu* livro e, globalmente, gosto também do sujeito que responde pelo meu nome no seu livro. Posso inclusive dizer: estou superorgulhoso. Não me fez suprimir nada, apenas pediu alguns acréscimos, a fim de que cada um recebesse seu quinhão:

ao narrar a investida contra o TJCE, eu tinha, por zelo de economia dramática, deixado de acrescentar à troica Juliette-Étienne-Florès a especialista em direito da Comunidade Europeia que os assessorara, Bernadette Le Baut-Ferrarese, e ele acharia injusto ela não aparecer na foto. Patrice, por sua vez, temia que eu desse uma importância exagerada às divergências políticas que ele pudera ter com Juliette. Voltava incessantemente a isso, argumentava, burilava, corrigia. Não lhe incomodava passar por um ingênuo de esquerda, mas não queria em absoluto que julgassem a ela, por menos que fosse, de direita, e eu tinha a impressão, que me perturbava, de através do meu livro ouvi-lo prosseguir a discussão confiante e apaixonada que mantiveram durante seus treze anos de vida em comum. Quando, após nossa sessão de trabalho, fomos pegar as meninas na escola, várias colegas da turma de Amélie acercaram-se de mim e disseram: é verdade que você escreveu um livro sobre Juliette? Podemos lê-lo? Mas a própria Amélie e suas duas irmãs, quando abordei o assunto no jantar, praticamente não reagiram. Sim, eu sei, diziam elas, e olhavam para outro lugar, mudavam de assunto.

Tínhamos ido visitar Philippe, Delphine e Jérôme em Saint-Émilion poucos meses depois do nosso retorno do Sri Lanka. O quarto de Juliette era um mausoléu, pavorosamente triste. Depois Philippe escreveu seu livro, trocamos alguns e-mails ao mesmo tempo afetuosos e distantes. Camille nasceu um ano mais tarde, dez dias depois de Jeanne, nesse caso contentamo-nos em trocar cartões de felicitações. Foi portanto após dois anos de silêncio que retomei contato com Philippe, a quem enviei o manuscrito pedindo que o lesse e preparasse sua filha e seu genro para isso. Afora um detalhe topográfico, estava tudo certo para ele, mas era melhor, segundo ele, que Delphine e Jérôme não o lessem. Em todo caso não naquele momento, e talvez nunca. Fomos todos os quatro — Hélène, Rodrigue, Jeanne e eu — passar um fim de semana na casa deles, e foi um fim de semana delicioso. Eles tinham acabado de ter um menino chamado Antoine, que não completara um mês. As duas menininhas entenderam-se imediatamente. Rodrigue, que adora Delphine, também estava contente em revê-la, e ela idem. Dei notícias de Jean-Baptiste, que agora estuda numa universidade na Irlanda, e de seu irmão mais velho, Gabriel, que estreia como montador de filmes. Philippe contou como se constituiu, depois dissolveu, sua associação de ajuda aos pescadores de Medaketiya. Volta sempre para lá, três ou quatro meses por ano. De seu bangalô na praia, contempla o oceano. Pensa em sua vida, às vezes consegue não pensar em mais nada. A noite transcorreu como transcorrem as noites na casa de Delphine e Jérôme, comentando os vinhos que degustamos às cegas, escutando discos raros dos Rolling Stones, fumando maconha da horta e rindo, rindo muito. O quarto de Juliette não é mais um mausoléu, tornou-se o quarto de Camille, que o dividirá com Antoine quando ele tiver crescido um pouco, mas há uma fotografia de Juliette na lareira e falamos seu nome sem constrangimento. Eles não têm dois filhos, mas três, simplesmente um dos três morreu. Quando falamos do meu livro, Delphine disse que tinha, sim, intenção de lê-lo, mas Philippe, com aquela voz subitamente aguda e trêmula que tinha no Sri Lanka, advertiu-a: seria particularmente difícil para ela, porque nele ela ficaria sabendo de coisas que lhe haviam escondido. Eu não entendia a que ele fazia alusão e chamei-o à parte para perguntar. Ele falava do momento em que Jérôme, voltando do necrotério em Colombo, diz a Delphine que Juliette continua bonita, depois a Hélène que ele mentiu, que sua filhinha está se decompondo. Você imagina, dizia Philippe, Delphine descobrindo em seu livro que Jérôme mentiu para ela? Sugeri retirar esse detalhe, caso ele o julgasse mais doloroso que os outros, mas ele respondeu que não se tratava disso e, no fim da nossa conversa em particular, admitiu que Delphine veria naquilo mais que uma traição, uma prova a mais do amor de seu marido. Ficou combinado, no fim, que Philippe passaria o texto para Jérôme, depois Jérôme para Delphine, se julgasse possível. Reconheci naquela ordem hierárquica a maneira como seus dois homens, seu marido e seu pai, haviam conspirado para protegê-la, mas quando eu disse isso a Hélène ela balançou a cabeça e disse: é ela que os protege, fique sabendo, ela que controla tudo. Se eles permaneceram juntos, se tiveram outros filhos, se a vida terminou por prevalecer, foi graças a ela. Voltei a pensar então em algo que Delphine dissera durante o jantar: o momento em que a vida, lá, arrastou-a, em que ela escolheu viver em vez de se deixar levar, foi justamente quando ela aceitou, em nossa ausência, tomar conta de Rodrigue. Ela primeiro pensou: não, cuidar de uma criança dois dias depois da morte da minha filha, eu nunca conseguiria, mas disse sim, e a partir desse instante continuou, a despeito de tudo, a dizer sim.

Hoje de manhã Jeanne acordou às sete horas, saiu sozinha de seu berço, cuja grade ela agora escala, e veio para a nossa cama. Fui até a cozinha preparar sua mamadeira, que ela bebeu deitada entre nós dois, sem muito barulho nem agitação, mas essa trégua nunca dura muito tempo, daqui a pouco será preciso brincar e cantar. Sua cantiga predileta neste momento é "Senhor urso". Com as costas curvadas, o cobertor puxado por cima da cabeça e roncando ruidosamente, faço o papel do senhor urso. Hélène canta: acorda, senhor urso, já dormiste demais, quando eu falar três acorda. Um. Dois. Três. Senhor urso! Dormirás ou sairás? E da primeira vez, com a minha voz mais cavernosa, respondo: dormirei. Hélène repete: senhor urso! Dormirás ou sairás? Dessa vez me viro rosnando: Sairei! Hélène e Jeanne imitam, como no disco, os gritos de medo das crianças. Jeanne está nas nuvens. O senhor urso vai durar apenas uma fase, antes dele houve os três gatinhos que tinham perdido suas luvas, e quando por acaso ela abre de novo o livro musical dos três gatinhos, cujas pilhas dão sinal de esgotamento, já é alguma coisa como a saudade doendo: era a música de quando ela era pequenininha, quando mal andava, ainda não falava, e essa época, essa época milagrosa, já passou, não voltará mais. Penso em todos esses estribilhos que nos encantam e na tortura que esse encantamento deve se tornar uma vez que o irremediável acontece: os brinquedos, as cantigas, as meinhas, quando a menininha apodrece numa caixa debaixo da terra. Entretanto, esse encantamento voltou a ser possível para Delphine e Jérôme, com seus outros dois filhos. Eles não esqueceram nada, mas não permaneceram no abismo. Acho isso admirável, incompreensível, misterioso. É a palavra mais apropriada: misterioso.

Depois vou preparar nosso café da manhã, enquanto Hélène veste

Jeanne. Quando digo veste, isso não significa simplesmente colocar as roupas nela, ela as escolhe, ao comprá-las tem o mesmo prazer e vaidade, se não maior, do que se fossem para si própria, o que faz de Jeanne a menininha mais bem-vestida do mundo. As duas me encontram na cozinha. Hélène, por sua vez, está com uma calça de ioga e um suéter leve, com a cava bem ampla, a calça desenha suas nádegas e o suéter, o bico do seio. Acho-a bonita, sexy, carinhosa, estou deslumbrado com a quietude do nosso amor, com a intensidade dessa quietude. Junto dela, sei quem sou. A ideia de que eu poderia perdê-la é insuportável para mim, mas pela primeira vez na vida penso que o que poderia arrebatá-la de mim, ou a mim dela, seria um acidente, uma doença, alguma coisa que se abatesse sobre nós vinda de fora, e não a insatisfação, o fastio, a vontade de novidade. É imprudente dizê-lo, mas realmente não acredito nisso. Claro, sei que, se nos for concedido durar, haverá crises, momentos de vazio, tempestades, que o desejo se desgastará e irá olhar para outros lugares, mas creio que resistiremos, que um de nós dois fechará os olhos do outro. Nada, em todo caso, me parece mais desejável.

Na entrada, Jeanne e eu vestimos nossos casacos e ela se apodera com firmeza de seu carrinho. O carrinho não é aquele no qual a empurramos e onde ela se senta com cada vez menos boa vontade, mas este carrinho, em miniatura, no qual ela empurra, por sua vez, uma medonha boneca careca, cujo corpo de plástico cheira a chiclete de morango. Depois que Hélène comprou esse carrinho para ela, ela quer porque quer sair com ele. De uma maneira geral, quer fazer tudo igual a nós e, uma vez que levamos nossa filha para passear, quer levar a dela. Deslizamos então o carrinho pelo corredor do andar, Hélène agacha-se na soleira do apartamento para beijar a filha uma última vez, Jeanne finge entrar no elevador cuja porta eu seguro, depois recua, volta-se para Hélène, dá até logo com a mão, retorna ao elevador, levanta-se na ponta dos pés para apertar o botão. Imediatamente antes que a cabine envidraçada desça abaixo do nosso andar, vejo Hélène sorrindo para nós. Saímos na rua, Jeanne empurrando o carrinho e eu andando ao seu lado, de olho para ela não descer para a rua. Está tão orgulhosa de nos imitar que esquece de se deter e parar a cada porta de prédio, a cada poste, a cada scooter, como faz normalmente:

ela é responsável, segue reto, descemos a Rue d'Hauteville quase tão rápido quanto se eu a tivesse empurrado. De vez em quando, volta-se para me tomar como testemunha de que está fazendo tudo certo. Chegamos diante do prédio da babá, levanto Jeanne até o teclado do código de acesso, sobre cujas teclas guio seus dedos todas as manhãs. A continuação do ritual é o botão da minuteria, na escada, depois o da campainha e a espreita, atrás da porta, dos passos da sra. Laouni no corredor. Jeanne nunca reclama quando a levo para a casa da sra. Laouni. Sente-se bem lá. A sra. Laouni é ao mesmo tempo afetuosa e firme, sentimos que na casa dela tudo caminha dentro dos eixos. Ano passado, entretanto, ela perdeu o marido. Telefonou uma manhã para dizer chorando que não poderia ficar com Jeanne porque seu marido morrera à noite, descobrira-o morto abraçado a ela na cama, uma crise cardíaca. Antes disso, dava a impressão de ser uma mulher feliz, sabendo seu lugar na vida. Nenhuma amargura, fadiga, negligência. Ordem, bom humor, dinamismo, gentileza. Nada disso mudara depois da morte do marido. Não sei nada de sua vida conjugal, nunca o conheci, ele saía para o trabalho antes que eu trouxesse Jeanne e só voltava depois que eu tinha passado para pegá-la, mas tenho certeza de que ela o amava, que eram bons companheiros, bons pais para suas filhas, que ela sente cruelmente sua falta, que a vida sem ele é triste, injusta, antinatural, e o que me impressiona é que sua dor, da qual ela não faz mistério quando tocamos no assunto, não parece nunca recair sobre as crianças sob seus cuidados. Ela diz: são elas que me ajudam a resistir, e acredito nela. Em certas ocasiões, quando ela abre a porta de manhã, vejo efetivamente que seus olhos estão inchados, que deve ter chorado a noite inteira, que teve dificuldade para se levantar, mas ela pega Jeanne no colo e Jeanne ri, e ela ri com ela, e sei que será assim até a noite.

Percorro de volta a Rue d'Hauteville, vou parar no café da praça Franz-Liszt, ler o jornal e depois voltar para casa. Rodrigue terá ido para o colégio, Hélène talvez tenha voltado para a cama, então irei ao seu encontro, faremos amor dessa forma conjugal, serena, um pouco rotineira, que nos inspira a ambos um desejo incessantemente renovado e inesgotável, assim espero. Farei outro café, que tomaremos juntos na cozinha falando das crianças, do estado do mundo, de nossos amigos, de detalhes domésticos. Ela vai trabalhar, e estará na minha hora de começar também. Há seis meses, voluntariamente, passei todos os dias algumas horas diante do computador, escrevendo sobre o que me dá mais medo no mundo: a morte de um filho para seus pais, a morte de uma mulher jovem para seus filhos e seu marido. A vida me tornou uma testemunha dessas duas tragédias, uma atrás da outra, e me incumbiu, pelo menos foi assim que o compreendi, de relatá-las. Ela me poupou, torço para que continue assim. Já ouvi mais de uma vez alguém dizer que a felicidade é algo a ser apreciado retrospectivamente. Pensamos: eu era feliz e não sabia. Isso não vale para mim. Fui infeliz por muito tempo, e muito consciente de sê-lo; amo hoje o que é meu quinhão, não tenho grande mérito nisso por ele ser tão generoso, e minha filosofia reside inteira nas palavras que, na noite da coroação, teria murmurado Madame Letizia, mãe de Napoleão: "Espero que isso dure".

Ah, e também: prefiro o que me aproxima dos outros homens ao que deles me distingue. Isso também é novo.

Ao chegar ao fim deste livro, penso que falta dizer algo a respeito de Diane. Amélie e Clara têm a palavra, cada uma, sua cena, como um quarto seu, mas ela era tão pequena quando tudo aconteceu que aparece apenas como um bebê mudo ou chorando nos braços do pai. Tem quatro anos agora, e creio que, por outras razões, pensa aquilo que pensaram suas duas irmãs: que é ainda mais difícil para ela do que para as outras. Porque ela é a última, porque teve a mãe ao seu lado apenas por quinze meses, porque nem sequer se lembra dela. Nathalie, mulher de Étienne, me contou que, na última visita deles em família a Rosier, Diane exigia o tempo todo que Juliette a pegasse no colo e que Juliette a passava o tempo todo para o de Patrice. Ela tinha apenas mais um mês de vida e dizia: ela não pode se acostumar, isso vai lhe fazer muita falta depois. Patrice, por sua vez, conta que suas primeiras palavras foram: "Cadê a mamãe?", e que o primeiro filme de que ela gostou foi *Bambi*. Viu cem vezes a cena em que Bambi compreende que sua mamãe não se levantará, foi a imagem mais precisa que formou de sua própria história. Patrice também diz que hoje, das três filhas, é ela a que mais fala de Juliette, e a única que lhe pede, volta e meia, para ver o slideshow. Os dois descem ao subsolo, sentam-se na frente do computador, que ele liga. A música começa, as imagens desfilam. Patrice olha para sua mulher. Diane olha para sua mãe. Patrice olha para Diane olhando para ela. Ela chora, ele também chora, há ternura em chorarem assim ambos, o pai e a filhinha, mas ele não consegue e nunca mais conseguirá lhe dizer o que os pais gostariam de dizer sempre aos filhos: isso não é grave. E eu, que estou longe dos dois, eu que por ora e sabendo o quanto isso é frágil sou feliz, gostaria de amenizar o que pode ser amenizado, ainda que tão pouco, e é por isso que este livro é para Diane e suas irmãs.

O livro de Philippe Gilbert, *Les Larmes de Ceylan* [As lágrimas do Ceilão], foi lançado pela Éditions des Équateurs, e *Le Livre de Pierre* [O livro de Pierre], de Louise Lambrichs, pela editora Seuil.

Obrigado a Colette Le Guay, Philippe Le Guay e Belin da Cannone pela nossa temporada de estudos em Montgoubert e por sua amizade; e a Nicole, Pascale e Hervé Clerc, pelo Levron e pela sua amizade.

1ª EDIÇÃO [2010]
2ª EDIÇÃO [2025]

ESTA OBRA FOI COMPOSTA POR ANASTHA MACHADO EM GARAMOND E IMPRESSA EM OFSETE PELA GRÁFICA PAYM SOBRE PAPEL PÓLEN NATURAL DA SUZANO S.A. PARA A EDITORA SCHWARCZ EM MAIO DE 2025

A marca FSC® é a garantia de que a madeira utilizada na fabricação do papel deste livro provém de florestas que foram gerenciadas de maneira ambientalmente correta, socialmente justa e economicamente viável, além de outras fontes de origem controlada.